수메르인 부부 조각상. 눈은 청금석과 조개로 만들어졌다.

군대 조직. 군사들이 지휘관의 뒤를 따르고 있다.

전차 동상. 두 개의 나무가 압착된 초기 양식의 바퀴.

설형문자 서판.

원통 인장에 새겨진 그림. 한 명은 왼손이 전갈 모양이고, 다른 한 명은 용과 사자 뒤에서 쟁기질을 한다.

수메르인 부부 조각상. 눈은 청금석과 조개로 만들어졌다.

군대 조직. 군사들이 지휘관의 뒤를 따르고 있다.

전차 동상. 두 개의 나무가 압착된 초기 양식의 바퀴.

설형문자 서판.

원통 인장에 새겨진 그림. 한 명은 왼손이 전갈 모양이고, 다른 한 명은 용과 사자 뒤에서 쟁기질을 한다.

수메르인 부부 조각상. 눈은 청금석과 조개로 만들어졌다.

군대 조직. 군사들이 지휘관의 뒤를 따르고 있다.

전차 동상. 두 개의 나무가 압착된 초기 양식의 바퀴.

설형문자 서판.

원통 인장에 새겨진 그림. 한 명은 왼손이 전갈 모양이고, 다른 한 명은 용과 사자 뒤에서 쟁기질을 한다.

왕실무덤에서 발견. 배경은 푸른 돌로 모자이크 되어 있고 금과 은, 보석들로 세공되었다. 전쟁과 평화를 묘사한 것이며, 둥근 바퀴를 가진 운송수단을 최초로 볼 수 있다.

점토판 편지.

점토못.

인류 최초의 혁명가 우루카기나의 비문 조각.

새끼사자를 안고 있는 길가메시.
수메르 도시국가 우루크의 전설적인 왕이다.

한민족 대서사시 1
수메르

한민족 대서사시 1

수메르

한민족의 머나먼 원정길

윤정모 장편소설

| 독자들에게 |

  수메르인은 인류 최초로 역사 시대를 열었던 민족이다. 5천여 년 전 그들은 메소포타미아에 정착해 문자를 사용했고 도시국가를 건설했으며 각 도시가 연합해 이룬 연방제와 민회, 장로회를 민주적으로 운영했다. 문학, 신학, 수학, 천문학은 물론 최초로 법전까지 만들었고 거대한 신전 건축과 프레스코, 모자이크 벽화 양식도 그들에게서 시작되어 세계 문명의 원류가 되기도 했다. 이 흥미로운 민족은 어디서 왔고 어디로 갔으며 어느 인종에 속했던 것일까?
  제카리아 시친은 그들이 다른 행성에서 왔다고 했고, 어느 고고학자는 "민족이동기에 북방에서 침략해 왔다. 어쩌면 스키타이 혹은 우랄알타이어계일지도 모른다."라고 추측했다. C.H. 고든은 좀 더 구체적으로 "수메르인은 동방에서 왔다. 그들이 메소포타미아로 들어갈 때 무슨 고대 문자식 기호를 가지고 온 듯하다."라고 했지만 그 동방이 어딘지, 고대 기호란 어떤 것인지는 밝혀내지 못했다.
  〈브리태니커 백과사전〉에는 그들의 특징을 머리카락이 검고, 후두부가 편편하며, 몸이 땅딸막하고 셈Sem이나 함Ham 어족과 다른 교착어를 사용하며, 청회색 토기 문화를 이루고, 순장이 강요되었다고 기록되어 있다. 〈대 세계 역사〉(삼성출판사)에서도 이와 유사한 점을 지적했고 수메르인 또한 자신들이 항상 '검은 머리 사람'임을 강조했다.

이쯤에서 독자들은 '우랄알타이어? 동방? 교착어? 그건 우리에게 아주 익숙한 말인데?'라고 생각하거나 어떤 이는 '순장은 신라 시대까지 전해져온 우리의 풍습이고, 청회색 토기는 동이인 소호에서 창시된 것이니 당신이 무슨 이야기를 하고 싶어 하는지 벌써 짐작했어!'라며 빙긋이 웃을지도 모르겠다.

그랬다. 그 대답은 뜻밖에도 한국에 있었다. 즉 그들은 환인의 자손이었고, '수메르'라는 국호는 '소머리'에서 변형된 것이며, 그 어원은 환웅의 신시神市에 속했던 송하 강, 또는 소머리 강에서 유래되었다 했다. 우리 고대사에 대해 여러 책을 저술한 문정창 씨는 수메르 최고의 신 엔릴도 천자의 명을 받고 메소포타미아로 건너가 5개 도시를 정복한 소호국의 왕자였다고 주장했다.

일본 학자 우에노上野景福도 수메르에서 사용한 설형문자는 태호 복희의 팔괘부호와 흡사하다고 했으며(〈한민족의 뿌리 사상〉, 송호수), 대만 학자 서량지徐亮之도 〈중국전사화中國前史話〉에서 태음력은 동이족 태호太昊에서 비롯되어 소호少昊에서 계승, 역정관歷正官을 두어 크게 발달시켰다고 했다.

역사학자 문정창 씨는 이렇게 탄식했다.

"브리태니커 백과사전에 수메르어와 한국어는 동일한 교착어로 그 어근이 같다고 명백히 밝혔음에도 우리나라 제도권 학자들은 이것을 거론한 적이 없다."

내가 이 소설을 쓰기로 결심한 동기도 바로 여기에 있다. 우리의 고기古記에도 "환국은 12개국으로 동서가 2만 리고 남북이 5만 리며, 그중엔 수밀이국과 우르국도 있다."라고 명시되어 있고, 우리의 여러 학자들까지도 수메르인은 우리와 동족이라고 주장하고 있음에도 학계로부터 무시당하고 있기 때문이었다.

이 책 1권을 처음 선보인 것이 2005년이었다. 그때 나는 수메르에 대한 많은 자료를 모았고 그런 만큼 이야기도 잘 풀었다고 생각했다. 재미없다는 사람이 있었음에도 괘념치 않았다.

그리고 몇 년 후 재출간할 계획으로 다시 읽었을 때 이건 소설이 아닌 자료집이었다. 이런 졸작을 존경하는 스승님들과 선후배들에게 보냈다니, 독자들에게 이런 책을 읽게 했다니, 너무나 부끄러워 숨을 쉴 수조차 없었다.

몸과 마음의 상처는 시간이 치료해주는데 나의 부끄러움과 수치심은 날로 더 깊어만 갔다. 아침에 눈을 뜨면 선생님들 얼굴이 차례로 떠오르며 그것도 글이라고 썼느냐고 호통을 치셨고 꿈에서는 사랑하는 선후배와 독자들이 외면했다.

몇 달간 고통의 늪에서 허덕이다가 정신을 차렸다. 부끄러움을 씻자면 제대로 쓰는 길밖에 없어 개작을 시작했다. 별로 나아지지 않았다. 문장만 정돈되었을 뿐 군더더기는 그대로 남아 있었다. 그러자 편집부에서 상·하권을 한 권으로 줄여보면 어떻겠느냐고 조언해 왔다. 정신이 번쩍 들었다. 왜 그 생각을 못했을까! 동이족이 메소포타미아에 청동 원정을 갔다면 그들 이야기만으로도 충분하지 않은가. 그리하여 수메르의 두 번째 신, 엔키에 대한 이야기는 대폭 삭제하게 되었다.

1998년 봄이었다. 대영박물관에서 수메르관을 지날 때 하나의 기억이 돌멩이처럼 날아왔다. 1984년 겨울, 〈교육신문〉의 김강자 씨가 가져다주었던 〈수메르 역사〉(문정창)였다. 그날 이후 수메르에 대한 영어권 책과 자료를 찾기 시작했고, 세상에는 참으로 많은 사람들이 수메르에 대한 연구를 한다는 것도 알게 되었다.

고대 수메르는 현재 이라크 남부 지방이다. 필자가 현장 답사를 떠나려고 준비하던 때 전쟁이 터졌다. 하지만 이미 나선 걸음이라 이라크와 가까운 터키로 갔다. 앙카라 대학과 아나돌루 히사르 박물관을 돌면서 대영박물관에서 볼 수 없었던 섬세한 유물들을 보았다.

유프라테스 강 상류에 서서는 그 아래에서 벌어지고 있는 현재의 전쟁과 역사 속의 전쟁을 생각했다.

1권 〈수메르 1 : 한민족의 머나먼 원정길〉은 국내 여러 선생님들의 저서를 참고했다.

2권 〈수메르 2 : 영웅 길가메시의 탄생〉은 수메르 역사와 신화만을 교본으로 삼았고 최근 번역본인 바빌로니아 서사시 영문판은 수메르인의 정서로 쓰인 것이 아니어서 자료로만 챙겨두었다. 그 밖에도 길가메시의 모험담은 아나톨리아, 수사, 엘람에까지 전파되었고 기록물도 발굴되었다고 하나 찾아보지 못했다.

길가메시 편에 참고한 책은 슈바르츠바흐Martin Schwarzbach의 저서, 댈리Stephanie Dalley의 메소포타미아 신화 중 홍수 편, 그리고 문명에 대해서는 옥스퍼드와 케임브리지 대학 출판부에서 나온 서적, 사회·경제·역사에 대해서는 크로퍼드Harriet Crawford, 크레이머Samuel Noah Kramer, 미에룹Marc Van De Mieroop, 매슈스Roger Matthews, 포스터Karen Foster, 릭Gwendolyn Leick

저서 등이다.

기후에 대한 브룩스C.E.P. Brooks의 저서는 최정환 청년이 독일에서 헌책방을 뒤져 찾아주었고, 백단 향과 사프란 꽃술, 유향 등 수메르인이 사용했던 향은 아랍에미리트에서 교수를 하는 최미라가 구입해주었으며, 고대 지도와 동·식물도감, 최근 연구 자료 구입은 내 딸이 맡아주었다.

3권 〈수메르 3 : 인류 최초의 도시 혁명〉은 독자들에게 매우 생경할 것이다. 우루카기나는 인류 최초의 혁명가로, 도시 혁명을 시작한 것이 기원전 2351년이고 완성한 것은 일 년 뒤였다.

우루카기나에 대해 소상히 밝혀낸 고고학자는 크레머로, 그는 자신의 모든 저서를 통해 이 혁명가의 업적을 강조했다. 혁명 전 구악의 폐해가 극에 달했던 사회를 밝혀내면서 "고대 관료들은 그들의 현대 동료들이 샘을 낼 정도로 다양한 수입원을 고안해내어 가축이 정해진 숫자만큼 새끼를 낳지 못해도 벌금을 징수했다."라며 혀를 내둘렀다.

우루카기나가 혁명에 성공해 시민들 앞에 새 도시 법령을 선포하는 대목에서는 "그는 사악한 세상을 갈아엎고 새로운 세상을 열었으며 잃어버린 정의와 자유를 되찾아 시민들에게 돌려주었다!"라고 경의를 표했다.

고대에는 정복과 침략만 있었다고 믿는 독자라면 이 책이 인식 전환에 도움이 될 것이다.

이 책의 집필 의도는 민족의 우수성을 거론하자는 것이 아니다. 선조들이 남기고 후대 학자들이 찾고 연구해온 민족의 흔적, 문화와 전통, 정신세계를 소설로 정리해본 것이다.

우리 민족의 뿌리와 수메르인을 연구해오신 모든 학자분들과 오마이뉴스 연재 당시 댓글로 조언해주신 여러분, 10여 년간 생활을 도와준 어린 후배 채광석, 이 책의 부활을 도운 작가 김이경, 다산북스 대표와 편집부에 깊고 깊은 감사를 드린다.

2010년 12월 양주에서
윤 정 모

| 들어가기 전에 |

    인류가 오늘날처럼 지구 곳곳에 자리를 잡게 된 것은 6만~7만 년 전부터다. 이전의 인류는 아프리카라는 시원의 땅을 떠나지 않았다. 지구의 나머지 부분은 인류의 발길이 미치지 않은 미지의 영역이었다. 그러나 아프리카에 극심한 가뭄이 닥쳐 인류는 전멸에 가까운 재앙을 겪었다. 그 재앙에서 단지 2천 명 정도가 살아남았고 그들이 먹을 것을 찾아, 혹은 더 살기 좋은 곳을 찾아 세계 곳곳으로 옮겨간 것이다.
    하지만 이와 대립되는 고고인류학적 추론도 있다. 김상일 박사는 캘리포니아 대학 생화학 교수 W. M. 브라운의 말을 인용해 "18만 년에서 36만 년 전에는 아시아에 대협인이, 유럽에는 네안데르탈인이 있었다. 아시아의 대협인이 네안데르탈인을 소멸하고 황색인, 백인, 흑인의 조상이 된 듯한 유전인자도 있다."라고 한다. 이런 견해를 인정하면 인류는 6만~7만 년 전에 아프리카를 떠나 지구 곳곳으로 퍼져나간 게 아니라 그보다 훨씬 오래전부터 세계 곳곳에서 살고 있었던 셈이다.
    어느 쪽이 사실이라고 단정할 수는 없다. 하지만 거의 모든 민족이 더 나은 곳을 찾아 이동했고, 그중에서도 우랄알타이어계의 이동 반경이 가장 넓다는 점에서만은 의견이 일치한다. 미국 오리건 주에서 발견된 9천 년 전의 짚신은 우리 민족이 신던 형태와 같고 남미의 볼리비아, 인도의 어느 마을에서는 고대 한글과 비슷한 문자를 쓴다. 핀란드어와 터키어는 우리말과 어순이 같고 스코틀랜드와 아일랜드 켈트족의 고음古音부 오감ogam 문자 'ㅗ, ㅛ'도 수메르어와 비슷하다. 〈환단고기桓檀古記〉를 해석한 김은수 씨는 영국의 미스터리 석조 스톤헨지도 우리 고대인의 조형술로 제작되었다고 추정했다.

우리 종족이 남긴 최초의 유물은 3만 5천 년 전 구석기시대 것으로 밝혀졌고, 우리 선조들이 국가 활동을 시작한 곳은 파미르 고원과 천산 남쪽 사이였으며 국명은 환국(기원전 7199)이었다고 한다.

바로 그 환국에서 〈천부경天符經〉이 나왔다. 구약보다 한참을 앞서는 인류 최초의 민족 철학인 이 경전은 과거, 현재, 미래를 아우른, 언제나 새로운 경지를 도출해낼 수 있는 열린 형태의 무척이나 흥미로운 텍스트이다.

환웅시대에 〈삼일신고三一神誥〉가 나왔다. 이것은 환인천왕이 전한 말을 환웅이 글로 정리한 것인데 우리가 지금 익히 아는 '홍익인간' 사상이라 할 수 있는 이화理化의 조목들이 주된 내용이다.

단군시대에는 〈참전경〉이 나왔다. 이는 선대에서 내려준 두 경전, 〈천부경〉과 〈삼일신고〉를 바탕으로 삼아 교화대행教化大行, 치도원리治道原理, 백성지공百姓之功에 대한 윤리학을 세운 것이다.

〈천부경〉이 민족 철학이라면 〈삼일신고〉는 신학이고, 〈참전경〉은 윤리학이다. 이 3대 경전 모두가 홍익인간 제세이화在世理化를 기반으로 하고 전쟁이 아닌 평화를, 갈등이 아닌 조화를 지향한다. 우리가 상상할 수 있는 것보다 훨씬 진보적이고 문명화된 가치를 실현했던 그들이 바로 우리의 조상이다.

역曆과 역易은 환웅시대에 처음으로 나타났다.

태초의 역曆은 방위 신(천신天神, 월신月神, 수신水神, 화신火神, 목신木神, 금신金神, 토신土神)에게 제사 지내기 위한 것이었다. 그리고 역易(=환역桓易)은 환웅 5세 태호太昊의 막내아들 복희伏羲(기원전 3528~3413)가 창안했다. 그는 신룡神龍과 태양의 변화를 보고 팔괘 역법을 만들었고(주역도 여기서 파생된 것이나 원리가 다르다) 괘의 형상은 1=건(☰), 5=손(☴), 6=감(☵), 7=간(☶), 8=곤(☷), 4=진(☳), 3=이(☲), 2=태(☱)이며 이를 원도(시계 반대 방향)로 배열했다.

우리 상고사를 기록한 책 〈환단고기〉의 서문 격인 〈삼성기三聖紀〉 하편에 "고기古記에 이르기를 파내류산 아래에 환인씨의 나라가 있었다. 그 땅의 넓이는 남북이 5만 리요, 동서는 2만여 리이니 합하여 환국桓國이라 하고 나누어서는 비리국卑離國, 양운국養雲國, 구막한국寇莫汗國, 구다천국句茶川國, 일군국一群國, 객현한국客賢汗國, 구모액국句牟額國, 직구다국稷臼多國, 사납아국斯納阿國, 선비국鮮裨國, 수밀이국須密爾國, 우루虞婁國, 합하여 12국이다."라는 내용이 있다. 위의 국가 지명을 살펴보면 선비국이 남쪽이라면 메소포타미아의 수밀이국은 정 서쪽이 될 것이다.

위에서 인용한 것과 조금 다르지만 그 많은 나라가 어떤 방식으로 공존했는지 알 수 있게 해주는 해석이 있다.

"겨레가 천산 아래서 태동한 이래 삼수와 삼위에 걸쳐 그 가지를 뻗어가 나라를 세웠는데 비리·양운·구막한국은 천해 서북에, 파내류국은 천해, 천산과 흑수(흑해) 사이에, 독로국·일군국·필나국·객현한국·구모액국·직다구국·통고사국 등은 중원과 황하, 송하 강에서 먼 동쪽에 각각 자리 잡았다. 나라 간의 거리는 북개마령 북쪽에 있는 웅심국에서 독로국까지 2백 리, 북개마령 서쪽에 있는 독로국에서 월청국은 그 북쪽으로 5백여 리, 직다구국은 오란하伍難河에 있었는데 이 모든 형제 대국과 소국이 수천 년간 각기 흩어져 살아도 그 종족의 신표만은 반드시 지켰다. 그 신표는 다음과 같다.

첫째, 천신, 환인, 환웅 삼신을 모신다. 둘째, 〈천부경〉, 〈삼일신고〉를 받든다. 셋째, 성소 참성단을 세워 제천 의례를 지낸다. 넷째, 형제국끼리는 절대로 침략하지 않는다. 다섯째, 변란이 있으면 아인 세력은 언제라도 서로 국가적 단결을 한다.”

하나이면서 여럿인, 여럿이면서 하나인 오늘날의 다원주의적 사고의 원형을 고대 선조들의 국가에서 엿볼 수 있다는 사실이 경이롭지 않은가. 선진 문명이란 바로 이런 것이다. 고대와 현대를 막론하고 언제 어느 곳에서나 보편 진리로 받아들여질 수 있는 사상 체계를 지닌 문명. 〈천부경〉, 〈삼일신고〉, 〈참전경〉은 바로 이런 선진 문명이 어떻게 가능했는지를 보여주는 증거다.

선진 문명은 주변과 후대의 문명에 영향을 끼치며 그 흔적을 남기게 마련이다. 선조들의 문명의 흔적을 더듬다 보면 놀라운 사실과 마주하게 된다. 안호상 교수의 말을 인용해보자.

“배달, 동이 겨레가 살았던 지역은 동아 문화의 발상지였다. 중국 문화를 형성시켰던 대부분의 주인공은 모두 동이인이었다. 요·순을 비롯하여 복희, 공자에 이르기까지 동이 겨레의 후손이며, 그런즉 동이 겨레가 동양 문화의 창조자다.”

그뿐만이 아니다. 김상일 박사는 "진시황이 만리장성을 쌓은 것은 동이족으로부터 자국을 보호하기 위해서였으나 그도 사실은 동이족이었다."라고 했다. 역사의 아이러니는 먼 훗날에도 반복된다. 히틀러의 DNA 검사 결과 그도 유대인이었다니 말이다.

우리는 오랑캐 콤플렉스가 심하다. 우리가 동이족의 후예라는 사실을 선뜻 받아들이지 않는 이유 가운데 하나는 동이東夷에서 이夷가 오랑캐라는 뜻으로도 해석되기 때문이다. 누군들 자신을 오랑캐의 후예라고 한다면 기분이 좋을 것인가. 하지만 위의 선생님들이 밝혀낸 것은 우리의 상식과는 다르다.

夷는 1) 사람 인 人

2) 어질 인 仁

3) 활을 잘 쏜다는 대궁大弓

의 의미로도 쓰인다.

夷는 또 '저柢'라고도 했는데 '저'란 만 가지 물건을 땅에 뿌리박고 난다는 말이라 했다.

지금까지도 우리가 자랑스럽게 여기는 동방예의지국, 군자불사지국이라는 말도 중국인이 동이족을 가리켜 한 말이었다. 우리가 동이족의 후예라는 사실을 받아들이지 못할 이유도, 부끄러워할 이유도 없다. 오히려 그 말에 담긴 본디 의미를 깨닫고 그 이름에 담긴 자부심을 아로새길 일이다.

한민족의 국가 유지는 환인 7대 3301년, 동쪽으로 이동해간 환웅이 18대로 1565년, 단군 47대 2096년이며 지금껏 명맥을 유지해온 민족 구성체는 한반도의 우리가 유일하다.

이 3부작은 기원전 2800년부터 시작한다. 단군이 개국하기 5백 년 전쯤이며 〈참전경〉은 아직 세상에 나오지 않은 시기다. 그런 이유로 동이족이 메소포타미아로 가져간 것의 목록을 살펴보면 〈천부경〉, 〈삼일신고〉, 문자, 천문, 월력, 환역 등은 있으나 〈참전경〉은 없다.

이 이야기는 우리 고기古記를 근거로 서술할 것이다.

한민족 이동경로

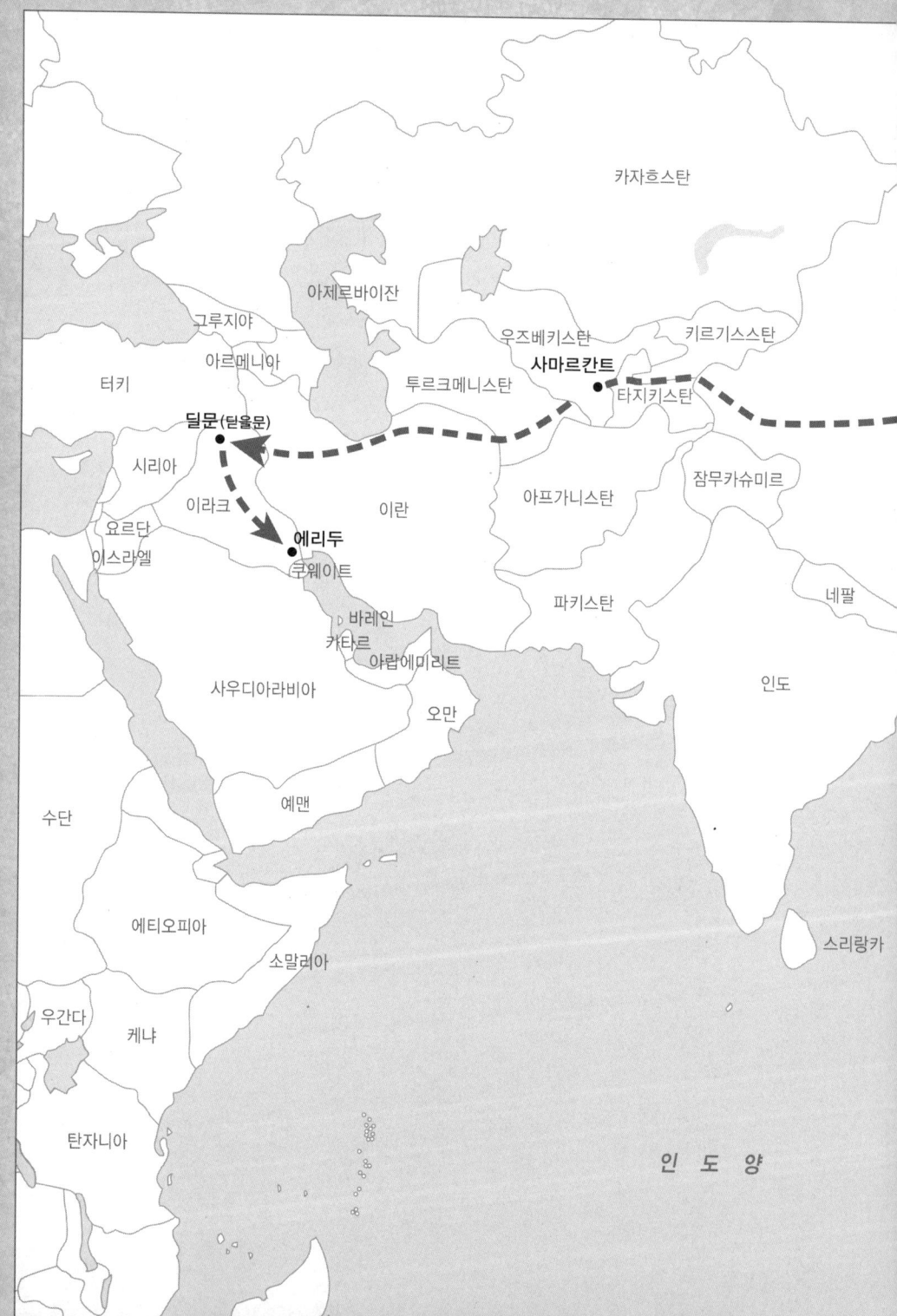

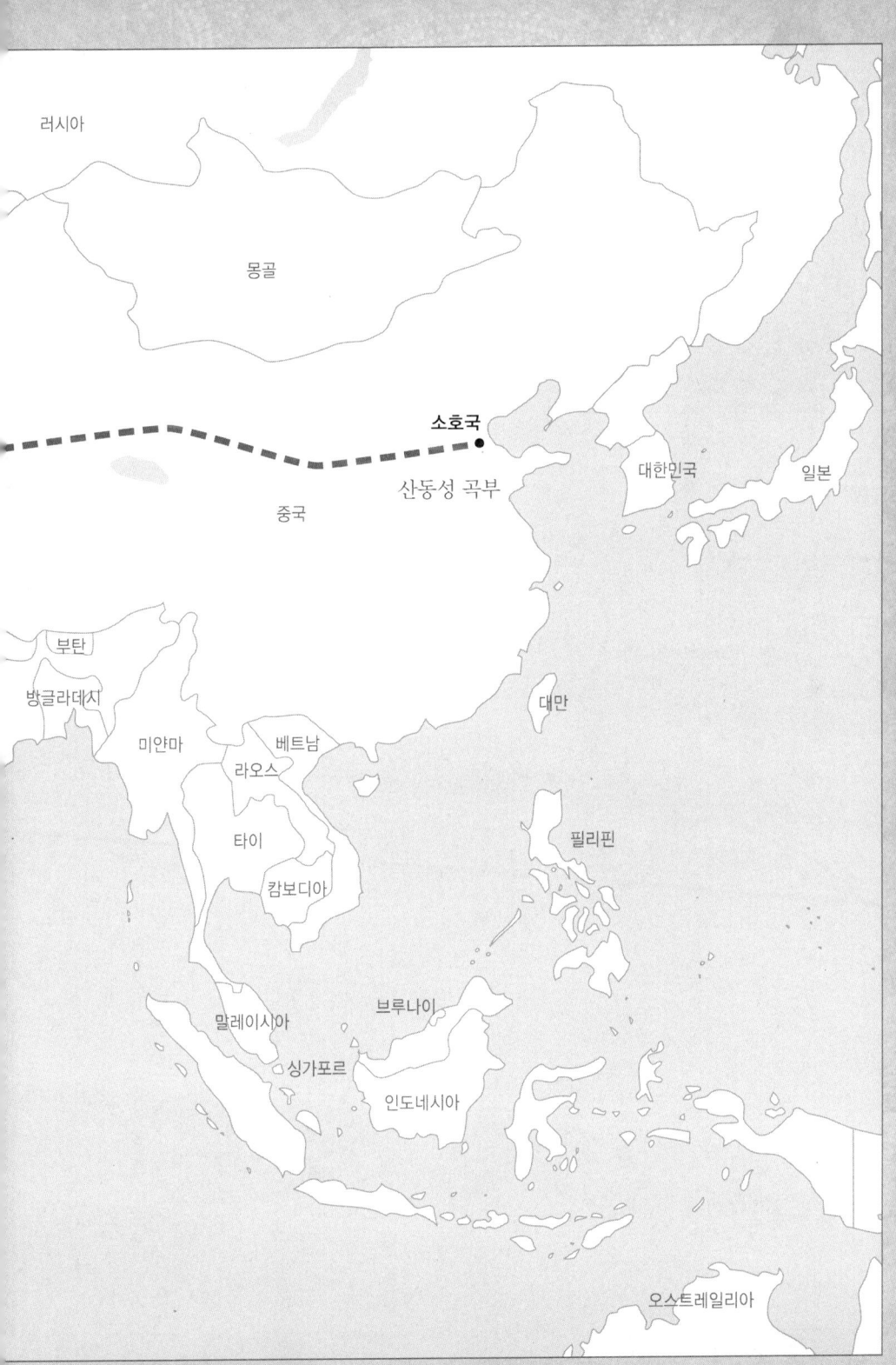

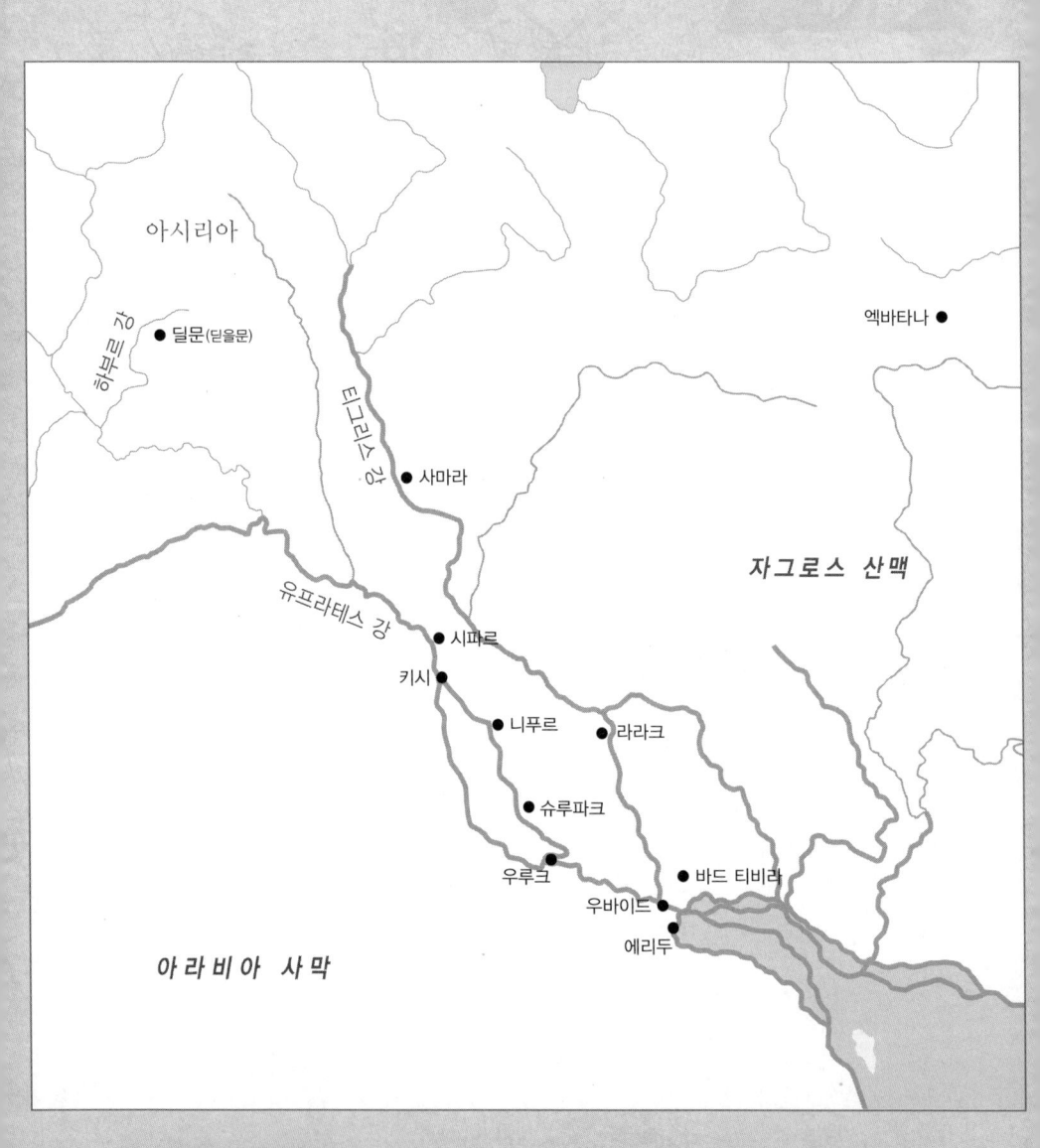

수메르 왕조

엔릴
기원전 2800~

키시 제1왕조

에타나
기원전 2861~2831

발리
기원전 2831~2791

엔-메-누나
기원전 2791~2771

멜렘-키쉬
기원전 2771~2751

바르살-무나
기원전 2751~2731

사무그
기원전 2731~2701

티즈카르
기원전 2701~2671

일쿠
기원전 2671~2651

일타사둠
기원전 2651~2631

엔-메-바라게-시
기원전 2631~2601

아가
기원전 2601~2581

메실림
기원전 2550

키시 제2왕조

슈슈다
기원전 2581~2561

다다식
기원전 2561~2541

마갈갈라
기원전 2541~2511

칼버런
기원전 2511~2491

투게
기원전 2491~2471

멘눈나
기원전 2471~2451

인비-이시타르
기원전 2451~2431

루갈무
기원전 2431~2411

우루크 제1,2왕조

메스기아-가세르
기원전 2722~2692

엔메르카르
기원전 2692~2672

루갈반다
기원전 2672~2652

길가메시
기원전 2652~2602

우르루갈
기원전 2602~2572

우툴-칼라마
기원전 2572~2557

라-바슘
기원전 2557~2548

엔눈-다라-안나
기원전 2548~2540

메쉬간데
기원전 2540~2504

멜렘-안나
기원전 2504~2498

루갈-키툰
기원전 2498~2462

엔시-아쿠-산나
기원전 2462~2402

루갈키니쉬-두두
기원전 2402~2376

루갈키니쉬-시
기원전 2376~2346

라가시 제1왕조

우르-니나오
기원전 2494~2465

아쿠르-갈
기원전 2464~2455

에아나툼
기원전 2454~2425

에아나툼 1세
기원전 2424~2405

엔테메나
기원전 2404~2375

에아나툼 2세
기원전 2374~2365

엔엔타르지
기원전 2364~2359

루갈란다
기원전 2358~2352

우루카기나
기원전 2352~2342

| 차례 |

독자들에게 _004
들어가기 전에 _010
서장 _023

1장 소호김천씨국 _037
2장 엔릴의 신부 _067
3장 머나먼 원정길 _107
4장 국제도시 소호 거리 _145
5장 정벌지 _169
6장 강 사이의 땅 _205
7장 고난의 길 _229
8장 새로운 땅 새로운 사람들 _263
9장 소머리국 탄생 _343

| 등장인물 |

엔릴 태왕의 조카. 소호국의 흥망이 걸린 원정 임무를 맡음
태왕 소호국의 왕. 엔릴의 큰아버지
재상 엔릴의 아버지. 태왕의 아우
태자 태왕의 아들. 엔릴과 사촌 간. 왕권 후계자가 된 엔릴을 질투함
담노 엔릴의 친구
별읍장 소호 거리 관리. 태왕과 재상의 외삼촌. 엔릴에게 천리마를 줌
강장군 엔릴의 충직한 첫째 부하
은대장 엔릴의 둘째 부하
제후 딜문에서 도움을 청하러 온 속국의 영주
두두 제후의 장남
닌 두두의 외사촌. 엔릴과 사랑에 빠짐. 엔릴의 아내가 됨
촌장 두두의 외삼촌. 닌의 외삼촌
누딤무드 청동 기술을 가진 야금장이
우투 촌장의 장남. 닌의 외사촌 오빠. 용사가 됨
닌티 닌의 외할머니
엔키 멜루하의 공
우딘 우투의 동생
막구 잠사대신의 아들. 원정 가던 중 타국 여자의 유혹으로 정분을 가짐

◘ 5개 도시 국가의 군주가 된 사람들
에리두 — 누딤무드 (우바이드의 야금장이)
바드 티비라 — 닌티 (닌의 할머니)
라라크 — 엔두발 (슈루파크의 젊은이)
시파르 — 우투 (닌의 오빠)
슈루파크 — 수두 (전 수장)

천신이 오시는 날은 계절들이 바쁘다. 봄은 모든 꽃망울을 열고 여름은 침엽수의 가느다란 잎을 깃처럼 세우고 가을은 신지神池의 넓디넓은 수면에 비취를 깔고 겨울은 설산 꼭대기에 앉아 이 모든 것을 점검한다. 초원 지대, 활엽수림대, 곤두박질치듯 흘러내리던 열여덟 줄기의 빙하도 오늘은 동작을 멈추었다. 동쪽의 사막은 바람을 불러 구릉마다 결 고운 주름 무늬로 치장을 하고, 서쪽의 소금산(지금의 백사산白沙山)도 아침부터 목을 빼고 신의 하강을 기다린다.

동물들은 어디쯤 오고 있는가. 야생마, 반양, 황양, 아후령鵝喉羚, 당나귀들이 앞서거니 뒤서거니 산등성이를 오르고, 백조, 눈오리는 막 도착해 숨을 고르고, 갈색 곰들은 목말을 태운 새끼들이 가문비나무로 뛰어올라 장난을 치자 늦었다고 야단을 치고, 늦잠을 잔 표범은 서둘러 빙산을 타고 내려온다.

설산은 신이 만든 모든 동식물을 점검한 뒤 인간들을 살핀다. 그들은 가장 먼저 도착해 정물처럼 앉아 있다.

"모두 도착했나이다!"

설산이 하늘에 아뢰자 그에 대답하듯 찬란한 빛이 저 위에서 뻗어 나와 누리를 덮는다. 모든 생물체가 신을 맞으려고 몸을 세운다. 빛 속에서 태고의 메아리가 흘러나온다. 신의 목소리다. 신은 빛과 음향으로 말씀하시고 만물은 자기 언어로 그 말씀을 듣는다. 여기까지 오느라 힘들었던 새끼 반양이 고개를 쳐들고 신에게 묻는다.

"저는 태어난 지 보름밖에 되지 않았어요. 걸어오느라 다리가 아팠단 말이지요. 신께서는 제가 좀 더 성숙할 때까지 기다리지 않으시고 왜 지금 오셔야 하는지요?"

"어린 양아, 내가 오늘 오는 까닭은 계절들도 만나야 하기 때문이다. 움직이는 너희들에겐 '만남'이라는 운명이 주어져 서로 생김이 달라도 어느 때나 만날 수 있지만, 움직이지 못하는 것들과 계절들은 그럴 수가 없다. 내 그래서 사계절이 다 모일 수 있도록 그 시기를 첫봄으로 정한 것이다."

어미 반양이 새끼의 귀에 대고 속삭인다.

"주위를 보아라. 산이 네 겹으로 호수를 두르고 있지? 맨 앞의 산에 너처럼 어린 꽃들이 아지랑이와 놀고 있구나. 봄이란다. 봄은 아주 짧기 때문에 저 꽃들은 금세 자라야 한다. 뒤에 서 있는 산이 여름이고, 또 그 뒤는 가을 산, 맨 뒤의 키 큰 설산은 겨울이지. 설산은 심술쟁이라 시도 때도 없이 몽니를 부리기도 한단다. 봄날, 어린 꽃들이 피어나려고 할 때 느닷없이 눈보라를 날려 보내기도 하면서 말이다."

새끼 반양은 어미가 가리킨 설산을 바라보다 금세라도 눈보라가 휘몰아칠 것만 같아 얼른 어미 품속으로 기어든다.

신의 빛은 인간으로 향해 간다.

황금색 별이 하늘을 가득 채우고 찬란한 빛이 신지로 흘러내린다. 빛이 위에서부터 닦이듯 사라지고 사방이 캄캄해지자 해가 빛을 안고 달려와 우뚝 멈춘다. 해는 빛을 쏘며 제자리를 돌다가 하늘 꼭지로 불쑥 올라가고 거기서부터 둥글게 원을 그리며 분신을 낳기 시작한다. 동쪽으로 셋, 남쪽으로 셋, 그리고 서쪽과 북쪽까지 모두 채운 후 열두 번째 제자리에서 멈춘다. 그때 신의 말씀이 들려온다.

"해가 왜 열두 개가 되었는지 그 까닭을 알겠느냐?"

인간들 가운데 있던 환인이 머리를 조아리고 대답한다.

"일 년은 열두 달이고, 하루는 열두 시간이라는 뜻이옵니다."

"그건 태초에 내가 정해준 것이 아니더냐. 나는 지금 해가 열둘로 나뉜 연유를 묻는 것이다. 너희 민족도 저 해의 방향을 따라 열두 방향으로 뻗어나가라는 뜻이다."

환인이 여쭙는다.

"저희는 아직 하나의 왕국과 몇 개의 성읍이 있을 뿐입니다. 형제가 아홉 명인데 어떻게 열두 방향으로 나가겠사옵니까?"

"모든 방향을 다 채우는 데는 수천 년이 걸릴 테지만 지금이 그 시작이다. 먼저 동쪽으로 가라. 너희들은 해가 분만한 순서대로 나라를 세우게 될 것이다."

"동쪽이라면 어디를 일컬으시며, 그곳은 여기서 얼마나 먼 곳이옵니까?"

"해가 뜨는 곳을 향해 백 일쯤 가다 보면 큰 산(태백산)을 만나게 된다. 산꼭대기로 올라가면 호수가 있을 것이다. 그 천지에 나의 제단을 세우라."

"천지가 저희들이 정착할 곳입니까?"

"산 아래에 천지의 물이 흐르는 강이 있다. 강은 동서로 길게 뻗었고 주위는 매우 기름지며 너희들은 그 옥토에서 번창할 것이다."

"하오면 누가 그곳으로 가야 합니까?"

"떠날 결심이 그의 마음에 도착할 것이다."

"그렇게 분산해서 살다가 먼 훗날 다시 만난다면 우리가 같은 환족임을 무엇으로 알아보나이까?"

"너희에게는 〈천부경〉이라는 신표가 있지 않느냐. 어느 곳으로 이동하든 반드시 가져가야 하며, 그것만 잘 전해지면 만대 이후의 자손도 서로 알아보고 돕게 될 것이다. 너희 국가는 몸이고 너희 민족은 혼이다. 혼이 추구하는 것은 도道이며, 도의 기본은 홍익이다. 언제 어디서나 만물을 이롭게 하는 홍익인간이 될 것을 깊이 명심하라."

"명심하겠나이다!"

환인의 형제들과 아들들이 절을 올리며 복창할 때 빛이 서서히 사라져간다. 신이 떠나시는 순간이다. 음복을 하듯 모두 눈을 감고 신의 말씀을 되새길 때 하늘이 다시 밝아지고 거기 서녘 해가 아무 일도 없었다는 듯 졸고 있다.

환국 3301년, 환인 7대, 지금으로부터 5908년 전이다.

그날 이후 환인과 아홉 형제는 한자리에 모여 계시를 기다렸으나 열흘이 지나도록 소식이 없었다. 둘째 아우가 말했다.

"누가 떠나든 떠나는 일은 분명하지 않습니까. 그에 대한 준비부터 의논하지요."

환인 왕이 나섰다.

"네 말이 옳다. 갈 곳이 아주 멀고 생전에 다시 보지 못할 수도 있으니 철저히 준비해서 떠나야 할 것이다."

"이번 분가는 다른 곳에 우리 민족의 영역을 세우는 일이므로 떠나는 자는 환국의 모든 것을 가져가야 할 것입니다."

"신하는 물론 제관과 장인, 교화 담당자까지 동행시켜야 한다."

"인원은 얼마나 돼야 할까요?"

"성읍을 가진 아우가 선택된다면 그의 백성 전부가 가야 할 것이다."

그때였다. 왕세자 환웅이 다급하게 들어오며 큰 소리로 알렸다.

"저, 저에게 도착했습니다!"

형제들은 깜짝 놀랐고 왕 환인은 언성을 높였다.

"대체 무슨 소리를 하는 게냐?"

"신이 저를 지목하셨습니다, 아버지!"

"네가 착각한 게야. 너는 환국을 이어받을 왕세자인데 어떻게 떠날 수 있단 말이냐?"

"환국은 오래 잘 지켜온 나라이니 동생이 맡아도 충분히 다스릴 수 있지만 새 나라는 제가 세워야 한다고 신께서 말씀하셨습니다!"

"너는 먼 여행을 한 적도 없다. 그곳은 멀고도 멀다는데 네가 어떻게 찾아갈 수 있단 말이냐?"

"가는 길목을 보여주셨고 저는 그 지도를 머리에 새겼습니다. 또 신께서 말씀하시기를 백성 3천 명을 데려가라 하셨습니다. 먼 길을 가야 하니 식량과 짐승도 충분해야 할 것입니다."

환웅의 얼굴은 굳은 결의와 희열로 번쩍였다. 환인 왕은 인간의 힘으로는 한 치도 바꿀 수 없다는 것을 깨달았다.

"신께서 환웅을 선택하셨다! 지금부터 국가의 모든 정사를 중단하고 오직 분가 준비에만 전념한다!"

왕은 〈천부경〉 전수식을 시작했다. 휘장을 친 제실은 캄캄했고 재단 위에는 둥근 옥함 하나가 은은한 빛을 내고 있었다. 왕이 허공을 향해 경건한 목소리로 〈천부경〉을 불렀다. 빛이 직선으로 내려와 옥함 위에 멈추었다. 나뭇가지와 열매 형태로 그려진 빛은 〈천부경〉의 원리였다. 사선의 빛과 동그라미가 만나면서 뜻을 합치거나 분리하고, 열 개로 표현된 음률이 옥함 주위를 돌았다.

왕은 신께 간원했다.

"신이시여, 〈천부경〉은 우리의 경전이자 민족의 혼입니다. 환웅이 그걸 가져가야 하오니 옥함에 고이 담아주옵소서. 대대손손 잘 전수될 수 있도록 영험으로 봉해주옵소서."

빛의 막대와 황금빛 열매들이 옥함 속으로 빨려 들어갔다. 왕이 옥함을 봉한 후 나무 상자에 넣어 환웅에게 건넸다. 그리고 주머니를 집어 들었다.

"이것은 내가 너에게 주는 천부삼인天符三印이다."

주머니 속에 든 것은 흑옥과 요석으로 만든 거울, 칼, 방울이었다.

환웅은 천산 남로를 따라 동쪽으로 향했다. 환웅의 아내와 자식들,

제관과 현자, 돌도끼와 활 전공자, 교화 담당자, 백성까지 3천 명이며 거의가 가족 단위로 꾸려졌다. 다섯 살 미만의 아이들은 성질이 온순한 반양을, 몸이 약한 여성들은 당나귀를 탔고 장정들은 양 떼를 몰았으며 씨앗과 식량은 말과 들것에 실었다.

열흘이 지나면서부터 풍광이 달라졌다. 산은 비바람에 산화된 것처럼 앙상했고, 거죽이 벗겨진 붉은 흙산도 있었다. 생명을 키우고 돌보라는 신의 명령을 어기고 불 바람과 정분을 냈다 하여 벌을 받은 것이라고 구승전사口承傳師 노인이 말했다.

산만이 아니었다. 대지 또한 한 폭의 그림처럼 수십 킬로미터 앞까지 볼 수 있었으나 풍경은 살벌한 황무지였다. 가도 가도 나무 한 그루 없는 잿빛의 땅, 고독에 숨죽이는 달만이 하늘에 자기 위치를 그려줄 뿐이었다.

스무 날이 지났을 때 비를 만났다. 사막과 황무지로 형성된 분지에선 참으로 드문 현상이었다. 일 년에 한두 번 발을 디밀다가도 곧 쫓겨나는 것이 비라고 했는데 오늘은 한나절이 지나도 그치지 않았다.

"근처에 동굴이 있을 것입니다. 먼저 가서 찾아보겠습니다."

길 안내인이 환웅에게 알린 뒤 말에 올랐다. 10리쯤 달려가자 동굴이 보였다. 말에서 내려 안으로 들어가 보니 입구부터 암화岩畵가 그려져 있었다. 크게 발기한 남성들의 성기가 무기처럼 입구를 겨냥하는가 하면 엄청나게 큰 여인들의 성기, 성교하는 군혼群婚의 무리, 말, 낙타, 코끼리, 양, 늑대, 사슴, 조류가 차례로 그려져 있었다. 환국의 암화와 달리 이곳에서는 짐승들까지 성교를 하고 있었다.

"짐승도 새끼를 많이 낳아야 사냥감이 늘어난다는 것이지."

갑자기 시체 썩는 냄새가 밀려오자 안내인은 그 자리에서 멈추었다. 코를 막고 살펴보니 몇 발짝 앞에 시체가 즐비했다. 새 나라를 세우러 가는 새 백성들이 머물기엔 매우 불길한 장소였다.

안내인이 돌아서려는 순간, 시체들이 슬금슬금 일어나기 시작했다. 벌거벗은 데다 얼굴까지 일그러진 그들은 시체가 아닌 살아 있는 사람들이었다. 주로 코와 입이 무너졌는가 하면 한 남자는 자기 눈알을 손바닥에 들고 그를 향해 걸어왔다. 안내인은 급히 달아나 말에 올랐다. 뭔가가 등을 때렸다. 눈알이라는 것이 직감으로 느껴졌다. 온몸에 소름이 팽창해서 터질 것 같았으나 그는 쉬지 않고 달리기만 했다.

일행들에게 돌아왔을 때는 거짓말처럼 비가 그쳐 있었다. 그가 다급한 목소리로 환웅에게 알렸다.

"돌산을 피해 가야 합니다!"

그날 이후 가축들이 죽어갔다. 말부터 당나귀, 양까지 씨도 남기지 않았고, 살점까지 문드러져 먹을 수도 없었으며, 가져온 양식도 동이 나 벌써 열흘째 물만 마시며 걸어가는 중이었다. 해가 졌다. 사람들은 그 자리에 주저앉거나 쓰러져 누웠다. 환웅의 아내는 자식들을 살펴보았다. 남편의 뒤를 이을 장남이 몸을 떨고 있었다. 입에는 허연 태를 두른 것이 체온이라도 데워주지 않으면 병이 덮칠지도 몰랐다.

환웅의 아내는 나무를 찾아 들로 나갔다. 황무지에서 자라는 키 작은 가시풀조차 오늘은 단 한 그루도 보이지 않았다. 대신 들짐승의 마른 똥이 여기저기 널려 있었다. 그것으로라도 불을 피우려고 치마폭에 주워 담았다. 그때 천신의 목소리가 들려왔다.

"어서 버리지 못하느냐!"

환웅의 아내가 버리지 않고 치마폭을 더욱 바짝 당기자 신께서 꾸짖으셨다.

"그것으로 불을 피운다고 네 아들이 살아남을 것 같으냐!"

환웅의 아내는 자신들의 고행은 온당하지 않다는 것을 떠올렸다.

"신이시여, 이 길은 신께서 지시한 것이 아니옵니까. 제 남편은 환국의 세자입니다. 환국을 맡아 왕이 될 사람을 신께서 부추겨 길을 떠나라 하셨습니다. 그 까닭이 무엇이옵니까? 저희 모두를 죽이려고 이 길을 가라 하셨습니까?"

"너희들은 부정을 저질렀다. 너희들의 안내인이 들어가지 말아야 할 동굴에 들어갔다. 그곳은 병든 사람들이 치료하는 장소다. 백 일간 아무에게도 보이지 않아야 회복할 수 있는데 안내인이 침범하여 그 저주가 너희들에게 내린 것이다."

"안내인이라면 철모르는 백성이 아니옵니까. 어찌 한 사람의 잘못으로 우리 모두가 희생하란 말씀이옵니까. 그건 부당하오니 어서 이 저주를 풀어주십시오."

"저주를 풀자면 희생이 따른다. 그래도 하겠느냐?"

"제가 할 수 있는 일이라면 어떤 희생도 감수하겠나이다."

"네 육신을 바쳐야 한다. 그래도 하겠느냐?"

"제 육신을 바친다면 제 백성들을 모두 살릴 수 있나이까? 그렇다면 기꺼이 하겠나이다."

"역시 너는 네 백성들의 어미이기도 하구나. 그렇다. 네 육신을 네 백성들 숫자만큼 나눈다면 그들 모두가 목적지까지 안전하게 도착할 것이다."

"하오면 어서 제 육신을 가져가시옵소서."

환웅의 아내가 옷매무새를 바로잡을 때 신께서 마지막으로 할 말이 없느냐고 물으셨다.

"신이시여, 남편이나 자식들이 저를 찾을까 두렵나이다. 저로 인해 갈 길이 지체되는 일이 없도록, 정해진 날짜에 당도할 수 있도록 신께서 부디 조처해주십시오."

"참으로 갸륵하구나. 네 뜻대로 환웅이 나라를 세우는 날 알게 할 것이다. 너는 명명明命과 보은, 대덕을 갖춘 왕비요, 홍익인간 그 첫 번째 실천자였다는 것도 깨닫게 하리라."

"감사하나이다."

하늘에서 빛의 지팡이가 날아와 그의 이마를 쳤고 그 육신은 3천 개의 별로 나누어졌다.

아흔아흐레째가 되는 날이었다. 일행이 들에서 쉬고 있을 때 신께서 환웅에게 가까운 마을에 전쟁이 벌어졌으니 어서 가서 중재를 하라고 이르셨다.

그곳으로 달려간 환웅은 폐허를 목격했다. 마을의 가옥들은 불타거나 무너졌고, 주민들은 모두 꿇어앉아 있었으며, 돌과 막대기를 든 갓옷 입은 사내들이 족장과 그 가족들을 징치하는 중이었다. 환웅이 소리쳤다.

"멈춰라!"

갓옷을 입은 자들이 환웅을 향해 막대기를 쳐들고 달려오자 하늘에서 불 지팡이가 쏟아져 내려 그들을 가두어버렸다. 침략자들은 놀라 허둥댔다. 환웅이 그 마을 족장에게 다가가 연유를 물었다. 족장은 구원자를 만난 듯 간절한 목소리로 전후 사정을 설명했다.

"우리는 웅족입니다. 산 저쪽에 사는 호족들이 걸핏하면 마을로 쳐들어와 이런 횡포를 부리나이다."

"이유가 뭐라더냐?"

"산짐승이 전부 자기들 것이라고 우깁니다. 우리가 노루 한 마리를 잡아도 저렇듯 쳐들어와 마을을 들쑤시곤 합니다."

신이 불 지팡이를 걷어 올리고 환웅을 호족 우두머리 앞으로 이끌었다. 환웅이 그에게 물었다.

"저 산과 짐승을 네가 만들었더냐?"

불 지팡이에 이미 기가 죽었을 법한데도 호족 우두머리가 불충스럽게 대답했다.

"산은 앞뒤로 나뉜 지 오래오. 앞쪽이 우리 것이란 말이오. 웅족은 뒤쪽에서만 사냥을 할 수 있음에도 번번이 명령을 어긴단 말이오."

"너희들이야말로 신의 명령을 어겼다. 저 산과 짐승들은 천신께서 만드셨다. 사람이면 누구나 나무를 베거나 사냥을 할 수 있다고 하셨거늘 너희들이 무엇이기에 앞뒤로 나눈단 말이냐?"

웅족의 장정이 뒤쪽에서 나섰다.

"산 뒤쪽은 맹수가 많소이다. 사냥을 한다 해도 온전히 가져올 수가 없소."

"그건 너희들 사정이다!"

호족장이 으르렁거렸다. 환웅이 결론을 지었다.

"그렇다면 호족아, 이제부터 너희들이 산 뒤쪽을 가지도록 해라. 내가 표시를 해둘 것이다. 만약 내 지시를 무시하고 접근한다면 그 즉시 벼락을 칠 것이다."

환웅이 그 말을 남기고 돌아서자 호족장이 비로소 무릎을 꿇었다.

"저희가 잘못했습니다. 이제부터 함께 쓰도록 할 테니 뒷산으로 가라는 말씀은 거두어주십시오."

"백 일간 근신하라. 그때까지 잘 지키면 풀어주마."

그리고 환웅은 웅족들에게 다가갔다. 울고 있던 족장의 딸이 제 아비의 손을 풀어주고 있었다. 갈포 옷에 긴 머리를 묶어 내린 처녀에게서 환웅은 시선을 거둘 수가 없었다. 어찌 저리 닮았단 말인가. 양 떼 3천 마리를 몰아다 주고 홀연히 사라져버린 아내, 그 아내의 처녀 시절 모습이 마치 족장의 딸로 환생이라도 한 듯이 하나로 겹쳐졌다.

웅족장이 다가와 감사하다고 머리를 조아리자 환웅이 그에게 지시를 내렸다.

"이제부터 너희들이 호족을 감시해라."

웅족과 호족은 태백산 주변에 산거하는 야족으로 오랫동안 서로 괴롭혀온 종족이었다.

이튿날 드디어 목적지에 도착했다. 환국을 떠나온 지 백 일째 되는 날이었다. 산 정상에 천지가 있고 천지의 물이 흐른다는 강도 잇대어 있었다. 신이 일러준 곳이 분명했다. 웅족 마을에서 20여 리, 호족과는 30여 리쯤 떨어진 곳이었다.

환국을 떠나온 지 일 년째 되는 날, 환웅은 왕 등극식을 거행했다. 왕비는 갈포 옷에 긴 머리를 묶어 내렸던 웅족장의 딸이었다. 웅족장이 딸을 데려왔을 때 환웅은 불가사의하게도 그의 딸과 매우 익숙한 느낌이었다. 그의 두 아들도 마치 제 어미인 듯 쉽게 모자 관계를 이루었다.

웅족은 웅족대로 신격을 갖춘 환웅과 고도의 문화인이자 천계지민天戒之民인 겨레의 고상한 인품에 반해 한사코 복속을 원했다. 왕의 처소를 지을 땐 거의 모든 목재를 분담했다. 그들은 환족과 동격이 되는 조건으로 인간의 품계를 높이는 백 일간의 공부도 잘 이수해냈다.

등극식이 시작되었다. 환웅이 왕비 웅녀의 손을 잡고 단상으로 나왔다. 백성들은 모두 엎드려 절을 올렸다. 왕이 먼저 국가의 명칭을 선포했다.

"우리의 국호는 신시神市다. 신의 뜻으로 세워진 나라이기 때문이다. 너희들은 신의 아들이자 왕인 나 환웅의 백성임을 선포하노라!"

뒤이어 대신들을 임명했고 왕비의 작은 오라비는 농정사가 되었다.

등극식이 끝난 후 왕은 천부삼인을 들고 산으로 올랐다. 천지 옆 단목 아래 흙을 파고 거울, 칼, 방울을 묻자 장정들이 그 위에 제단을 놓았다. 왕이 천신에게 개국 선언을 보고한 뒤 단목 뒤쪽으로 돌아갔다. 왕은 금석돌 앞에 섰다. 사람 키만 한 바위에는 새로 발명한 녹서鹿書로 〈천부경〉이 새겨져 있었다. 여든한 자에 열 개 항목이었다. 왕은 하늘을 우러러 신고를 했다.

"천신이시여, 이 산은 신시의 성지이옵니다. 여기에 겨레의 혼과 몸인 〈천부경〉을 심었나이다. 이 금석문과 함께 민족의 정신이 영원히 빛나도록 신령으로 지켜주옵소서."

기원전 3898년 10월 3일이었다.

1장
소호김천씨국

소호국(少昊國, 기원전 3219~2665)은 산동성 곡부曲阜에 있었다.
그들의 영토는 산동성 제남 아래쪽 2백50리에서
강소성 북부에 이르기까지 사방 수천 리에 달했다.
― 문정창 ―

1

 태왕은 어전 회의실로 들어서며 대신들을 살펴보았다. 저마다 얼굴에 '안일'이라는 낙인이 찍혀 있었다. 국록을 먹는 자들이 나라 형편 따위는 안중에도 없다는 것이다.
 태왕은 자리에 앉자마자 사록관을 지목했다.
 "오늘은 소호국의 개국사부터 듣고 싶으니 그에 대한 내력을 말해 보게."
 사록관이 엉거주춤 일어났다. 그는 자신의 엉성한 기억력을 채워내려고 머리를 쥐어짜며 이야기를 시작했다.
 "우리의 국조왕께서 이곳에 도읍하신 것은 4백여 년 전이옵니다."
 "애초 어디서 오셨는가?"
 "신시에서 오셨습니다. 9대 환웅천왕 때에 우리 국조왕께서는 황하 유역까지 영토를 확장하신 명장이셨고 환웅천황께서 그에 대한 포상으로 이곳을 하사하셨습니다."
 명장 소호김천이 이 지역을 제패했을 때 환웅천왕은 그 위치가 정 동쪽임을 알았다. 민족이 분가해 가야 할 세 번째 위치였다. 천왕은 백성과 제실, 〈천부경〉, 그 모든 것을 나누어주며 국가 설립을 명했고, 장군은 자신의 이름을 따서 국명을 소호로 정한 뒤 왕으로 등극했다.

"소호국의 도등이 봉과 황이다. 그 내력을 말하라."

"예, 국조왕께서 왕으로 등극하셨을 때 봉과 황이 차례로 날아내려 한나절 동안 춤을 추고 갔기 때문입니다."

봉을 본 아이가 또 있었다. 엔릴이라는 아이가 나라의 도등이 된 신조를 보았다. 처음 그 보고를 받았을 때 태왕은 충격이 너무 커 한참 동안 숨을 쉴 수가 없었다. 선친도, 자신도 보지 못한 상서祥瑞를 왕자들도 아닌 자신의 조카가 본 것이다.

태왕이 대신들에게 말했다.

"오늘은 아주 중요한 발표를 할 참이오."

태왕이 지금 공표를 하면 다시는 정정할 수 없다는 것을 잘 알고 있었다. 그러나 방법이 없었다.

"왕권 후계자를 바꾸겠소."

대신들은 얼른 알아듣지 못했다. 왕권이란 당연히 왕세자에게 넘어가는 것이고, 또 그런 공식 절차까지 끝낸 일이었다. 한참 만에 태대신이 물었다.

"바꾸고자 하는 사람이 어느 왕자이옵니까?"

"재상의 아들 엔릴이오."

대신들은 물론 재상 본인까지도 소스라치게 놀랐다. 이건 천지개벽 같은 이변이다. 소호의 전 역사를 통틀어 한 번도 없었던 일이다. 대신들이 이구동성으로 아니 될 일이라고 아뢰는데 태대신이 다시 물었다.

"전하, 까닭을 여쭤봐도 되옵니까?"

"천자의 천명은 인물보다는 상서에 우선한다고 했소. 재상의 아들 엔릴이 그 상서를 보았지 않소?"

"그러나 엔릴 공자는 천자에 맞는 수련을 한 적이 없습니다. 그 나이가 되도록 공부는커녕 청년이 되면 당연히 연마해야 할 무술도 배우지 않았습니다."

태왕이 의심스럽다는 듯 되물었다.

"태대신은 남의 자식에 대해 어찌 그리 소상히 알고 있소?"

재상이 나섰다.

"전하, 태대신의 말이 옳사옵니다. 엔릴이 상서를 보았다고 하나 그건 어릴 때 일입니다. 그 아이가 정말로 그런 기운을 타고났다면 하고 다니는 행실이 달랐을 것이옵니다."

엔릴의 아비이자 왕의 아우인 재상은 부디 믿어달라는 듯이 간곡히 말했으나 태왕은 답답하다는 듯 언성을 높였다.

"들어보시오! 왕태자를 후계자로 임명한 이후 이 나라에 무슨 일이 있었소? 중요한 생산지가 적에게 넘어갔고 귀신도 잡는다던 장군은 패장으로 돌아왔소!"

"그건 왕태자 때문이 아닙니다. 장군들이 태만해서 전쟁을 잘못 치른 까닭에 그리 된 것이옵니다. 이제라도 군력 증강에 힘을 쏟으면 빼앗긴 영토는 되찾을 수 있습니다."

"생산지를 빼앗긴 지 2년이 지났는데 이제 와서 군력 증강?"

태왕은 면박을 준 뒤 역경사易經士를 지목했다.

"역경사, 엔릴의 환역桓易을 뽑으시오. 그 아이밖에 나라를 구할 수 없다는 것을 괘로써 증명하시오!"

태대신이 나섰다.

"전하, 만에 하나라도 괘가 나쁘게 나온다면 그래도 실망하시지 않으실 것이옵니까?"

"그건 또 무슨 소리요?"

"엔릴 공자는 열다섯 살 때부터 저잣거리에서 산다고 했습니다. 처음엔 궁악실 처녀들을 희롱하더니 나중에는 작부 집에 눌러 살며 술에 취해 행패를 부리는 일이 다반사라 백성들도 망종이라고 고개를 흔든다고 합니다. 재상의 말씀처럼 상서의 기운을 타고났다면 그런 일을 하지 않을 것이옵니다."

재상도 거들었다.

"마마, 저도 답답해서 환역을 살펴본 적이 있사옵니다만, 그 아이에겐 큰 운이 없었습니다."

태왕은 기운이 빠졌다. 며칠 동안 밤잠을 설치며 생각해온 안건마저 무참히 거부당하고 있었다.

"선대왕이 물려준 영토, 반드시 찾아야 하오. 국운을 되살려야 한단 말이오. 내 생각이 틀렸다면 그대들이 방법을 내놓으시오!"

태왕은 이 말을 남기고 어전을 나가버렸다.

2

  재상은 주막집 뒷문 앞에 서 있었다. 여자의 악다구니와 함께 문이 열리면서 한 청년이 쫓겨 나왔다. 아들 엔릴이었다. 머리가 봉두난발인 것이 밤새 술을 마시고 여태껏 잠을 잔 모양이다. 아무렇게나 흘러내린 머리칼 사이로 언뜻 보이는 이마는 행태와 다르게 맑고 깨끗했다.
  '그래도 이마는 훤해 보이는구나.'
  엔릴은 쪽마루로 어깨를 디밀고 다시 잠을 청했다. 이마에 새겨진 낙인이 뚜렷했다. 어린 시절 봉을 본 뒤에 생긴 것으로 사람들도 그 낙인만은 알아보았다.
  '그것이 너의 질곡이자 영광이냐.'
  재상은 돌아섰다. 말이 등에 오르라고 머리를 비볐으나 그는 아들의 추억만 되작였다. 엔릴이 열두 살 때 그는 잠사蠶師를 맡아 자주 산행을 했다. 산누에 서식지를 찾기 위해서였다. 산누에는 고치가 크고 실이 질겨 최상품의 비단을 뽑을 수 있는데 그놈은 꼭 굴참나무에 올라 고치를 틀었다. 단혈산에서 며칠간 묵으며 고치 채취를 하던 어느 날 산 안쪽에서 아름다운 새소리가 들려왔다. 맑고 투명한 소리에 홀려 일손을 놓고 소리 나는 쪽으로 향했다. 산속 호숫가 벽오동 나무에 오색 날개를 가진 봉이 앉아 있었다. 사람들은 경외심이 가득한 눈빛으로 봉을 바라보았다. 봉은 큰 날개를 휘저어 아이에게 부채질을 해주었고 아이는 간지럼을 타듯 까르르 웃었다. 재상은 그날의 광경이 어제 일처럼 똑똑히 떠올랐다.

'그때 봉을 보지 않았더라면 아이의 인생이 순탄했을까?'

문제는 봉을 만난 것이 아니라 사람들의 인식이었다. 그날 이후 사람들의 태도가 달라졌다. 아이가 지나가면 뒤로 물러나 절을 올리고 멀어질 때까지 움직이지 않았다. 선생들도 경외심 때문에 아이 곁에 다가가지 못했다.

단 한 사람 예외가 있었다. 태자였다. 아들보다 세 살 많은 태자는 엔릴을 자기 마음대로 조종했고 아이는 무조건 순종했다. 다른 사람들은 경외만 하는데 형은 자기를 사람 취급해주어서가 아니었다. 엔릴은 어릴 때부터 제 사촌 태자를 좋아했다. 태자가 노끈으로 아이를 묶어 저 잣거리로 끌고 다닌다는 보고를 받았을 때 재상이 나서지 못했던 것도 아이의 순정에 상처를 입히고 싶지 않아서였다.

태자가 아이를 황소 앞에 내세우며 무릎을 꿇게 하라고 명령했을 때 엔릴은 황소 등에 올라타는 것으로 위험을 모면했고, 미친개와 맞서게 했을 때는 멀리 있던 누군가가 활을 쏘아 아이를 구해주었다. 개는 화살을 맞고 낑낑거렸고 태자는 단도를 뽑아 죽은 개를 찌르고 또 찔렀다. 어른도 대적할 수 없는 힘센 개가 엉뚱하게 날아온 화살 하나에 자빠졌다는 것, 그것을 용서할 수 없다고 태자는 개가 만신창이가 될 때까지 찔러댔다. 어떤 집요함이 악마보다 무섭게 태자를 조종했다.

등 뒤에서 여자의 잔소리가 들려왔다. 새된 목소리지만 살기가 없다. 엔릴이 주막에 기거해도 안심을 한 것은 여자들의 본질에는 살의가 없기 때문이었다. 남자는 야망 때문에도 살인을 하지만 그런 여자는 아주 드물었다.

'이제는 이곳도 안전하지 않다.'

재상은 급히 말에 올랐다.

3

 북쪽 성읍은 담비 생산지였다. 특히 추운 지방에 사는 황담비는 귀물이라 국제시장에서 부르는 게 값이었는데 그 성이 침략을 당했다. 강장군은 즉시 출격했다. 토성의 망루엔 침략자들의 종족 표시인 흑곰 가죽과 함께 성주와 주민들의 시체가 걸려 있었다. 침략자들은 독화살을 사용하는 북방의 수렵인들이었다.
 "밤에 공격해야 할 것입니다."
 침략자들의 화살이 아무리 치명적이라 해도 낮에만 사용할 수 있는 무기다. 강장군은 참모의 건의를 받아들여 밤이 깊었을 때 공격했다. 성문은 쉽게 열렸다. 성문을 지키는 군사들도 없었다.
 "어두워서 분간할 수가 없습니다. 횃불을 켤까요?"
 참모가 물었다. 불빛을 보인다는 것은 적들에게 공격하라는 신호와 같다.
 "우두머리는 성주 저택에 있을 것이다. 그곳에 도착한 후 불을 밝히도록 하라."

성주의 저택으로 다가드는 순간 사방에 횃불이 켜지면서 적들이 뒤에서부터 공격해왔다. 함정이었다. 담비 생산이 탐이 난 중원의 대상들이 흑곰족을 이용해 성을 치고 든 것이다.
"후퇴! 후퇴하라!"
강장군은 목이 터져라 후퇴를 외쳤다.

강장군은 번쩍 눈을 떴다. 이명 때문에 앉아서 잠을 잤는데도 또 그 꿈이었다. 장군은 움막을 나가 호수로 갔다. 세수를 해도 꿈의 잔영은 지워지지 않았다. 허벅지 부상을 입고 말에 실려 오던 기억만 새롭게 떠올랐다. 태왕은 부르르 떨며 눈앞에서 사라지라고 소리쳤다. 벌을 내려달라고, 참수나 옥살이를 시켜달라고 애원해도 왕은 등을 돌려버렸다. 왕의 총애를 받던 일등 장군의 종말이었다.
장군은 제사 터로 걸어갔다. 며칠 전 단오에 태왕이 대신들과 함께 와서 제를 지낼 때 자신은 수풀 속에서 그 광경을 지켜보았다. 왕의 뒤를 이어 태대신, 대신들, 신임 장군이 차례로 절을 올렸다. 전에는 신임 장군 자리에 자신이 있었는데 이제는 그의 부하가 국가 보위를 빌고 있었다. 자신은 어디에도 없는 무의 존재였다. 움막을 지은 것마저 처절하게 후회가 되었다. 그것은 자신을 가두려 했던 또 하나의 미련이었다.
장군은 등을 돌렸다. 제단에서 무언가가 날아와 뒤통수를 쳤다. 차갑고 섬뜩한 느낌이었다. 다시 제단 앞으로 돌아가자 제단이 아닌 자기 내면에서 이런 소리가 들려왔다.
"오늘도 패전 장면을 보았느냐? 2년이 지나도록 똑같은 장면 아니냐? 대체 언제까지 실상을 왜곡할 참이냐?"

'실상을 왜곡했다?'

이번에는 전신에 얼음 못이 박히는 듯했다. 그는 전투 과정을 찬찬히 되돌아보았다. 출정 당시 부하들이 군사 2천 명은 필요하다고 했고, 자신은 성의 규모로 보아 1천 명이면 충분하다고 결정했다. 성에 도착하기 전날은 고을에서 촌락노영을 했는데 자신은 태수 집에서 마을 유지들과 거상에게 북쪽 성읍에 대한 정보를 들었다.

"오늘 이 거상이 담비를 구하러 갔다가 보았다는데 토성의 망루에 성주인 듯한 자의 시체와 흑곰 가죽이 걸려 있더랍니다. 그들 종족의 표시인 거지요."

"흑곰 가죽이라면?"

"북방 수렵인이오. 잔인하기 짝이 없는 데다 독화살을 쓰는 종족인데 그 화살에 맞으면 온몸이 푸르게 썩는다고 합니다."

그때 밖에서 거상을 찾는 사람이 있었다.

"내 수하입니다. 돈을 곱으로 주고라도 담비를 구해 오라고 했더니 이제 오는 모양입니다."

"그쪽 성에서 온다면 적의 사정도 알 텐데 들어오라고 하시오."

태수가 권했다. 방에 들어온 거상의 수하는 담비를 가져오지 못했다고 아뢰었다. 거상이 낭패의 표정을 지었다.

"중원의 호족장과 약속을 했는데 큰일이구나. 그래, 큰돈을 주겠다는 말은 해보았느냐?"

"예, 그랬더니 돈은 필요 없다, 대신 곡식이나 소, 양을 가져오라고 했습니다."

장군이 물었다.

"그 이유가 무엇인 것 같소?"

"주민의 말에 따르면 침략자들이 들어왔을 당시 성에도 곡식이 떨어져가고 있었답니다."

그 성에는 농지가 없었다. 이웃 곡창지대에서 식량을 공급했는데 눈이 와서 수송이 지연되던 참에 침략자들이 쳐들어온 것이었다.

"그럼 적들은 굶고 있더란 말이오?"

"자기 부하들의 엉덩이 살을 베어 먹으며 연명한다고 했습니다."

"인간이 맹금보다 극악하다니…."

태수가 한탄했다. 장군은 담비 수집가의 말을 떠올렸다. 수렵인들에게 긴 겨울은 혹독하다고 했다. 짐승들도 숨어드는 혹한이라 마을을 침략했는데 성에도 곡식이 없었다면 적들에겐 지금 저항할 힘도 크게 남아 있지 않다고 봐야 한다.

"적은 몇 명이나 된답디까?"

"그건 잘 모르겠지만 부하들이 언제 자기 엉덩이가 베일지 몰라 도주자가 속출하고 있다 합니다."

장군은 재빨리 정리해보았다. 적이 가진 치명적인 무기는 독화살이 전부다. 하지만 밤에는 잘 사용할 수 없을뿐더러 소리 없이 다가들면 저항하기 전에 진압할 수 있을 것이다. 장군은 벌떡 일어났다.

"지금이 적기입니다!"

장군은 밖으로 나가 당장 출정 명령을 내렸다.

"아흐!"

그는 풀썩 무릎을 꿇었다. 부끄러움이 뜨거운 진흙처럼 얼굴을 뒤집어쐬웠다. 거상 수하의 말처럼 성문은 열려 있었다. 군사들이 발소리를 죽여가며 성주의 저택으로 다가드는 순간 횃불이 켜졌고 그 순간 적들과 함께 서 있던 거상을 보았다. 놈이 먼저 달려가 장수의 전략을 알리고 대비한 것이었다. 그랬다. 그 전쟁은 그들이 만들었고 자신은 철저히 말려들었다.

"이 처참한 부끄러움을 어이할 것인가."

그는 벌떡 몸을 일으켰다.

'실수나 불운으로도 치부할 수 없는, 세상에서 가장 큰 부끄러움, 고칠 수도 씻을 수도 없다면 방법은 한 가지밖에 없다!'

버드나무 앞에서 그는 발길을 멈추었다. 아들이 움막에서 나와 낑낑대며 나귀에 올랐다. 올해 열아홉인 녀석은 어릴 때부터 한쪽 다리가 짧았다. 풀 수 없는 것이 인생인지 아니면 운명인지, 아이를 볼 때면 가끔 그런 생각이 들었다. 아이가 멀어져갔다. 움막으로 가보니 토방에 떡과 술을 담은 질병이 놓여 있었다. 그는 뒤로 돌아 나와 풀 더미에 떡과 술을 버렸다. 배고픈 들짐승이 먹을 것이다. 그는 되돌아와 방으로 들어갔다.

'모든 걸 그대로 두고 가는 거다. 이불은 펴놓고 옷은 걸어두고. 아들이 알아차렸을 때 나는 이미 황하의 강물 속에 있을 것이다. 살점에 박힌 부끄러움까지 낱낱이 씻어내면서 나는 그렇게 흘러갈 것이다.'

그가 움막을 나설 때 백마를 탄 사람이 달려왔다. 재상이었다. 재상이 직접 달려왔다면 아마도 왕의 명령일 것이다. 만약 유배의 명을 가지고 왔다면 평생 수치심으로 살아야 한다. 참수나 사약이길 간절히 바라며 장군은 바닥에 꿇어앉았다.

"무슨 까닭으로 꿇어앉는 것이오? 일어나시오. 난 그대에게 부탁이 있어 온 것이오."

장군은 어리둥절했지만 그게 무슨 상관이랴 싶었다.

"저는 패장군입니다. 설령 부탁이라 하셔도 이대로 듣겠사오니 말씀해주십시오."

재상은 그를 비켜 움막으로 향했다. 장군은 급히 움막으로 달려가 바닥에 깔아둔 이부자리를 치웠다.

"귀하신 옥체에 폐가 될까 두렵습니다."

"어서 앉으시오."

재상은 그가 앉도록 기다렸다가 입을 열었다.

"장군, 내 아들을 기억하시오? 어릴 때 그대 아들과도 어울렸던 것 같은데."

재상의 아들에 대한 소문은 많았으나 먼저 기억나는 것은 장군 아들이 일곱 살 때의 일이었다. 그의 아들은 아이들의 놀림이 싫어 항상 병영에 와서 놀았다. 하루는 해가 기우는데도 막사로 오지 않아 찾아봤더니 재상의 아들과 씨름판 모래 위에 나란히 앉아 다리를 뻗고 있었다. 그것이 아들의 짧은 다리를 길게 하는 비결이라고 했다.

"저의 기억으로는 봉을 보신 귀한 분이십니다."

"장군, 그런 말이 나를 위로하지 않는다는 것을 기억해두시오. 내 이처럼 그대를 찾아온 이유는 부탁이 있어서요."

"부탁이 무엇인지 말씀해주십시오."

재상은 움막 천장을 올려다보았다. 군데군데 하늘이 보였다. 그는 자신의 진심을 조금은 드러내야 할지, 아니면 꼭꼭 숨겨야 할지 잠깐 생각해보았다.

"그 녀석이 저잣거리 주막에서 지낸 지가 오래요. 나도 애비인데 더 이상은 방관할 수가 없구려. 장군께서 그 아이를 좀 구해주시오."

"저는 패장군입니다. 저에겐 공자님을 가까이할 자격도 남아 있지 않습니다."

"당신이 장군이라서 부탁하러 온 것이 아니오. 당신도 부모이지 않소. 나는 지금 매우 절박하오."

장군은 재상을 바라보았다. 백성들에겐 그저 어진 지도자로만 알려진 그에게도 고통이 있다는 것이 마음이 아렸다.

"제가 할 수 있는 일이 무엇인지요?"

"주막에서 데리고 나와 태산의 선사에게 데려다주시오."

선사는 태산 깊은 계곡에서 오래 도를 닦은 사람이다. 그는 몇 가지 도술을 부리고, 특히 사람의 더럽혀진 정신을 깨끗이 씻어주는 재주가 있다고 했다.

"공자님의 정신을 맑게 하란 말씀이시군요."

"아니오. 맑아질 정신이 그 애한테 남아 있다고 기대하지 않소. 단지 세파에서 떠나 있으면 좀 나아질까 해서 그러오."

선사는 사람을 보면 어떻게 치료해야 하는지 당장 알아차린다고 했다. 아들을 그에게 일임할 참인데 장군에게 그것까지 알려줄 필요는 없었다.

"공자님만 데려다주고 돌아오면 되겠군요."

강장군이 돌아온다면 엔릴의 거처가 탄로 날 수 있다. 왕권 후계자에 대한 거론이 잠잠해질 때까지 아무도 몰라야 하고, 그때까지는 장군이 아이를 지켜주어야 한다.

"아니오. 그대가 떠나면 녀석이 당장 도망을 칠 것이오. 내가 기별할 때까지 아이와 함께 있어주시오."

"그 일은 오늘 당장 해야 합니까?"

"그렇소. 한시가 급하오."

재상은 몸을 일으키며 덧붙였다.

"이 임무만 잘 끝내면 그대에게 내려진 추방령이 거두어지도록 애써 보겠소."

장군은 속 대답을 했다.

'저에게 은혜를 베풀고 싶으시다면 제가 죽을 수 있도록 내버려두시면 되옵니다.'

4

 태자는 말에서 내렸다. 넓은 제단을 지나 억새풀 사이로 들어가자 판판한 돌 위에 비단 방석이 놓여 있었다. 시종이 준비해둔 것이었다. 그는 방석 위에 앉아 호수를 둘러보았다. 푸른 참억새가 끝 간 데 없이 펼쳐졌고 물길은 잔잔했으며 여명이 짙푸른 비단처럼 호수를 덮고 있었다. 안개가 없으니 태양이든 신룡神龍이든 기꺼이 나타날 것이다.
 왕비가 태자를 불러놓고 왕이 잠결에 엔릴의 상서를 들먹이더라, 가벼운 잠꼬대만은 아닌 것 같은데 요즘 그 아이는 어떻게 지내느냐고 물었다.
 "술에 절어 산다고 들었습니다."
 왕비는 엔릴이 봉을 본 뒤부터 한순간도 경계심을 놓친 적이 없었다.
 "전하는 생각을 나무처럼 심고 키우는 사람이다. 생각이 다 자랐다 싶을 땐 실천으로 옮긴단다. 잠꼬대를 보면 엔릴의 상서를 생각하고 있다는 뜻인데 도대체 말이나 되느냐? 후계자 책봉이 끝난 지가 언젠데 말이다."

"아버님은 정말 이해할 수가 없어요. 그깟 상서가 뭔데 자기 아들보다 유자(조카)를….”

"묵인하고 있다가 뒤통수를 맞을 수도 있단 말이다.”

"아예 멀리 보내버릴까요?”

그때 태대신이 들어왔다. 왕비의 오라버니이자 최고 대신인 그가 어전회의 결과를 소상히 알려주었다.

"안심하시오, 왕비 마마. 백성들까지도 아이의 행패에 고개를 젓는다는 말을 듣고 태왕 마마도 그 생각을 접으셨소.”

왕비는 오라버니가 태대신이 아니었다면 어떻게 되었을까 생각하니 아찔했다. 그는 자신과 왕자들을 지켜주는 수문장이었다. 3년 전 태자를 왕권 후계자로 책봉한 것도 태대신의 공이 컸다.

"참 태자님, 대전으로 가보십시오. 전하께서 기다리십니다.”

"저를요?”

"예, 전하께서는 신검神劍을 살펴보고 계셨습니다. 제 생각엔 왕태자님께 그것부터 먼저 물려주시지 않을까 싶습니다.”

신검은 왕가의 일등 보물이다. 적이 침입하면 먼저 소리를 내어 역대 왕들이 건재할 수 있었고, 그것을 물려준다는 것은 국정 운영권도 넘겨준다는 뜻이다.

왕태자는 흥분에 휩싸여 대전으로 들어갔다. 직접 본 적이 없는 신검을 마침내 볼 수 있다니 심장이 터질 듯이 뛰었다. 하지만 신검은 보이지 않았고 왕이 질문을 시작했다.

"내 근력이 예전 같지 않아 후계자에 대해 다시 거론해보았다. 확실한 사정을 진단해보기 위해서 말이다. 모든 충신들이 너를 옹호하니 안심이 되더구나. 그래서 묻는데, 태자는 왕권을 넘겨받으면 무엇부터 할 생각이냐?"

태자는 깊이 생각해보지 않았으나 아버지가 가장 바라는 것이 무엇인지는 알고 있었다.

"잃은 성을 되찾겠습니다."

"구체적으로 어떻게 되찾겠다는 것인지 그 안을 말해보아라."

"병영을 넓히고 군사와 무인을 늘리겠습니다."

"지금 군사가 얼마인지는 알고 있느냐?"

태자는 그것까지는 괘념치 못했다고 솔직히 대답했다.

"그야 닥치면 알게 되는 법이다. 하지만 천자가 될 사람에겐 신부神符가 있어야 한다. 특히 사촌이 상서를 가졌을 때는 더욱 그렇다. 국법사의 말로는 우리의 신성한 호수에서도 신룡을 만날 수 있다고 했다. 단오제를 지내는 그곳 말이다."

"신룡이라면 복희伏羲 성천자께서 보시고 환역桓易을 만드셨다는 그 용 말씀이옵니까?"

"그래, 잘 맞혔다. 그 신룡이다. 신룡이 너에게 무엇을 보여주든 그것이 신표 혹은 신부가 될 것이다."

복희는 환웅 5대 왕 태호의 막내아들로 직책은 우사였다. 그는 기존 계해역법癸亥曆法의 세수歲首를 갑자甲子로 고친 후 인간사의 세력歲曆에 천착하기 시작했다. 태백산 천지에 올라 천단과 〈천부경〉 금석 돌에 제사를 지내고 소머리강으로 내려가 집상했다. 이레째 되는 날 아침이었다. 해가 불쑥 떠오르더니, 처음은 자지러지듯 붉어지다가 주황색이 되고 그것이 또 노란색, 푸른색으로 열두 번 변하자 강에서 거대한 신룡이 뛰어올랐다. 신룡은 긴 몸을 세 번씩 끊고 또 세 번씩 이어가면서 자리 괘도를 바꿔갔다. 묘하게도 모두 삼극을 품고 있어 변화가 무궁했다. 태왕은 태자에게 바로 그 복희씨가 보았던 신룡을 보라고 요구하는 것이었다.

태자는 오래전 스승이 했던 말을 떠올렸다.

"성천자 복희께서는 그것을 풀어 괘도역법, 팔괘도를 만드셨는데 그것이 환역의 기본이지요. 계해역법이 천체의 주기와 현상을 60갑자로 논한 것이라면 환역은 천체의 변화와 인간의 운명을 수리와 괘로 나타낸 것이지요. 환역에 도통한 사람은 괘를 그어 미래를 알고 집상하여 신을 움직인다고 했습니다."

해가 예고도 없이 불쑥 떠올랐다. 태자는 정신을 집중하고 하늘을 주시했다. 해가 바닥을 차고 오르자 붉은 연무가 그 얼굴에 걸렸다. 해가 붉어졌다. 그러나 호수의 표면은 그저 잠잠했다. 이쪽 끝에서 저쪽 끝까지 찬찬히 살펴보았으나 무엇 하나 움직이는 것도 없었고, 엷은 물안개만이 덮여 있을 뿐 작은 물이랑도 보이지 않았다.

태자는 다시 해를 쳐다보았다. 붉은색마저도 간 곳이 없었다.

'해가 붉어진 것이 신룡이 온다는 신호는 아닐 터… 아니, 저건 또 뭐지?'

태자는 눈살을 찌푸리며 호수 건너편을 주시했다. 그곳에서 괴상하게 생긴 괴물이 억새를 헤치고 나왔다.

'긴 목과 머리… 세상에 저렇게 생긴 괴물도 있었던가? 길만 잘 들인다면 마음대로 부려먹을 수 있을까? 밉거나 방해되는 인간들을 모조리

물어 죽이라고 하면서….'
 문득 기우제 때가 생각났다. 짚으로 길게 엮어 만든 강철이, 머리부터 불에 태우던 그놈이 실제로 나타난 것이다! 태자는 급히 말을 불렀다. 강철이가 지나간 자리는 모든 것이 말라 죽는다고 했다.
 '신룡을 찾으러 온 호수에서 하필이면 강철이라니. 아버지는 다시금 내 자질을 의심할 것이다.'
 태자는 황급히 호수를 떠났다.

5

"전하, 외방에서 온 손님이 전하께 알현을 청하옵니다."
궁차지가 문밖에서 알렸다.
"외방이라면 어디라더냐?"
"딛을문이라 했사옵니다."
딛을문은 9시 방향, 정 서향에 있다. 2백 년 전 환족이 이동해 가서 터를 잡았으나 셈족으로부터 끊임없이 침략을 당했고, 50년 전에는 멸망 위기까지 몰렸다. 그때 별읍장께서 영토를 구해낸 뒤 교역의 중심지로 육성시켰다. 한민족의 자랑이었다.
"들라 하라."
어전으로 들어선 사람은 매부리코에 눈이 움푹 들어가, 국제시장에서 보았던 서역 사람 같은 인상이었다. 하지만 그는 한민족의 방식대로 매우 공손히 절을 올렸다.
"전하, 딛을문의 제후이옵니다. 이렇게 뵙게 되다니 천신의 도움인 줄 아옵니다."

"먼 길 오느라 고생이 많으셨소."

"아니옵니다. 호시互市의 별읍장께서 잘 지시해주셔서 큰 어려움 없이 찾아왔나이다."

국제시장 호시의 별읍장은 태왕의 외삼촌이었다. 젊은 나이에 진출해 소호에 큰 상점 지대를 만든 뒤 소호의 별읍이라 지칭하고 스스로 별읍장이 되었다. 세계 각지에 거점지를 두어 서쪽에서 오는 물품은 동쪽에 팔고, 동쪽의 물건을 서쪽으로 넘기면서 소호 살림의 반을 도맡아 온 분이었다.

"그래요? 별읍장님은 여전하시겠지요?"

소호의 청회색 도기는 색택이 고상하고 우아하다 해서 인기가 대단했고, 특히 황담비 가죽은 부르는 게 값이었다. 별읍장은 그 특산물로 청동과 말을 구입해주곤 했는데 담비 생산지가 적에게 넘어간 이후 물품을 보내지 못하고 있었다.

"여전하지 않으셨습니다."

태왕은 깜짝 놀랐다.

"아니, 그새 편찮으시기라도 하답디까?"

"그게 아니라 전에는 전속 대상隊商만도 스무 명이 넘었으나 요즘은 반 이상이 쉬고 있다고 걱정을 많이 하십니다."

'소호에서 물건이 가지 않아서인가? 그렇다고 반 이상이 쉴 리는 없지 않은가.'

"까닭이 뭐랍디까?"

"전에는 딛을문에서 청동을 수집해 별읍장님께 보내곤 했는데 지금은 그것이 중단되었기 때문이지요. 서역이나 중원, 동방 어디에서나 원하는 것이 청동인데 그 물건을 구할 수가 없으니 말입니다."

청동이 딛을문 아래쪽 지역에서만 생산된다는 것은 들어 알고 있었다. 태왕이 물었다.

"딛을문에서는 어찌 그 중대한 사업을 중단했단 말이오?"

제후의 강파른 얼굴이 갑자기 실룩거렸다. 금방이라도 눈물이 뚝뚝 흐를 것만 같았다.

"전하, 저는 딛을문을 잃었습니다. 원시 야만족에게 영토를 뺏긴 지 벌써 2년이옵니다."

2년 전이라면 소호에서도 환란이 있었다. 정동과 정서에서 같은 일이 있었으니 별읍장은 안팎으로 큰 손실을 입은 것이다. 제후가 계속했다.

"주민들은 사방으로 흩어졌고 대상들도 거점을 잃었습니다. 소호뿐만 아니라 환족의 국제시장에서의 지위를 위해서도 그 땅은 반드시 되찾아야 한다고 별읍장께서도 말씀하셨습니다. 전하, 침략자들을 정벌하여주십시오. 소호는 저희 종주국이 아니옵니까."

정벌? 태왕의 귀가 번쩍 뜨였다. 하지만 무슨 능력으로 전쟁을 치른단 말인가.

"마음 같아서는 당장 응하고 싶구려. 하지만 전쟁 준비를 할 만큼 우리 국고가 넉넉하지 않소이다."

"별읍장 말씀이 소호에서는 기병만 출정하라 하셨습니다. 보병은 호시 가까운 형제국에서 모집하고, 무기와 군수품 일체는 별읍에서 준비하겠다 하셨습니다."

태왕은 막힌 혈로가 확 뚫리는 듯했다.

'그래, 정벌이다! 우리는 기병만 가면 된다. 부유한 나라를 하나 더 정복하면 청동도 무제한 가져올 수 있고 소호는 옛 영광을 되찾는다. 그런데 누구에게 총지휘권을 맡길 것인가. 새로 임명한 장군? 그를 믿을 수가 있는가? 추운 북쪽 지방의 어느 나라 왕이 한 장군에게 살기 좋은 곳을 찾으라고 군사를 내줬더니 저희끼리 나라 하나를 세우고 스스로 왕이 되어버린 일도 있었다지 않은가.'

"좀 더 생각해봐야겠으니 우선 노독부터 풀도록 하시오."

태왕은 궁차지를 불러 손님을 별채로 안내하라고 지시했다.

6

괴상한 짐승이 별채 마당에 와 있다는 말을 듣자 태자는 가슴이 철렁 내려앉았다.

'강철이인가? 그놈이 여기까지 따라왔다면 사람들이 멀쩡할 리가 없지 않은가.'

태자는 확인차 별채로 가보았다. 궁지기들이 짐승을 구경하느라 빙 둘러섰고 짐승은 가운데 앉아 있었다. 긴 목과 머리는 아침에 본 괴물과 다르지 않으나 뚱뚱한 몸과 꼽추 같은 등은 강철이가 아니었다.

'그러면 그렇지!'

"이 짐승도 이름이 있습니까?"

한 궁지기가 물었고 타지방에서 온 듯한 남자가 대답했다.

"이놈이 바로 낙타요. 뭍사람들과 대상들이 갖고 싶어 하는 그 귀물이란 말이오."

그때 낙타가 큰 소리로 입방귀를 뀌었다. 궁지기들은 와르르 웃으면서 냄새가 지독하다고 코를 막았다.

태자는 돌아섰다. 호시에서는 흔하게 본다는 낙타였다. 짐이나 싣고 다니는 짐승을 강철이로 알다니. 태자는 소심했던 자신을 나무라며 내일은 좀 더 일찍 호수에 가야겠다고 마음먹은 뒤 처소로 들어섰다.

"왕태자 마마, 전하께서 부르시옵니다."

궁차지가 와서 알렸다.

'성질도 급하시지. 호수에 나간 첫날인데 벌써 신룡의 안부를 물으실 참인가.'

"알았네, 곧 가겠네."

태자는 세수를 하고 의관을 차린 뒤 대전으로 갔다. 태왕은 옥새를 살펴보고 있었다. 용안에 혈색과 미소가 도는 것이 좋은 일로 태자를 불렀다는 징조였다. 태왕이 옥새를 함에 넣고 태자를 쳐다보았다.

"태자, 오늘은 네 얼굴이 더 빛나 보이는구나. 그래 신룡이라도 보았더냐?"

"아니옵니다. 며칠은 더 나가야 할 듯합니다."

"며칠 가지고 되겠느냐. 일 년을 간다 해도 만나지 못할 수도 있는 일… 그보다 빠른 방법이 있다면 해보겠느냐?"

"예, 아바마마. 일러만 주십시오."

"머나먼 곳에 딛을문이라는 소호의 속국이 있다. 대상들에겐 아주 중요한 곳이지. 별읍장이 너에게 보낸 흑마와 군마도 모두 그곳에서 보낸 청동으로 구한 것들이다."

"예, 들어본 기억이 있사옵니다."

"그런데 그 속국을 잃었다. 침략자들에게 빼앗긴 것이지. 당장 되찾아야 한다. 그래야만 우리 소호를 살릴 수 있다."

왕태자는 가슴이 뛰었다. 태왕이 결국 자기를 후계자로 결정한 것이다. 이 중차대한 일을 자기와 상의하는 것도 전에 없는 일이지 않은가. 옥새를 살펴본 것도 이곳은 자기에게 맡기고 태왕이 직접 출정하겠다는 뜻이다. 태왕이 덧붙였다.

"마침 그곳 제후도 왔다. 하늘이 준 기회가 아니냐?"

"정말 그런 것 같사옵니다."

"그래서 말인데 그 지휘를 네가 맡으면 어떻겠느냐?"

"제가요?"

태자는 자기도 모르게 목소리를 높이고 말았다.

'이건 또 무슨 엉뚱한 발상인가? 나를 사지에 보내놓고 엔릴에게 왕권을 넘겨줄 생각인가? 태왕은 결국 나를 후계자로 삼을 생각이 없었던 것이다.'

"장군들만 보낸다면 돌아오지 않을 확률이 높다. 이권이 달린 문제는 사람들 마음을 쉽게 부패시키기 때문이다. 그러나 네가 지휘를 한다면 그들은 아예 음심을 품지도 않을 것이고, 또 네가 정벌을 하고 돌아온다면 백성들도 너를 우러러볼 것이다."

"그처럼 중요한 지휘를 맡으라시니, 아바마마 저에겐 그런 영광이 없나이다. 하오나 나라의 사활이 걸린 아주 중차대한 일에 상서도 없는 제가 나선다면 오히려 일을 망치지나 않을는지 그것이 두렵나이다."

"예부터 천신의 가호를 받는 천자보다 백성의 가호를 받는 천자가 더 윗자리라 했다. 이번 정벌이 곧 그 신표가 될 것이다."

천신의 가호나 백성의 가호, 그 모든 것은 천자가 된 이후의 일이다. 그 자리가 눈앞에 있는데 돌아서 가라고 한다. 자신은 그런 식으로 시간을 낭비하고 싶지 않았다.

'방법이 없을까? 엔릴이다!'

태자는 호수에서 돌아오는 길에 먼저 주막으로 갔다. 엔릴을 호수로 보내 강철이를 조우케 하거나 그로 인한 재앙을 떠넘길 참이었는데 녀석은 어디로 사라졌는지 며칠째 찾을 수가 없다고 했다.

'엔릴과 함께 간다고 하는 거다. 둘 다 적지로 보낼 생각은 하지 못할 것이다.'

"아바마마, 하오면 엔릴과 함께 보내주십시오. 그의 상서가 승리를 보장할 것이옵니다."

태자의 짐작대로 태왕이 망설였다. 아무리 중요한 정벌이라 해도 두 사람 다 보내고 싶지는 않은 것이다.

"네 염려도 아주 틀린 것은 아니구나. 좀 더 생각해보고 다시 의논하도록 하자."

태왕은 태자를 물러가게 한 뒤 제실로 향했다. 제관의 의견을 듣고 싶어서였다.

간을 낭비하고 싶지 않았다.

'방법이 없을까? 엔릴이다!'

태자는 호수에서 돌아오는 길에 먼저 주막으로 갔다. 엔릴을 호수로 보내 강철이를 조우케 하거나 그로 인한 재앙을 떠넘길 참이었는데 녀석은 어디로 사라졌는지 며칠째 찾을 수가 없다고 했다.

'엔릴과 함께 간다고 하는 거다. 둘 다 적지로 보낼 생각은 하지 못할 것이다.'

"아바마마, 하오면 엔릴과 함께 보내주십시오. 그의 상서가 승리를 보장할 것이옵니다."

태자의 짐작대로 태왕이 망설였다. 아무리 중요한 정벌이라 해도 두 사람 다 보내고 싶지는 않은 것이다.

"네 염려도 아주 틀린 것은 아니구나. 좀 더 생각해보고 다시 의논하도록 하자."

태왕은 태자를 물러가게 한 뒤 제실로 향했다. 제관의 의견을 듣고 싶어서였다.

2장
엔릴의 신부

용들만이 아니었다.
그들의 등에는 번쩍번쩍 빛이 나는
황금빛 마차까지 실려 있었다.
오룡거伍龍車였다.

1

저잣거리는 장꾼들로 붐볐다. 강장군은 숨을 죽였다. 말을 타고 가는 것은 노출될 위험이 있었다. 엔릴에겐 고정적인 감시꾼이 있으니 사람들이 잠든 밤을 이용하자고 했으나 선사는 그저 그가 타던 말만 데려오라 했다.

주막집 앞을 지났다. 흰 수염에 검은 옷을 입은 선사의 모습이 눈에 띄기도 하련만 아무도 쳐다보지 않았다. 평상에 앉아 술이나 국밥을 먹는 장꾼들도 말을 탄 그들을 돌아보지 않았다. 선사가 방술을 걸어 그들의 관심을 마비시켜둔 것이다.

"잠깐 기다리고 있으시오."

엔릴이 머무는 주막집 앞에서 선사가 말에서 내려 혼자 안으로 들어갔다. 대추 한 알 먹을 시간도 안 돼 엔릴이 스스로 걸어 나와 그림자처럼 소리 없이 자기 말에 올랐다.

"공자는 지금 자고 있소."

정말로 눈이 감겨 있었다. 장군은 주막 안쪽 툇마루를 보았다. 엔릴의 감시자도 고개를 끄덕이며 졸고 있었다. 말들이 달리기 시작했다. 말발굽 소리가 천지를 진동했으나 알아차리는 사람이 아무도 없었다.

산속에 도착한 것은 밤이었고 달빛이 폭포의 은빛 옷을 쓰다듬고 있었다. 엔릴이 말에서 내려 폭포 쪽으로 올라갔다. 정신을 똑바로 차린다 해도 미끄러지기 쉬운 가파른 바위 길을 엔릴이 성큼성큼 올라가더니 너럭바위에 반듯이 누웠다. 끝 부분이 폭포수와 닿은 절벽이었다.

"공자는 곧 유체 이탈을 할 것이오. 그리고 닷새를 잘 것이오. 몸은 여기에 두고 넋은 과거로 돌아가 자신이 버린 오물을 치워야 하는 것이오. 하루에 일 년을 청소해야 하므로 매우 힘이 들고, 그때마다 몸에서 누런 땀이 쏟아져 나올 것이오. 5년 세월을 말끔히 닦아내면 하늘에서 이슬이 내려 이 청년을 씻어줄 것인데, 그때 본연의 넋으로 돌아간다오."

"본연의 넋이라면 어떤 것인지요?"

"맑은 영혼으로 돌아간다는 뜻이오."

"제가 공자의 타락상을 듣고 의아했던 것이 있습니다. 선사님께서도 아시듯이 그는 상서를 가졌고 보통 사람과 다른데 어떻게 그처럼 천한 주막에서 날마다 술에 절어 살 수 있는지요."

"상서를 받은 사람은 신족神族으로 등록을 해야 하는데 공자는 그 의식을 치르지 못했소. 신의 뜻이었고 지금 그 시기에 이른 것이오. 장군이 여기 온 것, 내가 나선 것, 이 모든 것이 청년의 시간 수첩에 명시되어 있소."

재상이 자기 아들의 정신을 구제할 수 없다고 했을 때 장군은 이승에서 자기가 마지막으로 할 일 또한 별로 의미 없는 일이다 싶어 공자를 데려다 준 후 곧장 황하로 갈 생각이었다. 한데 공자의 시간 수첩에 그의 이름이 올라 있다? 그건 인연이 엮여 있다는 뜻이다. 장군이 급히 선사의 손을 잡았다.

"선사님, 제 인연이 공자에게도 묶여 있다면 그 가닥을 풀어주십시오. 저의 인연 줄에는 사람을 해치는 기운이 있습니다."

선사가 고개를 저었다.

"장군의 인연 줄에는 아무 문제가 없소이다. 문제는 자기 속에 가둔 채 스스로 키우는 괴물이오."

"괴물이라니요?"

"본인도 잘 알잖소. 수치심이라는 괴물 말이오. 자기가 키워놓고 이제 자신이 위협을 당하고 있단 말이오."

"제가 괴물을 키운 것이 아닙니다. 제가 바로 괴물입니다. 엄청난 재앙을 불러온 것도 저 자신입니다. 제가 마지막으로 할 일은 재앙의 근거를 말살하는 일입니다."

"자신에게 복수를 하겠다? 장군, 그대의 자아가 그처럼 대단하오? 미래의 빛이 될 한 청년에게 묶이는 것보다 자기 존재의 자존심이 더 크단 말이오? 알아두시오. 신이 묶어둔 인연은 그 누구도 끊어낼 수가 없소."

'부끄러움의 무게가 죽음보다 크다고 생각한 것도 자기 존재에 대한 자존심이라고?'

"제가 공자님에게 해롭지 않은 존재라는 것을 어떻게 알 수 있습니까?"

"그대의 앞날에는 공자를 도와야 할 일밖에 없다는 것이 그 증거요."

"어떤 역할로 어떻게 돕게 됩니까?"

"일등 보좌관이 되는 것이오."

"공자가 소호를 다스리게 됩니까?"

"아니오. 그런 일은 없을 것이오."

선사는 그 말을 남기고 몸을 돌려 처소로 향했다. 장군은 무기를 내려놓고 엔릴 곁에 앉았다. 밤이라 맹금이 침입할 수도 있으니 자신이 지켜주어야 했다. 선사가 돌아보며 재촉했다.

"장군은 날 따라오시오."

장군이 잠이 들자 선사는 석굴 앞으로 나가 달을 향해 두 손을 펼쳤다. 달빛이 그의 손바닥으로 달려와 둥글게 빛 무리를 만들자 그는 그 빛을 이끌고 석벽 앞으로 갔다. 석벽에는 원도圓圖로 그려진 8괘와 천체의 주기적 현상과 절기, 시령時令 등이 표시되어 있었다.

선사는 석벽에 빛을 세워둔 뒤 원도 앞으로 갔다. 괘는 왼쪽(시계 반대 방향)으로 ☰, ☱, ☲, ☳, ☴, ☵, ☶, ☷ 모양이 그려졌고 배열 순서는 1=건(☰), 2=태(☱), 3=이(☲), 4=진(☳), 오른쪽으로 돌아가 1건(☰) 옆에 5=손(☴), 6=감(☵), 7=간(☶), 8=곤(☷)이었다.

팔괘 하나하나에 고유한 숫자가 배당되어 있고 마주 보는 괘의 숫자와 합치면 공통적으로 9가 나온다.

이를 음과 양으로 나누고 1획을 그어 기수로 양(―)을, 2획을 그어 우수로 음(--)을 형성한다. 숫자가 낮을수록 양이 많고 높을수록 음이 많으며 양은 하늘로 그 수는 25고 음은 땅으로 30이며 모두 합쳐서 55다.

선사는 요석 측을 들었다. 신족은 건(☰)과 곤(☷)을 그을 때 직선이 아닌 뫼비우스 띠로 걸어야 하며 공자의 미래상은 음과 양을 제치고 무극無極을 통해 나온다.

　선사의 부친은 우사雨師의 제관이었다. 날이 가물면 왕은 우사에 기우제를 재촉했고 그의 부친은 전해에 비가 내린 날짜와 그 간격을 계산해 길일을 잡았다. 제를 지낸 뒤엔 하늘이 응답해주어 왕이 여러 차례 상을 내리기도 했다.
　선사가 다섯 살 때 태산에서 백발의 신선이 찾아왔다.
　"이제부터 당신 아들은 내가 맡아야 하오. 당신도 그 뜻을 잘 알 것이오."
　아들은 태어날 때부터 손바닥에 건(☰)이 새겨져 있었다. 비로소 그 뜻을 알아차린 선친은 신선에게 두말없이 아들을 넘겼다.

　패전의 꿈이 다시금 장군을 찾아왔다. 그는 벌떡 일어나 밖으로 나갔다. 공자를 홀로 둔 것이 또 다른 화근이 될지도 몰랐다. 예측이 옳았다. 잠든 공자 옆에 늑대가 있었다. 그는 급히 칼을 뽑았다.
　"멈추시오!"
　등 뒤에서 선사가 말했다.
　"그 늑대는 청년과 오래전에 인연을 맺은 사이요."
　"늑대와도 인연을 맺습니까?"
　"공자가 소년일 때 아버지를 따라 자주 산행을 했는데 그때 만난 새끼라오. 앞으로는 저 둘이 함께할 것이오."
　늑대는 공자의 몸에서 흘러나오는 오로를 핥고 있었다. 그 너머에서 날이 밝아왔다.

2

 태왕은 재상에게 솔직하게 말해주었다. 태자가 정벌 지휘를 맡겠다면 돌아오는 즉시 왕위를 물려주고 자신은 천산 여행을 할 생각이었다고. 그러나 태자는 엔릴과 함께 가기를 원한다는 것이었다.
 "엔릴의 상서가 성공과 안전을 보장한다는 것인데, 그렇다고 둘 다 보낼 수는 없지 않은가. 이웃집 도둑을 잡겠다고 자기 집 기둥을 뽑아 갈 수는 없는 일…."
 태자가 정벌 지휘를 피하기 위해 엔릴을 끌어들였다는 것을 재상은 즉각 알아차렸다. 어떤 정벌에도 후계자를 모두 보내는 일이 없다는 것을 노린 것이고 그 계산까지 알지 못하는 태왕은 자신이 가장 믿고 의지하는 아우에게 본심을 털어놓고 있었다.
 "재상, 그래서 말인데 엔릴에게 이 지휘를 맡기면 어떻겠는가? 누가 뭐라 해도 나는 그 아이의 상서를 믿고 있네. 별읍장께서도 단단히 준비하신다니 이 원정은 승리가 보장된 것이지. 엔릴은 개선해서 당당하게 돌아올 것이고 그때 나는 그 아이에게 왕권을 넘길 생각이네. 상서에 개선, 그처럼 빛나는 자격이 세상에 어디 있으며, 또 누가 감히 반대할 수 있겠는가."

"엔릴을 정벌지로 보낸다는 것은 일면 타당합니다. 그러나 그 아이가 지휘를 한다는 것은 매우 위험한 일입니다. 우선 그 아이는 병법이 무엇인지도 모릅니다. 지휘자로서 갖추어야 할 덕목도 없습니다. 일찍이 교화방 등교조차 중단해 학문을 접한 일이 없는데 그 머리에 무슨 지혜가 있다고 군사를 다스리겠습니까."

"전쟁은 장군이 하는 것이니 호신술 정도만 익히면 되고, 공부를 등한히 했다면 특별 수업을 받게 하면 될 것이네. 재상은 잊었는지 모르겠지만 난 그 아이가 상서를 가지기 전에 이미 청년 선인(화랑도 같은 것) 선발 대회에서 등과했다는 것을 기억하네. 그것도 가장 힘든 인내심 시험이 아니었나."

정월 초하루 국중 대회 때였다. 그해 청년 선인 선발 대회에 참가한 자는 10세에서 16세까지로 20명이었다. 나이가 위인 소년들은 무술 기량을 보았고 어린 소년들에게는 앙감질과 물싸움, 얼음을 깨고 물속에 들어가 오래 견디는 인내 시험 등이 주어졌다. 엔릴이 그 대회에 응한 것은 열 살 때였다. 아이는 물속에 들어가 온몸이 파래지도록 나오지 않았다. 구경 나온 어른들이 애가 닳아서 나오라고 소리쳤을 때에야 엉금엉금 기어 나왔다. 참가한 사실조차 몰랐던 재상은 집으로 돌아온 아이에게 야단을 쳤다. 아직 어린 것이 왜 그렇게 앞서 가려고 안달이냐고. 그 뒤부터 아이는 자기 인생의 순서는 뒤죽박죽이라는 것만 증명해 보였다.

"그것도 안 된다면 재상, 내가 나서는 길밖에 없네."

재상은 가슴이 덜컥 내려앉았다. 그건 최악의 경우에나 있을 일이었다.

"그건 절대로 아니 될 일입니다!"

"방법이 없지 않은가. 대신 조건이 있네. 내가 정벌에서 돌아올 때까지 재상이 왕의 자리에 있어야 한다는 것이네."

그것이 선친의 유언이기도 했다.

"너희들은 두 바퀴로 굴러가는 마차의 운명이다. 누가 천자가 되든 힘을 합쳐야만 나라를 다스릴 수 있고 백성을 복락으로 이끌 수 있다."

'선왕은 미리 아신 것이다. 나의 천명이 강하지 않아 아우를 왼 바퀴에 두면서 나라 살림을 함께 끌어가게 한 것이다. 그럼에도 우리는 벌써 많은 것을 잃었다. 이제 더 이상 지체할 수 없는 일, 어서 빨리 출정해야 한다. 그것만이 나라를 되살리는 길이다.'

재상이 급히 나섰다.

"아닙니다. 엔릴을 보내도록 하지요. 단, 그 아이를 교육시킬 시간만 주십시오."

재상은 아들의 성장 과정을 지켜보는 것이 소원이던 적도 있었다. 나이 따라 무술을 익히고 공부를 하고 성년식을 치르는 것, 국중 대회가 열릴 때마다 간절히 바라기도 했다.

국중 대회는 정월 초하루에서 닷새 동안 계속되는 연중 가장 큰 거국 행사로 천신과 천자, 백성이 함께하는 온 나라의 축제였다. 첫날 제천 의례가 끝나면 곧 죄수를 판결하여 형을 집행했으며, 그 결과를 금석문에 옮긴 뒤 신단에 올려 천신에게도 알리는 것으로 하루를 마감했다.

다음 날은 조의선인 선발 대회였다. 조의선인이란 백성을 교화하거나 강론을 담당하고 나라에 위급한 일이 생기면 앞장서는 사람으로 특기가 문, 무로 나뉘었다. 첫 번째 시험은 문과부터 시작되었다. 이때는 타국의 아인족에서도 가장 고명한 스승을 초빙하여 주로 〈천부경〉, 〈조화경〉, 〈교화경〉을 문답으로 행했다. 특히 〈천부경〉에 역점을 둔 까닭은 그 사상이 인간 본성을 고양시키고 격을 최고급으로 올리는 겨레의 고유한 철리哲理였기 때문이다.

문과 시험이 끝나면 무과로 넘어갔다. 이때는 궁술, 무술, 치마(달리기), 권박(권투), 씨름 시합이 있었는데 백성들이 즐겨 관람한 것은 씨름이었다.

엔릴이 청년 선인으로 등과했던 것은 사흘째 되는 날이었고 이날 벌써 뛰어난 사냥술이나 무술의 재능을 보이는 아이들도 있었다.

나흘째 되는 날은 등과한 조의선인과 청년 선인이 함께 사냥을 나갔다. 장정들은 호랑이나 곰, 큰 사슴, 멧돼지 등을 잡아들이지만 소년 선인들은 잘해야 중간치 곰이나 노루, 여우 등이었다. 이때 우열은 잡은 짐승 수로 가려지는데 그 모든 짐승은 먼저 신단에 바친 다음 백성들에게 나누어주었다.

이 기간 동안 백성들이 먹고 마실 수 있는 술과 음식은 모두 왕실에서 내놓았다. 백성들은 닷새간 나라의 음식과 술을 맘껏 먹고 즐기다가 마지막 날엔 선발된 청년 선인과 조의선인을 앞세워 신단과 궁정 앞을 돌며 애환가愛桓歌를 부르는 것으로 축제를 마감했다.

말하자면 엔릴이 반드시 치러야 할 것이 조의선인 선발이자 성년식이었다. 왕손이나 궁신의 자제까지도 이 과정을 거쳐야 하는 것이 궁궐의 불문율이었다.

"교육시킬 시간이라면 얼마나 말인가?"

"국중 대회 때까지 시간을 주십시오. 그동안 공부를 시킨다면 교화방 졸업 과정은 물론 성년식도 치를 수 있을 것입니다."

"국중 대회? 그때까지는 앞으로 6, 7개월이 남지 않았는가? 그건 너무 머네."

"하오면 10월 제천 의례 때 특별 성년식을 치르도록 하면 어떨까요? 그때 천군 의례까지 치른다면 엔릴이 확실한 신부를 받을 수도 있지 않겠습니까?"

"제천에 천군 의례? 좋은 생각이군. 신족으로의 등고식도 하고…. 아니, 제천일도 너무 늦네. 10월이면 얼음이 어는데 그때 먼 길 떠나는 것은 무리가 아닌가. 그러니 천군 의례만 치르도록 하지. 그러면 날짜를 앞당길 수도 있으니까. 옛날 별읍장께서 호시로 나가실 때도 그렇게 했다네. 딛을문 제후도 너무 오래 기다리게 할 수 없으니 한 달을 주겠네."

태왕은 단호했다. 재상은 이제 자기 힘으로는 바꿀 수가 없으나 마지막 문제만은 확실히 해둘 필요가 있었다.

"그럼 왕통만은 순리대로 지키겠다고 확답해주십시오. 엔릴이 성공해서 돌아온다 해도 왕권과는 아무 상관이 없습니다."

"생각해보겠네."

재상은 몸을 일으켰다. 한 달, 그 짧은 시기에 아들을 새 인간으로 개조해야 한다. 천신이 돕는다면 하루에도 만 가지를 채운다지만 그건 기대할 수 없으니 일단 선사와 상의해볼 일이었다.

77

재상이 대전을 나오다가 멈추었다. 복도 저쪽에서 누군가가 몸을 숨기는 것이 보였기 때문이다. 태자이거나 시종 같았다.
'내가 태왕에게 말한 것을 들었을 테니 이제 안심을 할 것이다.'
재상은 궐을 나와 말에 올랐다.

3

엔릴은 늑대와 함께 폭포 가장자리를 오르고 있었다. 바위가 가팔라 위험한데도 둘은 미끄러지지도 않고 가볍게 올라갔다. 멀찍이서 지켜보던 선사가 장군에게 말했다.

"깨어나서 처음 하는 행동이 저것이라면 정신 연령이 12세로 돌아가 있다는 뜻이오."

"현재의 나이로 돌아오는 데는 얼마나 걸립니까?"

"그건 알 수 없소이다."

"그럼 12세 이후에 겪었던 일은 본인이 기억합니까?"

"그렇소만 그 기억에는 감정이 없소이다."

"그건 무슨 말씀인지요?"

"말을 타고 달릴 때는 앞만 봅니다. 그때 옆으로 지나쳐간 풍경 같은 것이랄까요, 보기는 하나 느끼지 않은 것에는 감정이 기억을 만들지 않지요."

"앞으로 공자가 할 일은 무엇이며 제가 도울 일은 무엇인지 미리 여

쬐봐도 될까요?"

"미리 안다고 해서 도움 되지 않소이다. 일이 도착하면 대응 방식을 스스로 알게 되어 있으니까요. 아, 저기 재상께서 오시는군요. 함께 내려가보지요."

재상은 태왕의 생각을 자세히 들려준 뒤 선사에게 엔릴의 교육을 의탁했다.

"한 달 내로 다 가르칠 수 있겠소이까?"

"원초적인 이해력이 있는 것들은 가르칠 수 있습니다만, 문제는 공자에게 공부를 받아들일 마음 밭이 아직 생성되지 않았다는 것입니다."

"그러면 어떻게 하면 좋겠소이까? 열두 살 아이의 마음을 가지고는 군대를 지휘할 수 없지 않겠소이까?"

"잠깐 기다려보십시오. 앞날이 어떻게 되려는지 좀 보겠습니다."

선사는 석벽을 향해 돌아앉았다. 실내가 어두워졌다. 선사가 한데 모아진 빛을 석벽으로 가져갔다. 재상과 장군은 놀라운 눈으로 석벽을 쳐다보았다. 빛이 그들로서는 해독할 수 없는 문자들을 그려댔고 선사가 입을 벌리자 문자들이 입속으로 빨려 들어갔다. 선사는 잠깐 묵념을 한 뒤 재상에게 말했다.

"천군제는 칠석날에 행할 것입니다."

칠석까지는 두어 달, 태왕이 요구한 기간보다는 넉넉하다 해도 그 정도로 아이를 다 가르칠 수는 없다. 재상은 선사의 손을 끌어 잡고 간곡히 말했다.

"선사가 원정길에 동행해주시오. 가는 도중 아이에게 부족한 것을 채워주고 위험도 막아주시오. 무엇보다도 아이에게 지혜를 주어 성은이

망극한 우리 태왕을 기쁘게 해주시오."

선사의 눈에 안타까움이 어렸다. 엔릴이 태자로부터 학대를 받았을 때 그를 도우라는 신의 지시를 받아 미친개를 처치하기도 했으나 그건 소호 내에서 발생한 일이라 가능했다. 자신의 운명은 국내의 공기 속에 묶여 있고 그 공기는 그물 같아 절대로 빠져나갈 수가 없었다.

"저도 그러고 싶습니다만, 저에게는 소호를 지키라는 운명만 주어졌 습니다. 만약 다른 지방의 선사나 교화 선생이라도 괜찮으시다면 알아 볼 수는 있습니다."

"다른 지방이라니요?"

"선격仙格으로 따지자면 태백산과 백두산 선사들이 월등합니다만, 그 분들은 너무 원로해 먼 길 여행을 중단하고 계십니다. 하지만 몇 년 전 에 초빙했던 웅심국이나 개마국 교화 선사들은 가능할 것입니다."

"개마, 웅심국은 아인족이라 하나 타국입니다. 이번 일은 국운이 달 린 문제이니 우리끼리 해결하고 싶습니다. 앞으로 남은 기간만이라도 선사께서 맡아주십시오."

"그렇게 하지요. 한데 재상께서는 며칠 내로 출타를 하실 생각이시 군요."

"그렇습니다. 담비 생산지에 다녀올 작정입니다. 새로 개척한 지역이 지요. 생산해둔 것을 가져와 엔릴이 출행할 때 별읍으로 보내려고 말입 니다. 하지만 며칠이면 다녀올 수 있습니다."

"장군과 함께 다녀오십시오."

"그래야 할 까닭이라도 있습니까?"

"이번 원정에는 강장군이 최고 장군이 될 것입니다. 신이 장군의 손에 수호의 신기를 주셔서 공자를 보호하게 될 것이니 두 분도 미리 친해놓으십시오."

"나도 태왕에게 그렇게 건의할 생각이었는데 아주 잘된 일이구려."

장군은 복잡한 심경을 감추려고 고개를 숙였다. 재상은 그를 일별하고 선사에게 물었다.

"다른 것은 없습니까? 따로 조심할 일 같은 것 말입니다."

"출정 전까지 몇 차례 불상사가 닥칠 수 있습니다만, 그것까지 막으면 지혜가 열리는 기회를 잃게 됩니다. 큰일이 아니니 모두 겪고 스스로 해결하도록 내버려주십시오. 아, 마침 공자께서 들어오시는군요."

엔릴이 발갛게 익은 얼굴로 늑대를 앞세우고 들어왔다. 재상은 그 늑대를 알아보았다. 산누에를 채취할 때 올가미에 걸린 어린 늑대를 엔릴이 구해준 적이 있었는데 바로 그 녀석이었다.

"이제부터는 이 늑대도 공자와 함께할 것입니다."

몸집이 큰 청년이 아이처럼 웃으며 말했다.

"아버지, 이제 집에 가시지요."

"그래, 그러자꾸나."

엔릴은 재상의 손을 잡고 산비탈로 내려갔다. 장군은 늑대와 함께 뒤를 따랐다. 선사는 공자의 머리 위로 맴도는 운무를 보았다. 악의 기운이었다. 운무는 엔릴에게 가까이 접근하려고 애를 썼으나 바람의 그물이 그 기운을 잡아갔다.

4

 태자는 황하 강으로 말을 몰았다. 제가祭家의 박수를 만나기 위해서였다. 박수는 눈빛이 섬뜩했지만 사람 속을 꿰뚫어보는 능력과 복골점卜骨占이 탁월했다. 그자라면 자신의 꼬인 운수를 바로잡아줄 방술이 있을 것이었다.
 태자가 박수와 관계를 맺어온 것은 3년 전부터였다. 홍수를 진정시키기 위해 일 년에 한 번씩 15세 여아를 황하의 황룡에게 바치는데 그 일이 세자 책봉 이후 처음 맡은 임무였다. 첫 순서로 처녀를 비단에 쌀 때까지는 박수의 눈이 그지없이 순했으나 강물에 던지고 나자 눈빛이 변해 맹금처럼 번들거리기 시작했다. 그럼에도 입술은 상냥한 미소로, 말투는 공손하게 태자의 속내를 진단했고 태자는 진심을 털어놓고 말았다.
 "나는 날마다 내가 언제쯤 왕이 될지 그것이 궁금하오."
 제가의 붉은 천이 보였다. 박수가 미리 알고 밖에 나와 기다리고 있었다.

"쉬지도 않고 오셨군요."

그가 내리자 박수가 날렵하게 몸을 돌려 입구에 쳐둔 붉은 장막을 들어주었다. 방바닥에는 벌써 여섯 개의 복골까지 준비되어 있었다. 올가미에 걸려 처절하게 죽어간 어미 늑대의 갈비뼈로 만든 골각이었다. 박수가 골각을 집어 들며 말했다.

"천자께서 마침내 유자를 전쟁터로 보내기로 결정하셨군요. 태자께서는 앓던 이를 빼는 것과 같으실 것이고요."

"그게 그렇게만 되지가 않았소."

박수가 눈을 번쩍이며 확단했다.

"유자만 보내기로 궐내 대신들과 함께 결정하셨습니다. 이제 아무도 그 사실을 바꾸지 못합니다."

"그 결정을 바꾸어달라고 이렇게 온 것이오."

사라졌다고 안심했던 엔릴은 자기 집에 가 있었고, 태왕은 그가 원정에서 돌아오는 즉시 왕권을 물려줄 계획이었다. 그 일을 확고히 굳히기 위해 정벌 가는 아이에게 옥새까지 줘서 보낼 작정이었다. 태왕의 대리자임을 상징하기 위해서겠지만 전혀 격에 맞지 않는 처사였다.

"엔릴의 출전을 막아야 하오. 무슨 일이 있어도 반드시 막아야 하니 당장 그 방법을 찾으시오."

박수는 먼저 엔릴의 상태를 알고 싶었다. 5년 전 왕비께서 몸소 오셔서 그 아이의 혼을 빼는 굿을 했다. 혼이 모두 빠지면 죽을 수도 있어 박수는 자신이 할 수 있는 몇 가지만 뺐는데 우선 그것부터 확인해야 했다.

박수는 복골을 던졌다. 셋은 바닥에 떨어지고 나머지 셋은 제단 밑으로 들어갔다. 끌어내 모아보니 엔릴은 아직도 슬픔, 두려움, 욕망을 갖고 있지 않았다. 자신이 빼버린 것들이었다. 골각을 뒤집자 먼 곳에서 세 개의 기운이 기다리는 것이 보였다. 출행해야만 만날 수 있고, 반드시 출행한다는 암시이기도 했다.

"답이 나왔소?"

태자가 다급하게 물었다.

"상이 숨어 있습니다. 한 번 더 해보지요."

이번에는 태자의 점괘를 던졌다. 네 개가 태자 앞으로 쏟아지고 두 개가 멀리 떨어졌다. 넷은 확률이고 그것은 태자가 왕이 된다는 뜻이다. 그럼 나머지 둘은 무엇일까? 갑자기 그림자가 덮여 점괘를 읽을 수 없음에도 박수는 그것은 장애이며 두 가지로 극복하라는 뜻으로 해석해버렸다.

"두 가지 방법으로 유자의 출행을 막으십시오."

"어떻게 말이오?"

"정벌을 갈 곳에서 사람이 왔지요?"

"그렇소. 제후가 와서 보름째 기다리고 있소."

"유자를 그와 만나게 하시오."

"그건 길을 막는 방책이 아니지 않소?"

"그간 제후는 궁궐에서 일어나는 모든 소문을 들었을 것이오. 그의 성품으로 상서는 버거워서 싫어하고 망나니는 또 증오하는 사람이오."

"왕 앞에서 두 사람을 조우하게 하면 제후가 거절하는 것을 왕이 보게 된다… 그리고 다른 하나는 무어요?"

"우족점을 치게 하시오. 행사 직전 오른쪽 발바닥에 대나무 못을 박아두면 소는 왼쪽으로 발을 끌며 걸을 것이고, 그건 아주 나쁜 상이니 전하께서도 중단시킬 것이오."

둘 다 아주 좋은 방법이었다. 그렇게 되면 태왕이 나설 수밖에 없을 것이고, 재상이 대리자 노릇을 한다면 기회를 봐서 암살해버리면 된다.

"알았소. 내가 왕이 되면 그대를 궁궐로 불러들여 국법사로 임명할 것이오."

태자가 이 말을 던지고 벌떡 몸을 일으켰다.

5

"엔릴아, 이 사람이 딛을문의 제후다."

태왕이 소개했다. 엔릴은 영문을 몰라 그저 예, 하고 대답했다.

제후는 실망했다. 청년의 눈빛에는 초점이 없었다. 이곳의 청년들은 칼과 활쏘기는 기본이고 선인은 학문에 능통하다고 했는데 청년은 기본 무기도 가까이하지 않은 게 분명했다. 활쏘기만 시작해도 그때부터 마음의 표적이 형성되고 그와 동시에 눈빛이 달라진다. 눈의 정기도, 야망과 포부도 그때 생겨난다. 탁월한 자는 이미 정기까지 넘쳐 상대를 쏘아볼 줄도 안다. 한데 이 청년의 눈엔 빛이 보이지 않는다. 그런 청년이 어떻게 군사를 지휘한단 말인가. 제후가 고했다.

"마마, 우리 땅을 탈취한 종족들은 천하 무도한 인간들로 여간한 담력이 아니고선 물리칠 수 없나이다. 그들은 곡식을 모르는 말종 유목민들로 적장의 머리를 베어 칼끝에 꽂고 다니거나 귀와 코를 잘라 목에 걸고 다닙니다. 태자가 출정할 수 없다면 노련한 장군이 더 나을 듯합니다."

"제후가 경박도 하구려. 당자의 대답도 들어보기 전에 어찌 콩 놔라, 팥 놔라 한단 말이오!"

제후는 청년을 쳐다보며 무언의 암시를 보냈다.

'네가 안 가겠다고 해!'

엔릴은 이들이 무슨 이야기를 하는지 알 수가 없었지만 제후의 눈에 자신을 못미더워하는 눈치가 보인다는 것만은 알아차릴 수 있었다.

"마마, 저 어른의 뜻대로 해주십시오."

태왕은 속이 끓었다. 태대신이 두 사람을 만나게 해서 떠날 때까지 친분을 쌓도록 하자고 했을 때는 좋은 일이라고 생각했다. 한데 이건 또 무슨 반응인가.

"그럼 제후는 그냥 돌아가야겠소. 우리에게는 이 왕자 외에는 적임자가 없소!"

"마마, 통촉하여 주옵소서. 쫓겨난 백성들은 지금 사막에서 짐승들처럼 움막 생활을 하고 있나이다. 게다가 비적들까지 치고 와서 인명 피해 또한 이만저만이 아니옵니다. 이대로 간다면 결국 남은 백성들마저 다 죽고 말 것이옵니다."

제후는 당장 머리를 조아리며 애원했다. 태왕이 애인을 내려다보며 물었다.

"엔릴아, 너는 이 모든 일을 알고 있느냐?"

"아직 듣지 못했나이다."

"그럼 물러가 있거라."

엔릴은 어전을 나왔다.

태왕은 대신들이 엔릴에게 왜 그처럼 거부감이 갖는지 도무지 이해할 수가 없었다. 사실 그가 저질렀다는 비행도 청년으로서 도저히 하지 못할 짓은 아니었다.

"도대체 왜들 이러시오? 한갓 속국의 제후 의견이 그토록 중요하단 말이오? 우린 종주국이오. 제후 따위는 언제든지 바꿀 수가 있단 말이오!"

"전하, 정벌은 국가의 대사 중에도 대사입니다. 거기에 소요되는 군사는 물론 재정적으로도 엄청난 부담이옵니다."

"그래서 뭐요? 중단하자는 거요?"

"아니옵니다. 이 출행이 옳은 것인지, 가는 도중 사단은 없는지, 그것이라도 알아본 뒤 결정을 내려주십사 하는 것이옵니다."

"그러니까 엔릴의 패라도 뽑아보자는 것이오?"

태대신이 급하게 나섰다.

"그보다도 우족점을 쳐보자는 것이옵니다."

우족점에는 두 가지 방법이 있다. 하나는 직접 소를 내세우는 것이고 다른 하나는 종아리뼈 양면에 글을 써서 던져보는 것인데 전자는 출전이나 출행 때, 후자는 국내 행사 때 선택한다.

태왕은 재상을 쳐다보았다. 재상이 태대신의 의견을 수락하라고 고개를 끄덕였다. 태왕이 대신들에게 물었다.

"그것만 하면 두말없이 모두 찬성한다, 그것이오?"

"예, 그러하옵니다."

"그럼 당장 준비하시오."

"당장은 아니 되옵니다. 역경사에게 좋은 시간을 알아볼 테니 잠시만 기다려주십시오."

"시간이 정해질 때까지 모두 물러가시오."

대신들이 몰려 나갔다. 태왕은 태대신의 뒷모습을 바라보며 선왕을 생각했다. 선왕은 친족 운영에 매우 엄격했다. 어머니 쪽 혈족은 궐 안으로 들이지도 않았고 지방의 성이나 산물 생산에 투신케 했다. 외삼촌이 호시로 나가 별읍장을 자처하게 된 것도 그런 배경이 있었다. 하지만 자신은 그처럼 철저하지 못했다. 왕비의 오라비에게 최고 대신 자리를 주었고 그는 가끔 어전을 뒤흔들었다.

"재상은 이리 좀 오시오."

우족점에는 자신도 준비해야 할 일이 있어 나가보려고 재상이 몸을 일으키는데 태왕이 불렀다.

"우린 출행 이야기나 하세. 그래, 군사 조직에 대해서는 생각 좀 해봤는가?"

"기병만 간다면 최소한 3백은 출전해야 할 것입니다."

"5백을 보내자면 국고에 무리가 오는가?"

"그 정도는 아닙니다만, 여분의 재물은 별읍장께 보내드리는 게 도리일 듯합니다."

"그래, 이번 일로 엄청난 자금이 소비될 텐데 우리가 조금이라도 도와야겠지."

"물자도 함께 보내자면 마차도 필요하고 그러자면 벌목을 해야 하는데, 날짜가 촉박해 다 해낼 수 있을지 모르겠습니다."

마차 제작에는 바퀴가 가장 큰 문제였다. 단목을 베어다 잘 켜낸 다음 끓는 물에 쪄서 둥글게 휘어야 하는데 완제품이 될 때까지 열흘은 걸렸다.

"기병들 군량도 싣자면 최소한 열 대는 있어야겠지? 당장 마차 제작부터 지시하게."

그때 중신이 들어와 우족점 시간이 내일 아침으로 잡혔다고 알렸다.

정해진 시간은 동이 트기 전이었다. 가장 신성한 시간대라지만 너무 어두웠다. 대신들이 도착하자 우사 시종이 모래 바닥을 편편하게 쓸고 우사장이 황색 비단을 덮은 황소를 끌고 나왔다. 제관이 재상으로부터 엔릴의 출생과 괘를 쓴 붉은 비단 천을 받아 황소 뿔에 감았다. 모든 준비가 끝났는데도 태왕이 나오지 않았다. 태대신이 몇 차례 시종을 보낸 이후에야 태왕이 나왔다. 그사이 사방은 꽤나 밝아 있었다.

"시작하시오."

우사장이 황소를 금 앞에 대기시키자 태왕은 황소 오른쪽으로, 제관은 왼쪽으로 가서 나란히 섰다. 재상도 태왕 옆에 서자 대신들은 제관 옆으로 갔다. 모두 똑바로 섰을 때 태왕이 황소 엉덩이를 철썩 갈겼다. 대소사 때마다 불려 나온 황소라 엉덩이를 때리자마자 앞으로 걸어 나갔다.

황소가 비틀거리기 시작했다. 다섯 발짝도 가지 않아서였다. 재상의 눈길이 불안하게 흔들렸다. 생각대로라면 황소는 한 치의 빗나감도 없이 똑바로 걸어야 했다.

"황소가 주저앉았다!"

우사장이 당황해서 소리쳤다. 불길한 징조를 보일 때는 흐트러진 발자국을 보일 뿐, 모래 바닥에 주저앉는 일은 거의 없었다. 태대신은 자기가 기대한 결과가 그 정도까지는 아니라 해도 어서 결론을 내릴 필요가 있었다.

"전하, 황소가 주저앉았습니다. 이는 공자의 출행에 죽음을 뜻하는 줄 아옵니다!"

태왕이 우사장에게 물었다.

"황소에게 뭘 먹였는가?"

"늘 먹이던 대로 콩대를 먹였을 뿐입니다."

"그럼 황포를 걷고 소의 몸을 살펴보라."

우사장이 황포를 걷어 소의 몸을 살폈다.

"아무런 상처도 없습니다."

"발바닥도 보았느냐?"

우사장이 소의 발을 쳐들자 대나무 못이 박혀 있었다. 태왕이 법사 대신에게 말했다.

"대신 보았소? 신점을 치는 소를 감히 누가 이 지경으로 만들었단 말이오? 이는 계략이 분명하니 면밀히 조사해 올리도록 하시오!"

"당장 그러하겠나이다, 마마."

재상은 태자의 소행임을 단박에 알아차렸다. 참으로 답답한 노릇이었다. 엔릴은 태자 자리를 넘볼 주제도, 생각도 없는데 태자는 어찌하여 헛된 집착에 매달리고 있는가.

태왕이 다가왔다.

"함께 조반을 드는 게 어떤가?"

"다음 날로 하지요. 오늘은 갓옷 생산지에 다녀와야 합니다."

장군이 기다리고 있을 것이다.

6

박수는 엔릴의 집에 기를 뻗쳐 살펴보았다. 재상은 집을 비웠고 엔릴 혼자서 책을 읽고 있었다. 이제 곧 잠이 들 것이다. 박수는 엔릴 머리 위로 기의 그물을 던져두고 기다렸다.

오늘 낮 태자는 화가 나서 펄펄 뛰었다.

"네놈이 일러준 것 다 틀렸다. 어느 것 하나 된 것이 없단 말이다! 이제 네놈이 직접 처리해라. 며칠 내로 결단을 내지 않으면 네놈이 내 칼에 죽을 것이다!"

달이 가장 농익는 시간, 엔릴이 잠자리에 들다 말고 밖으로 나와 말에 올랐다. 그는 자신이 어디로 가는지 의식하지 못한 채 달려오고 있었다.

붉은 망토에 고깔을 쓴 박수가 음기의 동아줄을 풀자 말이 멈추었다. 박수가 팔을 휘저었다.

엔릴이 말에서 내리자 박수가 남가새 덤불 쪽으로 이끌어갔다. 제물을 바칠 때 쓰는 배가 거기 있었다. 박수가 달을 불러 내려 강에 던졌다. 달이 호를 그리며 강 중앙에 꽂히자 빛의 다리가 놓였다. 배가 달빛 다리로 올라서면 곧 황천길이었다. 박수는 양팔을 들어 올리며 주술을 걸었다.

"오, 공자님, 착하고 착하신 도련님, 어여쁜 처녀가 비파를 타면서 공자님을 기다리는군요. 어서 배에 오르십시오. 황홀한 음악과 음식도 준비되어 있습니다."

엔릴은 음악 소리를 따라 배로 다가갔다. 아리따운 처녀가 그에게 손을 내밀자 그 손을 잡으려는 순간 번개가 번쩍하면서 처녀를 내리쳤다. 박수가 번개를 맞고 달아났고 엔릴은 그 자리에 쓰러져 잠이 들었다.

바람의 요람이 엔릴을 싣고 과거의 어느 시간대에 내려놓았다. 아주 낯익은 곳, 봉을 보았던 그 장소였고 그때의 새소리가 들려왔다.

단혈산에서 며칠째 계속해서 산누에고치를 딸 때였다. 중인들은 사방으로 흩어져 고치를 채취했다. 그들은 산속 곳곳에 올가미도 놓았는데 아버지를 따라간 엔릴이 수풀을 뛰어다니다가 올가미에 걸린 늑대 새끼를 보았다. 엔릴이 새끼를 구해 가슴에 꼭 껴안고 있을 때 어디선가 새소리가 들려왔다. 맑고 투명한 목소리에다 음조 또한 한 가지가 아니었다.

그는 새소리를 따라갔다. 숲속을 지나자 산속의 호수가 보였다. 호수 옆은 벽오동 숲이었고 그중 큰 나무에서 눈부신 빛이 쏟아져 내렸다. 빛을 뿜는 새 한 마리가 우듬지에 앉아 오색의 날개를 길게 드리우고 있었다.

"네가 날 불렀니?"

소년이 새에게 물었다. 그에 대한 응답인 듯 새는 날개를 펼쳐 그에게 부채질을 했다. 황홀한 바람이 소년의 몸을 두둥실 띄웠고 소년은 세상에서 가장 행복한 웃음소리를 까르르까르르 쏟아내고 있었다.

"신조 봉이다!"

등 뒤에서 아버지가 외쳤다.

"무엇들 하느냐! 어서 엎드려 절을 올려라!"

어른들이 모두 엎드려 절을 했고 그 순간 봉이 하늘로 날아올랐다. 엔릴은 가지 말라고 발을 동동 굴렀다. 봉은 넓은 날개를 쫙 펼치고 하늘 위를 빙빙 돌았다. 그렇게 몇 바퀴 돌고 있을 때 수많은 새들이 모여들어 그 뒤를 따랐다. 점점 더 많은 새들이 모여들어 둥근 띠로 하늘을 가득 채울 때 봉은 새 무리를 이끌고 멀리 날아가기 시작했다.

엔릴은 눈을 떴다. 강가였고 해가 떠올랐다. 말이 다가와 어서 타라고 재촉했다. 그가 말에 올라 강둑으로 올라설 때 제가에서 연기가 피어오르는 것이 보였다.

7

 천군 의례는 사흘 후에 있다. 선사는 준비할 것이 있다며 산으로 간 터라 엔릴은 홀로 마지막 수업을 되새기고 있었다.
 "홍익인간에는 네 단계가 있다. 첫째는 자신을 이롭게 해야 하고 둘째는 벗이나 이웃에게, 셋째는 사회에, 넷째는 영혼에…."
 엔릴의 감정과 관심의 깊이는 이제 막 뿌리를 내리는 수준이었다. 스승은 그것을 알고 있었고 그리하여 어린아이에게 자주 젖을 주듯 하루에도 몇 차례나 홍익인간에 대해 설파했다. 그에 대한 이해와 깨달음을 얻으려고 엔릴이 반복해서 읽고 있을 때 문밖에서 시종이 알려왔다.
 "손님이 왔습니다."
 자명성에서 온 소년이었다. 어릴 때 친구였던 담노가 심부름을 보냈다고 했다.
 "그래, 심부름이 무어냐?"
 소년이 품에서 담노의 편지를 꺼내 주었다. 부친의 장례식이 있으니 꼭 좀 참석해달라는 내용이었다. 자명성까지는 백 리 길이었다. 아주 멀지는 않다 해도 이웃집처럼 금방 돌아올 수 있는 거리는 아니었다. 더욱이 천군 의례를 앞두고 있었다. 가지 않아야 한다고 생각할 때 '벗과 이웃을 이롭게 해야 한다'는 대목이 떠올랐다. 홍익인간 두 번째 단계였다.

"당장 가보자꾸나."

소년의 얼굴이 환해졌다. 엔릴은 말을 꺼내 와 소년과 함께 쉬지 않고 달렸다. 고개 위에 오르자 마침내 자명성이 보였다. 자명성의 성벽은 높고 저택 지붕은 참나무 서까래와 참억새로 덮은 것이 궁전 별채와 크게 다르지 않았다.

담노는 저택 중앙 흰 명주 천이 걸린 방에서 큰 거북의 등에 순장殉葬에 넣을 물품 목록을 기록하고 있었다. 상아로 만든 기물, 도기, 나무 궤짝 등 50여 점과 노비가 다섯 명인데 지금 마지막 노비 이름을 새기는 중이었다.

엔릴이 기척을 알리자 담노는 깜짝 놀라 요석 촉을 떨어뜨렸다.

"왜 그렇게 놀라나?"

"아닐세. 어쨌든 좀 나가세."

엔릴은 의아했다. 담노의 목소리에는 아버지 상을 치르는 아들에게 엿볼 수 있는 것과는 다른 종류의 슬픔이 묻어났다. 담노는 후원 연못가에 이르더니 엔릴에게 단도직입적으로 말했다.

"순장으로 들어가는 처녀 노비가 있네. 그를 좀 구해주게."

담노의 아버지는 원래 도성에서 군영을 다스리던 장군이었다. 10여 년 전 세력을 떨치던 한 호족이 자주 경계선을 침범해와 담노 아버지가 그 호족을 섬멸한 뒤에 태수로 임명되었다.

"처녀는 내 부친이 섬멸했던 호족장의 딸이네. 자네를 데리러 갔던 소년은 처녀의 남동생이고."

호족장 남매는 생김새도 깨끗하고 영리해 태수의 저택에서 잔일을 시켰는데 담노가 방학 때마다 내려오면 그 남매가 시중을 들었다.

"처녀를 구해야 할 까닭은 무언가?"

"그 아이는 내 첫사랑일세. 소년과도 약속을 했네. 반드시 구해내겠다고."

안쪽에서 북소리가 들려왔다. 담노가 서둘렀다.

"운구 마차가 출발하는 모양이네. 더 지체할 시간이 없네."

순장은 해거름에 시작되었다. 엔릴은 약 항아리와 사발 두 개가 놓인 소반을 들고 의원을 따라 분묘로 갔다. 태수의 자제들과 시종들이 분묘 앞에 엎드려 곡을 하고 있었다. 담노도 보였다. 엔릴은 모른 척하고 곧장 분묘로 내려갔다.

지하 분묘는 토광으로 축조되었고 방은 세 개로 나누어졌으며 가장 안쪽이 횡구식 석실이었다. 순장 해당자들은 모두 가운데 방에 모여 있었다. 남자가 둘, 여자가 셋이었다. 의원은 곧장 안쪽 석실로 향했다. 석실에는 뚜껑도 없이 땅에 반쯤 파묻은 석관이 두 기였고, 그 앞 널빤지에는 거북이 등판과 담노가 기록했던 물품이 가지런히 놓여 있었다.

"마마…."

의원이 석관을 향해 입을 열었다. 형식적으로 그런 말을 하는 줄 알았는데 정말로 몸을 일으키는 사람이 있었다. 왼쪽 석관에서였다. 엔릴은 깜짝 놀라 소반을 떨어뜨릴 뻔했는데 일어난 사람은 망자가 아닌 담노의 어머니였다. 그러고 보니 부부 석관으로 부인도 함께 순장이 되는 모양이었다.

"어서 다오."

비단옷에 자옥 목걸이로 화려하게 치장한 부인이 손을 내밀었다. 의원은 환약(아편) 하나를 손에 올려주며 그것부터 혀 밑에 물으라고 일러주었다. 부인이 환약을 입에 넣자 의원은 약사발에 손수 약을 따라 바쳤다.

부인이 약사발을 도로 건네준 뒤 반듯이 누웠다. 의원은 약사발을 받아 소반 위에 올린 뒤 부인의 맥을 짚었다. 엔릴은 그 사이 약사발의 위치를 바꾸었다. 의원은 한참 후에 몸을 일으키더니 몇 발짝 뒤로 물러나 절을 올렸다. 부인의 숨이 끊어진 모양이었다. 의원은 천천히 일어나 뒷걸음질로 가운데 방으로 나갔다.

순장 해당자들은 부인의 담담하고 결연했던 태도와는 전혀 달랐다. 가장 좋은 비단옷을 입었음에도 전혀 행복한 얼굴이 아니었고 모두 떨고 있었다. 남자들은 그런대로 체념한 듯했으나 여자 노비들은 공포에 질려 얼굴빛이 창백했다. 담노의 시종도 그랬다. 다른 노비들과 달리 두 갈래로 땋은 머리 위에 너울을 쓰는 등 치장에 신경을 쓴 처녀도 벌벌 떨고 있었다.

"약을 따르거라."

의원이 지시했다. 엔릴은 부인이 사용했던 그 사발에 약을 따른 후 의원 앞으로 가져갔다. 의원은 남자 노비부터 지목했다.

"마님도 아주 기쁜 마음으로 약을 드셨네. 자네들도 그럴 줄 아네."

덜덜 떨던 노비가 의원의 말에 진정하는 모양이었다. 엔릴이 약사발을 내밀자 떨지 않으려고 애를 쓰면서 약을 받아 마셨다.

"오른쪽으로 가서 눕거라."

노비는 비칠거리며 오른쪽으로 가서 푹 쓰러지듯 누웠다. 다음 남자는 아주 침착했다. 마치 그 사약이 큰 하사품이라도 되는 듯 기꺼이 들이켜고는 동료 옆으로 가 누웠다. 태수나 부인에게 은혜를 입은 모양이었다.

여자들 차례가 되었다. 엔릴은 상대가 지목된 후에야 약을 따랐다. 담노의 시종은 다행히도 맨 마지막 차례였다.

두 여자가 왼편에 나란히 쓰러져 누웠다. 의원이 그들의 맥을 살피는 사이 엔릴은 옷자락 속에 숨겨 온 표주박의 수면제를 새 사발에 따랐다. 마지막 차례이니 지시를 기다릴 필요가 없어 엔릴은 사발을 들고 담노의 시종에게로 다가갔다. 처녀는 사시나무처럼 바들바들 떨면서 약사발을 받아 들었다. 자칫하면 약사발을 떨어뜨릴 것 같아 엔릴은 시종의 입에 약사발을 받쳐주었다. 처녀는 체념했는지 약을 다 마시고 한쪽 옆으로 가서 누웠다. 의원이 노비의 맥을 살피려고 다가갈 때 엔릴이 벽에 걸린 횃불을 집어 들었다.

"이제 그만 나가시지요."

캄캄한 분묘 안에 혼자 남고 싶지 않았던 의원은 선뜻 몸을 일으켰다. 이제 밤이 되면 소년이 와서 자기 누나를 구할 터이고 내일 아침이면 담노의 주도 아래 이 분묘는 봉합될 것이다.

8

　칠월 칠석이었다. 이른 아침 신치(총리대신)와 대신들이 소도(제천을 행사하는 곳) 뒷산으로 올라갔다. 저만치 높다란 참성단이 보였다. 초입의 큰 단목엔 방울과 거울, 칼이 걸렸으며 주변의 나무들도 손질이 잘되어 있었다. 제천이 끝나면 거기에 금줄을 맬 것이다.
　대신들은 방구方丘 쪽을 살폈다. 흰 비단옷을 입은 엔릴은 영고迎鼓인들과 좀 떨어진 곳에 서 있었다.
　선사는 흰 두루마기와 흰 머리와 머리끈을 휘날리며 산 위로 올라갔다. 그는 꼭대기에 서서 달과 별들을 불러 해 옆에 세우고 동서남북으로 돌며 날짜 신고를 반복했다.
　"오늘은 칠석이 아니옵니다. 시월 삼일 제천일입니다."
　10월 3일은 동방의 개천일이었다. 선사는 태초의 기운을 끌어와 하늘과 땅 사이를 채우고 자리에 꿇어앉아 묵념에 들어갔다. 엔릴이 행사를 끝낼 때까지 그는 그 기운을 붙잡고 있어야 한다.
　소도 제천 의례는 해마다 3월과 10월에 지냈다. 이 의식에는 대신은 물론 역대 신치들까지 참여하여 우주의 창조와 겨레의 고사古史와 형제 국이 머무는 곳의 산천 지리, 명승지, 천자와 백성의 도리 등을 노래로 읊었다.

제례 봉납물로는 주로 특산물을 올렸는데 가끔은 새로운 무기나 발명품도 바쳤다. 처음 단궁(박달나무로 만든 활)을 제작했을 때나 광대싸리 활에 요석 화살촉을 사용하게 되었을 때도 장군이 그것을 봉납했고, 디딜방아를 발명했을 때는 왕이 직접 천신에게 고했다. 한번은 한 사나이가 큰 배를 축조했는데 그것은 너무 커서 천단까지 들고 올 수가 없어 대신 작은 모형을 만들어 천단에 올린 적도 있었다.

오늘은 그런 식순이 생략되었다. 주무자는 멀리 출정하는 사람이고, 따라서 신의 정기가 그에게 깃들도록 대신과 중인, 백성 모두가 함께 빌어주어야 하기 때문이다.

재상과 대신들이 산곡과 나무, 토단 넓이와 천단의 계단까지 일일이 점검을 했다. 아래 단은 넓은 원이요, 둘째 단은 방(사각), 맨 위 단은 각(삼각)인데 비탈로 다듬어 올린 그 천단이 제물을 바치는 곳이었다. 재상이 칠성신 계단을 올라 천단이 잘 다져진 것을 확인한 후 손뼉을 짝짝 치자 기다리던 장정들이 제물을 메고 차례로 올라왔다.

제물은 술과 삶은 돼지, 사슴, 산양 등이었다. 머리를 박박 밀어 붙인 중년 선인들이 제물을 받아 천단 위에 배치했다. 그때 황포를 입은 태왕과 함께 딛을문의 제후가 올라왔다.

백성들은 양옆으로 도열해 태왕이 지나갈 때 모두 허리를 굽혀 절을 올렸고 제후는 태왕 뒤에 서서 백성들을 살펴보았다. 여인들은 앞섶을 옆으로 돌린 긴 저고리와 치마에 머리를 단정하게 틀어 올린 반면 처녀들은 물들인 무명옷에 머리를 묶거나 길게 땋아 내린 것이 딛을문과는 무척 다른 모습이었다.

태왕이 참성단 가까이 닿았을 때 엔릴이 방구에서 내려왔다.

태왕과 엔릴이 방에 올라 천단 앞에 서자 재상과 대신들이 그 뒷줄에 섰다. 각 성읍의 태수들이 도성 중신들 뒤에 서고 백성들까지 천단을 향해 도열했을 때 경쇠가 댕 하고 울렸다.

태왕이 입고 있던 황포를 벗어 천단을 향해 세 번 휘두른 뒤 엔릴에게 입혀주고 뒤로 물러났다. 엔릴이 앞으로 나서자 영고인들이 북을 치기 시작했다. 신을 부르는 신호였다. 엔릴이 두 팔을 들어 올리며 신을 맞았다.

"천신이 오셨나이다!"

영고인들의 북소리가 빨라졌다. 그 북소리가 백성들 귀에는 산정을 뛰어 내려오는 신의 발소리로 들렸고 그와 동시에 모두 엎드려 절을 올렸다.

"천신, 환인, 환웅신님이 오셨나이다!"

다시 북소리가 울려 퍼졌다. 이번에는 영고가 좀 길었다. 모두 그대로 엎드려 있는 사이 엔릴이 천신에게 서고문을 바쳤다.

"조화의 신이 내려오셔서서 우리의 성性이 되고, 치화의 신이 내려오셔서 우리의 정精이 되었사옴에 우리 환족이 만물의 으뜸이 되었나이다!"

주악인이 경쇠를 두드렸고 모든 사람들이 천천히 일어나면서 환화가桓花歌를 부르기 시작했다. 다른 주악인들도 그 노래에 장단을 맞추어 피리와 날라리를 불었다.

산유화야 산유화야
거년종 만수요 금년종 만수로다.
불함에 봄이 오니 꽃은 만홍이라
천신을 섬기고 태평을 즐기네.
환인, 환웅 신을 떠받음에 그 복락이 그득하네.

해가 높이 올랐을 때 재천 의식이 끝났다. 마침 점심때였고 천단의 음식이 내려졌다. 선인들이 음식을 내려주면 중인들이 줄을 서서 그 음식을 아래로 전달했다.

두레 음복 시간이었다. 사람들이 둘러앉아 음식과 함께 환담을 즐기는 사이 선인들이 긴 직포를 풀어 둘레의 나무들에 금줄을 둘렀다. 식사가 끝나면 천군 의례가 시작될 것이다. 그것은 제주로 지정된 사람이 치러야 할 가장 중요한 의식이었다. 새 제주는 천단에서 천신 혹은 삼신三神들과 만나 그들로부터 예언을 듣거나 어떤 조화를 보면서 신부를 받을 것이다.

금줄 치기가 끝나갈 때쯤 제관과 궁정 향사장享祀長이 향나무 궤짝을 들고 올라가 참성단 중앙에 놓았다. 그 속엔 왕가의 가보인 신검이 들어 있었다. 제주가 거기에 올라 앉아 신을 맞이할 때 신검은 제주와 접신을 하고 그때부터 신검은 제주의 소유물이 된다.

백성들이 식사를 끝냈다. 이제 하산을 서둘러야 했다. 일단 금줄이 쳐지면 천단 주변엔 사람들 출입이 금지되었고 제주는 밤이 될 때까지 혼자 남아 있어야 한다.

다시 경쇠가 울렸다. 그 경쇠 소리에 맞추어 황포를 입은 엔릴이 천천히, 아주 천천히 천단으로 올라갔다. 그가 궤짝 위에 정좌로 앉을 때 아래서 지켜보던 태왕이 등을 돌렸다. 재상도 대신들도 모두 태왕을 따라 하산을 시작했다.

스승이 엔릴 앞에 앉았다. 실제처럼 보이는 영파의 현시였다. 스승이 말했다.
"너는 신족으로 등고식을 올렸다. 이제 신께서 신부와 함께 너의 참 운명을 주실 것이다. 가슴을 한껏 열고 겸허하게 기다려라."

스승의 영상이 사라졌다. 하늘이 둥근 호수로 변해가면서 미묘한 변화가 일어나기 시작했다. 해가 움직이면서 사방에 빛살 무늬를 던지는 것이 참으로 신비했다. 신들이 사는 곳이 있다면 그런 곳일 것 같았다.

해가 성큼 물러나면서 갑자기 빛살을 쏘았다. 강하면서도 은은한 빛살을 고운 물감처럼 하나하나 차례로 쏘았다. 각각 다른 색깔이었고 방향도 달랐다. 그 빛살이 사방으로 흩어져갔다.

빛살이 한군데로 모여들기 시작했다. 흩어졌던 빛살이 한 폭 한 폭 나란히 겹쳐지면서 선명한 무지개가 되었다.

그 무지개가 길게 다리를 걸자 서쪽 끝에서 무언가가 무지개다리에 올라섰다. 용, 용이었다! 다섯 마리의 용이 저마다 서로 몸을 붙인 채 고개를 빳빳이 쳐들고 천천히 미끄러져 왔다. 그뿐만이 아니었다. 용의 등에는 번쩍번쩍 빛이 나는 황금빛 마차가 실려 있었다. 오룡거伍龍車였다. 용이 끈다는 바로 그 황금 마차였다. 용들은 황금 마차를 끌고 무지개다리를 건너와 마차 문을 열었다. 그 속에서 빛에 싸인 옥함이 나와 엔릴을 향해 둥둥 떠 왔다.

옥함을 받아 안는 순간 엔릴은 잠이 쏟아져왔다.

엔릴이 번쩍 눈을 떴다. 주위가 칠흑같이 캄캄했다. 그는 가슴을 더듬어보았다. 옥함이 없었다. 주위를 더듬어보아도 잡히는 게 없었다.
'꿈이었던 거야.'
산 아래쪽에서 사람 소리가 들리고 위로 올라오는 횃불도 보였다. 술시가 지난 모양이었다.
백성들이 횃불을 들고 줄지어 서서 참성단을 돌기 시작했다. 주악인이 피리를 불고 어떤 이는 춤을 추었다. 경쇠가 댕댕댕 다섯 번 울리자 백성들이 함께 노래를 불렀다. 엔릴이 신족이 된 것에 대한 경배의 노래였다.
태왕이 천단으로 올라왔다.
"신님들이 오셨더냐?"
"오룡거를 보았사옵니다. 하지만 꿈속인 것 같사옵니다."
"오룡거라면 신님들이 보내신 신부다. 이제 됐다. 그만 일어나거라."
엔릴이 일어나 천신께 하산 제배를 올릴 때 태왕은 역경사의 말을 떠올렸다.
"전하, 이 출정자에겐 천자의 운과 함께 다섯의 숫자가 나왔습니다. 왕족은 신과 만물, 해와 달과 땅의 기운과도 연결되어 있으므로 이 숫자에 어떤 의미가 있을 것이온데, 소인에겐 그 수를 풀이할 재간이 없사옵니다."
그 숫자가 바로 오룡거를 뜻한 것이었다!

머나먼 원정길

저는 지금 제 근본의 시원지에 도달했습니다.
천산, 환인천왕이 하강하시고 또 승천하신
하늘 호수가 제 앞에 있습니다.

1

 칠월 초열흘 이른 아침이었다. 궁궐에서 태왕이 엔릴에게 마지막 당부를 하고 있었다.
 "너의 앞날에는 행복과 편안함만 있는 것이 아니다. 또한 신족에게는 자기를 자기 마음대로 쓸 수 없는 어떤 지시의 힘이 따로 있고, 그 지시의 힘이 네가 바라지 않는 길로 이끌어갈 수도 있다."
 아침에 눈을 떴을 때까지도 태왕은 매우 조심스러웠다. 엔릴이 비록 오룡거를 보았다고 하나 또 무슨 돌발 사고가 일어날지 알 수 없었기 때문이었다. 법무대신도 우족점 범인을 추적하던 중 죽었다. 말이야 중풍으로 쓰러졌다가 일어나지 못했다지만 직접 확인하지 않았으니 그 진실을 누가 알 것인가.
 "너는 정벌지에 가서도 오룡거를 본 하늘을 만날 것이다."
 '그래, 너는 겹상서를 가졌지. 어떤 저해 공작과 난관도 너를 막을 수는 없을 것이다.'
 "애초 하늘에는 장소가 없다지만 환족이 머무는 곳이 어디든 그곳이 천신과 환족의 하늘이다. 전투가 끝나면 먼저 천제를 올려 그 하늘을 천신에게 바쳐야 한다."

"그러하겠나이다."

태왕은 엔릴의 손을 꼭 잡았다. 잔잔한 감동이 눈시울을 덥힐 때 궁차지가 출행 준비가 끝났다고 알려왔다.

"이제 나가보자꾸나."

엔릴이 섬돌을 내려서는 것을 보고 태왕이 궁차지에게 일렀다.

"태자에게 신검을 가지고 오게 하라."

태자는 신검을 살피고 있었다. 손잡이가 황소 뿔로 된 장검이었다. 뿔의 거친 면은 곱게 연마되어 그 위에 왕조의 상징인 봉황이, 칼집에는 용과 해의 그림이 음각으로 새겨져 있었다. 대대로 천자를 보호해온 소호 왕가의 일등 보물이 왕자도 아닌 유자에게 넘어가다니! 태자는 그 신검이 자신의 손을 거쳐 엔릴에게 전해지는 것을 일찍이 알지 못한 것이 한스러웠다. 그랬다면 바꿔치기라도 했을 것이다.

'무슨 방법을 써야 막을 수 있단 말인가?'

박수는 엔릴을 저승길로 유인하다가 벼락을 맞고 얼굴 반쪽이 타버렸다. 더 이상 살려둘 수 없었던 것은 그의 주둥이가 멀쩡했기 때문이었다. 한데 놈이 먼저 알고 종적을 감추어버렸다. 태자는 사라진 박수가 목에 걸린 가시 같았다.

'그놈 때문에도 이 신검은 나에게 있어야 한다!'

태자는 신검을 뽑아보았다. 꿈쩍도 하지 않았다. 황소 뿔을 단단히 조여 잡고 뽑으려고 애를 썼으나 뽑히지 않았다. 소유주 외에는 아무도 뽑을 수 없다면 설령 가진다 해도 쓸 수가 없지 않은가.

'방법이 있을 것이다. 반드시 그걸 알아내야 한다!'

궁차지가 왔다.

"전하께서 신검을 가져오라 하십니다."

태자는 신검을 들고 맹세했다.

'너의 주인은 나다. 정벌지에 도착하기 전에 반드시 되찾을 것이다.'

출정식 나팔 소리가 울려 퍼졌다. 태왕이 대신들을 거느리고 나오자 엔릴이 앞으로 나가 똑바로 섰다. 태왕은 손을 들어 나팔 소리를 중지시킨 후 출정 선언을 시작했다.

"신족의 아들, 엔릴 들어라! 오늘 그대는 신의 사명과 소호의 국명을 안고 먼 출정 길에 오른다. 그대는 머잖아 잃었던 땅을 되찾을 것이며, 그 땅은 소호와 그대의 이름으로 접수하게 될 것이다! 또한 그대는 그 영토에 환족의 네 기둥을 세울 것이며, 그리하여 땅 위의 모든 하늘을 천신에게 바치게 될 것이다!"

"하해와 같사옵니다!"

모든 출정병들이 반절을 올리며 복창했다. 태왕은 뒤쪽에 선 태자에게 신검을 받아 들고 다시 큰 소리로 외쳤다.

"이것은 신검이다. 소호국 천자만이 가질 수 있는 일등 보물이다. 오늘부터 그대는 천자의 대리자이며, 이 신검이 그에 대한 신표이니라. 이제 신검을 빼 들고 나 천자와 소호국에 영광을 맹세하라!"

엔릴은 두 손으로 신검을 받아 들고 손잡이에 새겨진 봉과 칼집의 용을 보았다. 자신이 본 상서들이었다. 그는 용의 육신을 쓰다듬은 뒤 손잡이를 조여 잡고 휙 뽑아 들었다. 태왕의 등 뒤에 서 있던 태자가 일그러진 얼굴로 등을 돌릴 때 엔릴이 신검을 높이 쳐들고 맹세를 했다.

"소자, 천신의 하늘을 세우고 돌아오겠나이다!"

"이제 출발들 하라!"

출정을 알리는 교각(북과 나팔) 소리가 힘차게 울려 퍼졌다. 엔릴이 말에 오르자 강장군이 오른쪽으로, 기병 대장이 왼쪽으로 다가들었고 후열 기병들도 대열을 갖추었다.

구레나룻을 기른 기병대장은 성이 은가로 강장군이 선발했다. 그는 호시에 도착할 때까지 기병을 이끌 것은 물론 기병 중 일부는 새 군장과 태자의 계열이니 철저히 다스리고 경계할 것이었다.

태왕은 섬돌에 올라서서 그 일행을 지켜보았다. 마차는 다섯 대였다. 재상이 숫자를 줄이는 대신 규모를 키워 쌍두 말을 달았다. 앞서 나가는 마차에는 천제 때 쓸 제기와 성미, 엔릴에게 필요한 의상, 금은, 구슬이 들어 있고 자물쇠와 지붕에 고깔을 씌운 것으로 구별했다. 뒤를 따르는 마차에는 군량으로 육포 자루, 볶은 밀과 콩 등을, 그 뒤에는 수출용 모피와 청회색 도기를 싣고 틈에는 부싯돌을 채웠다. 별읍장의 가게에서는 부싯돌도 인기 상품이라고 재상이 챙긴 것이다.

대열이 사라져갔다. 궁정 마당이 텅 비자 태왕은 갑자기 허전해졌다. 자신의 옥좌 한쪽이 아래로 기우는 듯한 느낌도 들었다. 신검을 떠나보내서인지도 몰랐다. 그러나 무엇보다 태왕은 저렇게 보무도 당당하게 떠난 자신의 병사들 가운데 돌아오지 못할 자들이 있을 거라는 생각에 마음이 아렸다.

대열이 궁궐을 빠져나가자 백성들이 그 앞에 모여 있었다. 그들은 자신의 아들, 조카 혹은 오라버니의 무사 귀환을 기원하며 몰래 눈물을 훔쳤다.

"천신의 하늘을 세우고 돌아오소서!"

누군가 이렇게 외치자 백성들은 너도나도 따라 외쳤다.

"환족의 영예를 드높이고 오소서!"

백성들의 외침이 도성의 하늘을 울렸다. 출정 대열은 마치 그러한 외침에 화답하듯 장엄하게 도성을 빠져나갔다. 천신의 하늘을 세우지 않고서는 다시 돌아오지 않겠다는 듯 대지를 지그시 밟으며 도성에서 한 걸음 한 걸음씩 멀어졌다.

태왕은 대전으로 향했다. 옥새를 보면서 소호가 비어 있지 않다는, 그런 기분이라고 느끼고 싶었다.

"아 아니, 네 손에 든 것이 무어냐?"

태자가 옥새를 들고 대전에서 나오는 중이었다. 그건 있을 수 없는 일이라 태왕은 거의 외치듯이 말했다. 태자가 침착하게 대답했다.

"옥새와 신검은 아바마마의 자랑이자 힘이었습니다. 하오나 신검이 궁궐을 떠나갔습니다. 한쪽 힘이 비거나 기울 수 있겠기에 제가 제관에게 가서 힘을 불어넣어달라고 간청할 생각이었사옵니다."

"신검은 궁궐을 떠난 것이 아니다. 재물을 얻으려고 출타한 것뿐이다. 그리고 옥새의 힘이 제관에 의해 좌지우지된다더냐? 그 힘은 오직 천자만이 가지고 있다. 내가 옥새와 소호의 힘을 동시에 잡고 있으니 그 옥새, 어서 제자리에 두어라."

"그 힘을 아바마마가 잡고 계신다니, 소자 이제 안심이 되나이다."

태자는 옥새를 제자리에 두고 나갔다.

2

 담노는 서늘한 기운에 눈을 떴다. 공중에서 독수리가 선회하고 말은 좀 떨어진 곳에서 풀을 뜯고 있었다. 날이 밝아왔다. 그는 머리에 앉은 이슬을 털어내고 활 통을 맸다. 엔릴의 진영은 반 마장쯤 아래였다.
 진영이 가까워올 때 한 청년이 강둑을 타고 올라왔다. 엔릴이었다. 담노는 바위 옆에 몸을 숨기고 그를 살폈다. 신검은 오른손에 들려 있었다. 탈취 기회로는 최적이었으나 태자는 너무 이른 것도 좋지 않다고 했다.
 엔릴이 강에서 몸을 씻고 나와 명상을 시작했다. 자연스러운 접근은 먼저 진영으로 가서 엔릴을 찾는 척하는 것이다. 담노가 몸을 일으킬 때 독수리가 날아왔다. 두 마리였다. 놈들은 어제 저녁에도 강에서 물고기를 채 올리곤 했다. 독수리를 잡으면서 접근하는 것도 나쁜 방법은 아닐 것이다. 담노는 화살을 날렸다. 독수리가 엔릴 앞으로 떨어졌다.
 엔릴은 깜짝 놀랐다. 그는 아침마다 신검과 혼연일체식을 치렀는데 오늘이 열흘째 마지막 날이었다. 한데 이 독수리는 뭐란 말인가. 등 뒤에서 말소리가 들려왔다.

"저 독수리가 자네를 노리기에 쏘았네."

담노였다.

"아니, 자넨 여기 어인 일인가?"

"자넬 만나려고 주야장천 달려왔다네."

은대장과 책임선인이 달려와 담노를 보고 칼을 빼 들었다. 엔릴이 담노의 손을 잡으며 말했다.

"내 친구요. 그가 독수리를 잡았소. 이걸 가져가서 아침거리로 구워 보시오."

의외의 일이라 은대장과 책임선인은 당혹스러웠다. 갑자기 나타난 이 친구는 독수리를 잡아주려고 구름을 타고 왔단 말인가? 왕자의 친구라니 자초지종을 물어볼 수도 없어 독수리를 들고 진영으로 돌아갔다.

일행이 물러나자 엔릴이 담노에게 물었다.

"그래, 무슨 일인가? 자네가 날 쫓아온 까닭이 말이네."

담노가 길게 한숨을 쉬었다.

"어느 날 아침 눈을 떠보니 이런 생각이 들더군. 이제 나는 모두를 잃었다. 여자도 친구도 다 잃었다…."

"그럼 순장 때 그 노비를 구하지 못했단 말인가?"

"구하긴 했지."

소년이 자기 누나를 데리고 나왔고 담노는 그들과 헤어지면서 어머니의 은가락지를 정표로 주었다. 노비는 가락지를 끼고 흐느끼며 떠나갔다. 달빛 속으로 처량하게 걸어가는 남매의 뒷모습에 담노의 가슴은 찢어지듯 아팠다.

"구하자마자 영영 이별… 그리고 자네도 떠났다는 소식을 들었으니 허공인들 그런 소릴 아니 하겠는가."

담노는 자기 생각을 추려가면서 필요한 것만 이야기했다.

"자명성은 새로 부임해 온 태수에게 넘겨주고 우린 도성으로 이사를 했다네. 동생들은 교화방에 넣고 나는 군영으로 들어갔지. 내가 무술로 조의선인 졸업을 했으니 아버지 뒤를 이어 장교로 말뚝을 박을 생각이었네. 한데 노비가 그리워 견딜 수가 없더군. 며칠 만에 결국 탈영을 하고 말았다네."

노비는 헤어질 때 하손 나라에 가 있겠다고 했다. 하손은 남매의 고모가 왕비로 시집을 간 곳이었다. 탈영을 한 뒤 그는 곧장 하손으로 향했다. 그러나 남매는 이미 거기에도 없었다. 그의 노비는 이웃 토호의 첩으로 팔려 갔고 소년도 누나를 따라갔다고 했다. 그는 토호의 마을로 가 소년을 찾았다. 담노를 본 소년은 벌벌 떨면서 토호의 성질이 포악해 들키면 사지가 찢길 것이니 어서 떠나라고 재촉했다. 담노는 눈물을 삼키며 돌아설 수밖에 없었다.

"노비의 처지를 보고 나는 맹세했다네. '장교가 되면 군사를 몰고 와 이곳을 토벌할 것이다! 부친은 더 큰 영토도 섬멸했는데 그깟 토호족쯤이야….' 하지만 나는 탈영병이 되어 있었다네. 잡히면 감옥에 가야 할 신세…. 그때 자네를 생각했네. 감옥에 가느니 친구의 은혜나 갚자, 그래서 이렇게 달려온 것이네."

"난 자네에게 은혜를 준 일이 없네. 그만 돌아가게. 우리는 아주 먼 길을 가야 하고 언제 돌아올지도 모른다네."

담노가 볼멘소리로 말했다.

"날더러 감옥으로 가란 말인가? 자네를 도울 수 있는 펄펄한 힘을 두고도 감옥에서 썩으란 말인가? 싫네. 나에게 그 길밖에 없다면 차라리 자네 앞에서 죽고 말겠네."

담노가 단도를 빼 들 태세이자 엔릴이 만류하고 몸을 일으켰다.

"가서 아침부터 먹세."

엔릴이 담노를 장군 앞으로 이끌었다. 담노는 태자가 그에 대해 부정적으로 말하던 것을 떠올렸다. 태왕이 추방한 패장군을 재상이 재영입했다는 것이었다.

"장군, 이 친구는 돌아가신 태수의 아들이자 내 어릴 적 동무입니다. 조의선인 출신으로 무술도 뛰어납니다. 군영에도 입소했는데 아무래도 나를 도와야겠다 싶어 뒤따라 왔으니 장군께서 선처해주시구려."

강장군은 그의 아비를 알고 있었다. 그는 야욕이 좀 지나쳤지만 남을 음해하는 사람은 아니었다. 그가 자명성 태수로 발령되었을 때도 자격이 모자란다고 불평하는 사람이 많았지만 골칫거리 호족을 섬멸하는 것으로 자기 실력을 증명했다. 하지만 이 청년은 예외의 인물, 그를 받아들이는 데도 위계질서가 있다.

"은대장, 그대가 접수하게."

아까 독수리를 집어 가던 사람이었다. 그때 소개했으니 문제없을 것이라 여겼는데 대장의 눈이 갑자기 엄격해졌다.

"군영에 입대했다고? 언제 말인가?"

은대장은 군영의 일이라면 손바닥 보듯 훤히 알고, 떠나오던 아침까지도 군영에 있었다. 한데 왕자의 친구는 인사를 하지 않았으니 자기를 모르고 있다는 뜻이다. 담노가 당황하자 엔릴이 거들었다.

"어떤 문제가 있어서 입소하자마자 군영을 떠났던 것이오."

그것도 믿을 수 없었다. 장교 입소자는, 특히 조의선인 출신일 때는 특별 대우를 하므로 모두가 알게 되어 있는데 자신은 그런 보고를 받은 일조차 없었다.

"식사부터 합시다. 독수리 고기 다 식겠소."

엔릴이 화톳불 쪽으로 몸을 돌렸다. 담노는 위기를 모면했다고 안심할 수가 없었다. 엔릴이 독수리 고기를 받고 있을 때 담노가 은대장 앞으로 가서 공손하게 말했다.

"대장님, 몰라뵌 것 용서하십시오. 아무리 뛰어난 무술가라도 대장님의 칼 솜씨를 따라갈 사람은 소호에 없다고 해서 저 또한 가르침을 받으려고 군영에 입대했던 것입니다. 한데 군적을 올리려는 찰나에 동생이 달려와 제 부친의 죽음을 알렸던 것입니다. 초상을 치르고 다시 가보니 대장님은 엔릴과 함께 출정하셨다고 했습니다."

은대장은 일이 좀 교묘하게 흘러갔지만 그럴 수도 있겠다 싶었다. 더욱이 왕자의 친구가 아닌가. 자기에게 거짓말을 해야 할 까닭이 없었다. 그때 엔릴이 담노를 부르자 은대장이 말했다.

"어서 가보게. 자네에게 적당한 직책을 생각해보겠네."

직책까지! 담노는 절을 하고 물러났다. 지혜로운 사람은 궁지에 몰려서도 항상 그 상황을 뒤집을 줄 안다고 하더니 자신의 처지가 그렇게 된 것이었다.

"이거 먹어보게. 자네가 잡은 것이네."

엔릴이 담노에게 다리 한 짝을 내밀었다.

3

곡부에서 삼위산(돈황)이 있는 사주沙州까지는 6천 리, 거기서 호시까지 또 5천여 리였다.

원정길 보름째였다. 끝없는 평원을 달려왔는데 풍경이 달라졌다. 둥근 산들이 서로 포개거나 나란히 앉았고, 어떤 산은 숲에 싸였으며 바위뿐인 골산도 있었다. 태산만 봐오던 일행에겐 낯설면서도 신기했다. 날이 어두워졌다. 기병들은 여장을 풀고 달을 쳐다보며 '낯선 곳으로 초대받은 달, 그 풍취도 새롭다'고 감상에 젖어 중얼거렸다.

담노는 바위에 기대앉아 엔릴을 지켜보았다. 엔릴은 늑대와 함께 능선으로 올라가고 있었다. 명상하기에 적당한 장소를 찾아가는 것이었다. 독수리를 쏘았던 날은 엔릴 혼자였으나 그날 이후론 항상 늑대가 붙어 다녔다. 엔릴은 자기를 경계하지 않았으나 늑대의 눈길은 가끔 온몸의 털이 서늘하게 곤두서게끔 했다. 불길한 놈이니 기회를 봐서 처치해버려야 할 것이다.

원래 담노는 입대하여 기반을 다진 뒤 부친이 그러했듯이 토호 섬멸을 주도해볼 계획이었다. 그러나 군영에 입소하기도 전에 태자가 먼저 찾아왔다. 태자는 곧 왕으로 등극할 테지만 한 가지 문제가 있으니 그것만 해결해주면 좋은 자리를 주겠다고 제안했다.

"문제가 무엇입니까?"

"엔릴이 신검을 가져갔다. 왕가의 보물을 말이다. 그것을 주지 않으면 출정하지 않겠다고 버티기에 아바마마께서 마지못해 주셨지만, 그게 이치에 닿기나 한가? 신검은 옥새와 같다. 역대 모든 왕이 등극할 때 둘 다 물려받았다. 나 역시 그렇게 하고 싶다는 말이다."

결론적으로 그걸 되찾아 오란 말이었다. 하지만 그게 어디 가능한 일인가.

"그런 일을 왜 저에게 부탁하시는지요?"

"자넨 엔릴의 친구가 아닌가. 누구보다 쉽게 접근할 수 있단 말이네. 이 일만 해결해주면 자네 앞날은 내가 보장하겠네."

"신검은 주인 외에 아무도 손을 대지 못한다고 들었습니다."

"방법을 알아냈네. 손을 물에 적신 뒤 잡으면 되네. 자넨 외방인이 아니니까 신검이 소리를 내는 일은 없을걸세."

신검만 가져오면 무엇이든 해결해준다!

"하겠습니다."

"잘 생각했네."

실력이 아무리 뛰어나도 군영에 들어가면 지휘 장교가 되기까지 몇 해가 걸릴지 알 수 없다. 그러나 태자의 요구를 해결해주면 그 즉시 군사를 얻어 노비를 구할 수 있지 않은가.

"하지만 제가 원하는 것은 벼슬이 아닙니다. 군사입니다. 성공해서 돌아오면 저에게 토벌대를 주십시오."

태자는 담노의 요구를 흔쾌히 들어주었다. 그리고 신검을 탈취할 때의 주의 사항을 일러주었다.

"단, 호시를 지나서 탈취해야 하네. 별읍장이 아시면 안 되니까 말이네."

도성에는 엔릴이 정벌에서 돌아오면 왕위에 오를 것이란 소문이 파다했다. 신검이 승리를 보장할 것이고 태자는 그걸 막고 싶은 것이었다. 세자가 어떤 사람인가. 자신보다 앞서는 사람이 있으면 반드시 끌어내려야 직성이 풀리는 성격이었다. 엔릴은 승리를 하든 안 하든 태자의 음해로부터 안전하지 않을 것이다. 그도 궁지에 몰리는 일이 있을 터이고 그때 기꺼이 돕는다면 자신의 행위를 용서받을 수 있다는 생각에 태자의 제안을 받아들여 곧장 뒤쫓아온 것이었다.

담노는 달을 쳐다보았다. 노비가 달 속에서 흐느끼고 있었.

'조금만 기다려, 조금만.'

그의 심장이 애절함으로 저며 들었다.

"옆에 좀 앉아도 되겠소?"

제후였다. 담노는 급히 자세를 바로잡았다. 독수리를 연상시키는 날카로운 눈매를 지닌 이 사내는 틈만 나면 자기 곁으로 다가들었다.

'엔릴과 친한 것 같진 않으니 날 염탐하려는 것은 아닐 테지.'

제후가 달을 보며 말했다.

"내가 소호로 갈 때는 이런 달밤이면 밤을 새워 걸었다오. 그래서 시간을 줄일 수 있었던 것이오."

제후는 담노가 마음에 들었다. 독수리를 쏘아 떨어뜨린 것이나 눈빛이 번들거리는 것이 장군감이었다. 그런 사람이 자기편이라면 정벌 이후에도 유리할 것이다. 그간 몇몇 기병에게 접근해보았지만 그 누구도 곁을 주지 않았다. 정벌지는 자기 고장이 아닌가. 자기편이 되면 이익이 많을 텐데도 모두 무시하기만 했다.

담노는 대답하지 않았다. 자기에게 관심을 갖지 않겠다는 뜻이다.

'지금은 내가 우습게 보이겠지만 두고 봐라. 이 무리 중에서 내 편이 될 수 있는 사람은 너뿐이란 직감이 왔으니 반드시 내 사람으로 만들 것이다.'

"내일은 달밤에도 달리자고 권해볼 생각이오."

제후가 그 말을 남기고 자기 자리로 돌아갔다.

4

 자갈로 벽을 세운 골산과 황무지가 양관까지 이어졌다. 고비사막이었다. 양관에서 2백 리쯤 지났을 때 키 낮은 바람이 먼지를 쓸고 다니나 했더니 갑자기 모래 산이 나타났다. 해가 거의 서편에 닿았을 때였다. 제후가 장군에게 말했다.
 "이 길로 가면 하루를 벌 수 있습니다."
 소호로 갈 때는 모래 산을 돌아가느라 거의 하루가 지체되었다. 달밤이니 자정 전까지는 움직일 수 있을 것이고 그렇게 되면 하루하고도 한 나절을 더 빨리 갈 수가 있다.
 "모랫길인데 마차가 괜찮겠소?"
 "마차도 다닌다고 했습니다."
 장군이 직행을 명령했다.
 엔릴은 자연과 연애를 하는 기분이었다. 새로운 풍경을 만날 때마다 심장이 쿵쿵 뛰었다. 토벽처럼 자갈과 흙으로 세워진 산이 있는가 하면 불에 탄 듯이 검은 산, 그리고 붉은색의 민둥산이 나타나더니 이제는 또 모래 산이라니!

엔릴은 모래 산을 감상하려고 걸음을 늦추었다. 산세도 흥미로웠다. 높은 능선이 엇각으로 포개 앉았는가 하면 거침없이 길게 뻗은 산도 있었다. 하나의 모래 산을 돌아가면 또 다른 형태의 모래 더미가 불쑥 앞을 가로막았고 그 자락을 에돌아가면 어느새 또 큰 모래 더미가 서 있곤 했다.

산이 별안간 울기 시작했다. 모래가 허물어져 내리면서 기묘한 울음소리를 낸 것이었다. 흑흑도, 엉엉도 아닌 희한한 울음의 합창이었다.

그곳은 울음산이었다. 모래 산은 낮 동안 허물어지면서 우는 소리를 냈고 밤이면 바람이 불어와 흘러내린 모래를 제자리로 돌려보내는 것이 이 모래 산의 운행 법칙이었다.

흐느끼듯 애절한 그 울음소리가 산 너머에서도 들려왔다. 울음의 근원이 거기에 있는지도 몰랐다. 엔릴은 말에서 내려 능선으로 뛰어올랐다. 정상에 오르자 전혀 다른 세상이 펼쳐졌다. 모래 산이 여기저기서 팽이처럼 솟았고 그 자락마다 형언할 수 없는 무늬가 깔려 있었다. 태양과 하늘이 빚어낸 절묘한 채색이었다.

'이런 경이로운 세상도 있었구나!'

엔릴이 감탄하자 자연도 응답하는지 눈앞의 모든 것이 별안간 자주색으로 휘덮였다.

'비단 같구나. 세상에 저렇게 넓은 비단이….'

자주색이 도르르 말리듯이 걷혀갔고 아래서부터 빛과 그림자가 서로 엉켜들면서 심하게 얼룩이 지기 시작했다. 그 얼룩은 빛과 그림자의 조화가 아닌 아래서부터 거꾸로 치올라오는 모래 군상이 만든 것이었다.

'모래가 스스로 올라와?'

치올라오기만 하는 게 아니라 모래가 이제는 춤을 추기 시작했다. 정말 희한한 일이었다. 모래가 군무를 하듯 팔과 다리를 벌리고 빙글빙글 돌 듯이 그렇게 춤을 추면서 정상을 향해 한 발 한 발 비상해왔다. 흘러내린 모래를 제자리로 돌려보내는 시간이었다.

'바람의 묘기다!'

바람이 묘기를 부려 파도를 일으키는가 하면 모래는 파도를 타고 둥둥 뛰다가 갑자기 출렁거리며 강렬한 춤을 추거나 아주 높이 뛰어오르기도 했다. 세상의 어떤 생물체도 그토록 높이 뛰어오르면서 춤을 출 수는 없을 것이다.

엔릴의 가슴에도 둥둥둥 북소리가 울렸다. 어떤 에너지가 스스로 분출하는 소리였다. 자신도 춤을 추거나 소리를 지르고 싶었고 온몸이 불타도록 뛰고 싶었다. 그것은 열정이었다. 모래바람이 그의 잃어버린 열정을 실어다 준 것이었다.

늑대가 엔릴의 옷자락을 잡아당길 때 해가 넘어가는 것이 보였다.

"이런, 내가 너무 지체했구나."

비탈로 내려서는 순간 엄청난 강풍이 그의 허리를 치고 지나갔다. 그는 꺾이듯 주저앉았고 다시 일어서려고 했으나 앞이 보이지 않았다. 모래 해일이 시작된 것이었다. 움직이지 않으면 당장에라도 파묻힐 것 같아 엔릴은 늑대와 함께 온 힘을 다해 아래로 내려갔다. 일행들도 강풍에 날아가지 않으려고 말 등에 머리를 처박고 있었다.

일진이 좋지 않았다. 가끔 한 번씩 기습한다는 모래 해일이 온 것이다. 제후는 낙타를 부여잡고, '여길 떠나야 한다. 아니면 모두 매장된다'

고 목이 터져라 외쳤지만 아무도 듣지 못했다.

마차 바퀴가 모래에 파묻혀가는 것이 보였다. 제후는 낙타 등에 걸어둔 궤짝을 내려 머리에 썼다. 숨 쉴 구멍만 만들어두면 파묻혀도 살아남을 수 있다. 궤짝을 바람에 날려 보내지 않으려고 사투를 벌이는 사이 모래가 전신을 덮었다.

정신이 돌아왔다. 궤짝을 밀어내보았으나 꼼짝도 하지 않았다. 팔다리도 마찬가지였다. 공포가 몰려왔다. 이곳이 자신의 무덤이 될 수도 있었다. 그럴 수는 없었다. 딛을문을 되찾기 전에는 절대로 죽을 수가 없다! 그는 죽을힘을 다해 모래를 밀어냈다. 궤짝에서 중력이 느껴지지 않았다. 바깥으로 나온 것이었다. 모래 해일은 사라지고 휜한 달만이 적막한 사막을 비추고 있었다. 일행이 보이지 않았다. 마차도 말도 없었다. 자기만 두고 모두 떠난 것이 분명했다.

저만치서 낙타가 기척을 알려왔다. 몸은 파묻히고 머리만 나와 있었다. 그는 궤짝을 들고 가 모래를 파기 시작했다. 짜증과 욕지기가 있는 대로 끓어올랐다. 엔릴만 딴짓을 하지 않았어도 이 지경까지는 되지 않았을 것이다. 바람이 칼날처럼 모래 능선에 꽂히기 시작할 때 그가 다그쳤다. 여길 빠져나가야 한다, 어서 출발하자, 지체하면 모두가 모래에 묻히고 만다…. 하지만 그 누구도 자신의 말을 듣지 않았다. 바람 소리가 노골적으로 악악댔고 모래가 온 천지에 키를 높이는데도 일행은 그저 엔릴만 기다렸다. 늑대와 갔으니 곧 올 거라고, 불러대지도 않고 그렇게 기다리기만 했다.

그는 그만 주저앉아버렸다. 사실 누굴 탓할 일이 아니었다. 이 모든 결과는 자신이 초래한 일이었다. 한시라도 빨리 가서 설욕을 하겠다던

조바심이 참극을 불러온 것이다.

'이제 어쩔 것인가. 정벌군마저 잃어버리고 사막의 고아가 되었으니 아버지 한은 누가 풀어드릴 것인가.'

제후는 머리를 싸쥐고 울기 시작했다. 야만인들은 아버지의 목을 베어 토성 기둥에 걸어두고 해골이 될 때까지 내버려두었다고 했다.

'까마귀 밥이 되도록 방치했다, 내 아버지를! 나 대신 희생당한 아버지, 반드시 복수하겠다고, 적의 목도 그렇게 베어 수모를 갚아주겠다고 맹세했는데, 이제 어디 가서 군사를 얻을 것인가.'

낙타가 주둥이로 그의 어깨를 건드렸다.

'그래, 붙잡아야 한다. 아직은 멀리 가지 못했을 것이다.'

그는 벌떡 일어나 낙타에 올라탔다. 모래언덕을 돌아 나가자 달빛 아래 사람들이 보였다. 자기 대열이었다.

기병들은 삼삼오오 짝이 되어 모래를 팠다. 사람과 말이 섞여 나오기도 했다. 달이 기울 때까지 작업을 했지만 마차 두 대와 말 일곱 마리는 찾아내지 못했다. 간신히 파낸 두 마리는 이미 죽어 있었다. 기병들 시신이 둘, 그 밖의 아홉은 어디에 묻혔는지 찾을 수가 없었다. 그럼에도 강장군은 자꾸만 독려했다. 사막 전체를 뒤져서라도 찾아내라! 무리한 요구였다. 그러다간 산 사람마저 지쳐 숨질 판이었다. 제후가 나섰다.

"계속해봐야 시신만 건질 뿐이오. 또 언제 바람이 올지 모르니 이제 그만 떠나는 게 좋겠소."

장군이 그를 쏘아보았다.

"이 길로 오자고 한 사람은 당신이 아니오? 길을 잘 안다는 사람이 그래, 사막으로 안내한단 말이오?"

제후가 황급히 변명을 했다.

"이곳은 진짜 사막이 아니오. 사막은 훨씬 안쪽에 있소. 우리가 만약 그쪽으로 갔다면 아무도 살아남지 못했을 것이오."

장군은 그를 일별하고 다시 기병들을 재촉했다.

"공자님이 계셨던 곳에서 멀지 않을 것이다. 좀 더 깊이 파보라!"

늑대도 파묻힌 모양이었다. 그래서 떠날 생각을 하지 않았던 것이다.

'짐승 한 마리 찾겠다고 전 기병들을 동원해?'

제후는 달을 쳐다보며 '젠장맞을, 내 신세가 왜 이리 초라한가' 한탄했다.

'머나먼 종주국까지 가서 얻어 온 것이 하필 저런 애송이라니…'

담노는 속옷을 찢어 팔을 묶었다. 늑대에게 물린 자리에서 피가 계속해서 흘러나왔다. 늑대가 바람에 날려 와 자기 말의 다리를 잡았을 때 담노는 놈을 잡아주는 척하고 목을 눌렀다. 놈이 목을 부풀리며 앙칼지게 울었으나 다행히도 바람 소리가 놈의 괴성을 삼켜주었다. 그는 주위를 살펴보았다. 모래 해일에 묻히지 않으려고 모두들 말 옆에 선 채 고개를 숙이고 있었다. 모래바람이 그의 눈을 덮어 한 손을 놓은 순간 늑대가 그의 팔을 물었다. 놈의 이빨에 뼈가 으스러질 것 같았지만 그는 물린 팔로 놈의 목을 감고 단도를 뽑았다. 두 번 찔렀을 때 놈의 이빨이 풀렸고 세 번째에 아구가 벌어졌다. 그는 모래에 단도를 닦아 칼집에 넣고 놈을 깔고 앉았다. 모래 해일은 자기를 위해 불어온 것이 분명했다. 늑대의 시신은 몇 차례 덮쳐온 모래만으로도 감쪽같이 묻혀갔다.

기병들이 담노 쪽으로 다가왔다. 그는 황급히 늑대가 묻힌 자리를 살폈다. 전혀 흔적이 없다 해도 모래를 판다면 사정은 달라진다. 그는 슬그머니 그쪽으로 옮겨 앉았다. 기병들이 가까이 다가올 때 엔릴의 명령 소리가 들려왔다.

"출발!"

5

오아시스를 만난 것은 날이 밝았을 때였다. 말들은 물을 마시고 기병들은 사막의 대추를 따 먹었다. 육포를 실은 마차를 잃었으니 물이든 풀이든 재량껏 배를 채워야 했다.

엔릴은 그들과 좀 떨어진 둔덕에 앉아 있었다. 장군은 물 한 모금 마시지 않는 엔릴이 걱정되어 물주머니와 대추를 들고 그의 곁으로 갔다. 엔릴은 무엇에 골몰하는지 장군이 다가가도 알아채지 못했다. 장군이 기침을 하자 엔릴이 고개를 들고 말했다.

"장군, 내 곁에 좀 앉아보시오. 난 지금 이상한 현상에 갇혀 있소."

"이상한 현상이라니요?"

장군이 조심스럽게 물었다. 엔릴은 탁한 목소리로 대답했다.

"지금 내 눈에는 말이오, 어젯밤 그 장면만 보이오. 교교한 달빛, 여기저기에 내밀고 있던 기병들의 팔과 말의 다리…. 힘들여 파보면 입과 눈에 모래가 잔뜩 낀 채 죽어 있던 시신…. 이미 죽었는데 눈을 번히 뜨고 있던 기병. 마치 산 사람처럼 우리를 쳐다보던 눈…. 벽이나 병풍처럼 붙박여 떨쳐낼 수가 없구려."

장군은 엔릴이 죄의식에 빠진 것을 알았다. 선사는 이번 원정길에서 그가 성숙한 감정들을 만날 것이라 했는데 첫 번째가 죄의식이라면 좋은 징조가 아니다. 엔릴이 감정을 찾고 만나는 것은 아주 중요한 일이나 그 감정에 깊숙이 빠져드는 것은 바람직하지 않다. 우선 군사들이 동요할 것이다. 군사들은 엔릴의 상서만큼 지휘력도 믿고 있고 그것은 장군 자신이 세뇌시켜온 일이기도 하다.

"그런 감정 외에 또 다른 느낌은 없으셨습니까?"

엔릴은 어제 본 모래의 군무가 떠올랐다. 그때 가슴이 둥둥 울리면서 춤을 추고 싶었다. 그 열정은 잠시, 늑대를 잃으면서 상실감이 가슴을 할퀴고 온 넋을 두들겨 팼다.

'도대체 어디 묻혔기에 찾을 수 없었던 것일까? 책임선인이 바람에 날아간 것 같다고 했지만 천 리 밖까지 간 것이 아니라면 되돌아왔을 것이다. 그토록 영리한 녀석이 모래에 자기 몸을 묻다니 믿을 수가 없어.'

늑대를 쓰다듬을 때 느껴지던 부드러운 털의 감촉이 생생하게 되살아났다. 어릴 적 올가미를 풀어주었을 때 녀석은 제 어미인 양 엔릴 품에 파고들었다. 집으로 가라고 해도 강아지처럼 따라오던 녀석…. 더 큰 죄의식이 엔릴 가슴을 때렸다.

"장군, 내가 늑대를 죽였소. 녀석은 나 때문에 죽은 것이오. 내가 모래언덕에만 올라가지 않았어도 늑대는 죽지 않았을 것이오. 녀석은 날 보호하려다 죽은 거란 말이오!"

엔릴은 가슴을 치며 울기 시작했다. 상처 입은 어린 영혼이 몸부림치고 있었다. 장군은 마음이 미어지듯 아팠다. 어쩌면 슬픔과 죄의식이라는 감정이 괴물로 변종해서 순진한 청년의 마음을 물어뜯고 있는지도 몰랐다. 장군은 엔릴의 두 손을 꼭 끌어 잡고 자기 가슴으로 가져가며 말했다.

"왕자님은 아무도 죽이지 않았습니다. 왕자님은 신족이시고 신족에겐 남을 해할 운기가 없다고 했습니다. 설령 누군가가 왕자님 칼에 죽는다 해도 그건 왕자님이 죽이는 것이 아니라 그의 운이 그렇기 때문입니다. 왕자님, 우린 갈 길이 멉니다. 부디 그 슬픔을 접으십시오."

장군의 말이 터질 것 같은 엔릴의 마음을 진정시켰다. 한꺼번에 몰아쳐와 숨을 쉴 수가 없게 하던 감정, 슬픔과 아픔과 상실, 죄의식도 가라앉기 시작했다. 감로수처럼 선사의 말이 떠올랐다.

"네가 잃어버렸던 감정들은 호시에 도착하기 전에 모두 되찾을 것이다. 어쩌면 그 감정들이 너무 강해 너를 지배하려 들지도 모른다. 지배를 당하지 말아라. 그러면 네 임무에 손상을 입을 수도 있다."

엔릴은 급히 고개를 들어 기병 쪽을 보았다. 말들과 함께 출행 준비를 하고 있었다. 그는 벌떡 몸을 일으켰다.

"장군, 내려갑시다."

엔릴이 제후 곁으로 다가서며 물었다.
"호시까지는 얼마나 남았습니까?"
"3천여 리쯤 남았을 것입니다."
"앞으로 길은 어떻습니까? 사막이 또 있습니까?"
"사막을 피해 갈 수 있고 마을도 만날 수 있습니다."
"그 마을에는 친절한 사람들이 삽니까?"

"여러 종족이 각자 마을을 이루고 삽니다. 인심이 좋은 종족을 만나느냐 아니냐는 우리 운수에 달려 있겠지요."

"마을은 계속해서 이어집니까?"

"아닙니다. 어느 순간 마을이 사라지고 험준한 산길과 고원지대가 이어집니다."

"좀 더 상세히 설명해주시겠소?"

제후는 바닥의 모래를 편편히 고른 뒤 그림을 그리기 시작했다. 먼저 동그라미를 길쭉하게 그렸다. 커다란 달걀을 옆으로 누인 모양이었다. 그리고 그 가운데 또다시 동그라미를 그려 넣으며 설명했다.

"이 가운데가 또 사막입니다. 한번 들어가면 영영 빠져나올 수 없는 죽음의 바다(타클라마칸)라고 합니다. 호시로 가는 길은 사막의 남쪽과 북쪽에 있고 양쪽 다 마을이 있습니다. 겨울에도 크게 춥지 않고 물이 풍부하며 방대한 초원 지대도 있어서 옛날부터 유목민이 모여들어 국가를 만들었다고 합니다."

"사막 서쪽 끝에도 마을이 있습니까?"

"아닙니다. 서쪽 마지막 마을을 지나면 곧 험준한 산길과 고원지대가 이어집니다. 거기가 파미르 고원이고 형제국 파내류는 그곳에서도 북쪽에 있으며 우린 그 길로 가지 않습니다."

"파미르만 넘으면 곧 국제시장 호시입니까?"

"좀 더 가야 당도할 수 있습니다."

"잘 들었소. 고맙소."

엔릴이 장군에게 출발 명령을 지시했다.

6

 큰 마을을 찾은 것은 사흘 후였다. 넓은 초원은 물론 대장간 등 웬만한 시설은 다 갖추고 있어 부서진 마차를 수선하거나 군량을 조달할 수도 있었다.
 "비용은 금으로만 받겠답니다. 날짜도 사흘이 걸린다 하고요."
 금 열 근으로 흥정을 마치고 밖으로 나왔다. 기병들은 마을 분위기에 완전히 압도당해 있었다. 짐승들이 여기저기서 소리를 질러댔고 사람들은 활기가 넘쳤으며 알록달록한 옷을 입은 처녀들은 양 떼를 몰면서도 엉덩이를 흔들댔다.
 은대장이 기병들을 주목시켰다.
 "여기서 사흘간 머문다. 숙식은 가정집에서 해결한다. 각 집에 다섯 명씩 받기로 했으니 조를 나눠라."
 말은 방목되었고 기병들은 가정집으로 흩어져 갔다.
 담노는 의원선인과 함께 마을 의원 집에 배치되었다. 선인이 주인에게 얻은 풀뿌리 고약을 담노의 상처에 붙이자 그 집 딸이 붕대 감는 일을 도왔다. 의원선인이 말했다.

"이 마을엔 좋은 의원과 조수가 있군."

처녀 머리에서 향긋한 냄새가 다가왔다. 노비의 긴 머리에서도 항상 향내가 났었다. 귀밑머리를 쓸어 올리거나 보조개를 바라볼 때마다 그 매력에 한없이 빨려들곤 했다. 그 노비의 매력은 명주실 한 방구리가 다 들어간다는 물 수렁과도 같았다. 부모님이 정해준 그 어떤 규수에게도 그런 매력이 없었다.

의원선인이 물었다.

"자네 상처 말이네. 나뭇조각에 찍혔다고 했지?"

"예. 하지만 확실히 보진 못했습니다."

"상처로 봐서는 짐승의 이빨 자국 같은데, 그럴 리는 없을 것이고…. 어쨌건 상처 자리가 곪기 시작했으니 매일 치료를 해야 할 것이네."

짐승의 이빨 자국…. 그 말을 듣는 순간 담노는 심장이 멎는 듯했다. 더 기다릴 수 없었다. 지도부가 자신의 상태를 물으면 의원이 그대로 보고할 수도 있다. 누가 그 보고를 듣든 당장 늑대를 떠올릴 것이다. 의심하기 전에 떠나야 한다.

처녀가 붕대를 묶어주고 나간 뒤 담노는 초지로 갔다. 자기 말이 어디서 풀을 뜯고 있는지 확인해두기 위해서였다.

순찰 기병이 밖에서 기척을 알렸다. 문제가 있다는 뜻이었다. 장군은 엔릴을 깨우지 않으려고 조용히 밖으로 나갔다.

"무슨 일인가?"

"막구가 숙소 처녀와 양우리에 들어갔습니다."

막구는 가장 어린 기병으로 활 솜씨가 뛰어날뿐더러 친구의 아들이기도 해서 특별히 기용한 녀석이었다.

'싹싹하고 믿음직했던 그 녀석이 처녀랑?'

"당장 끌어 오라!"

장군은 자기를 패군지장으로 추락시킨 그 전투를 떠올렸다. 첫날 밤 묵은 마을에서 보병들이 처녀들을 희롱했다 하여 마을이 발칵 뒤집어졌고 그 수습을 하느라 시간을 지체한 것도 패인의 한 요인이었다.

막구는 상의도 입지 못한 채 끌려왔다. 기병들이 모두 나와 있었고 장군은 얼마나 화가 났는지 얼굴이 일그러졌다. 막구는 장군 앞에 무릎을 꿇고 변명했다.

"장군님, 저는 그럴 생각이 없었습니다. 정말입니다. 제가 동료들과 함께 자고 있는데 그 집 처녀가, 우리에게 밥상을 차려주었던 그 처녀가 불러내서…."

장군이 벽력같이 소리쳤다.

"닥쳐라!"

"닥쳐라!"

엔릴은 밖에서 들려온 그 소리에 잠이 깼다. 옆에는 자고 있어야 할 장군이 없었다. 밖으로 나가보니 마당에 기병들이 모여 있었고 장군이 거기서 누군가를 추달하는 중이었다.

"네가 만약 소호의 기병이라면 그 군율이 참수형이라는 것도 알고 있으렷다?"

"참수형만 면해주십시오. 살려만 주시면 어떤 벌이든 기꺼이 받겠습니다…."

장군은 막구를 노려보았다.

'말썽을 피운 기병이 하필이면 친구의 아들이라니. 용서하면 기강이 무너진다.'

"참수형 대신 다른 벌을 달라? 그럼 너에게 죄를 짓게 한 화근을 뽑겠느냐?"

"제 남근 말이옵니까?"

"그렇다. 보통 궁형은 누군가가 제거해주지만 난 네게 그런 벌을 내리고 싶지 않다. 그러니 스스로 선택해라. 네가 네 남근을 뽑느냐, 참수를 당할 것이냐…."

모두 숨을 죽였다. 열 번쯤 숨을 쉬었을 때 막구가 벌떡 일어나 돌멩이를 찾았다. 필요할 때는 구석으로 숨던 돌멩이가 그때는 사방에서 나 여기 있다고 고개를 쳐들었다. 막구는 돌멩이 두 개를 집어 와 앞에 놓고 자기 남근을 꺼냈다. 젊고 펄펄해야 할 남근이 겁에 질려 번데기처럼 웅크려 있었다. 막구는 자신의 남근을 노려보다 그대로 돌멩이를 쳐들었다.

"멈춰라!"

돌멩이를 쥔 막구의 손이 허공에서 멈추었고 엔릴이 다가가 그 돌멩이를 빼앗아 멀리 던졌다. 막구의 팔은 그대로 정지한 채 후들거리고 있었다.

한편 엔릴의 숙소를 감시하며 기회만 노리던 담노는 한밤중에 벌어진 이 소란을 처음부터 지켜보았다. 기병의 보고를 받은 장군이 숙소를 나서고 얼마 지나지 않아 엔릴도 그곳에서 나왔다. 담노는 엔릴이 기병들이 모인 쪽으로 향하는 것을 확인한 후 곧장 그의 숙소로 들어갔다. 신검은 방 가운데 놓여 있었다. 그 주변으로 은은한 빛이 흘렀다. 그는 젖은 수건으로 손을 적시고 잠시 머뭇거렸다. 하지만 이내 마음을 다잡았다.

'엔릴, 이 신검은 어차피 태자에게 되돌려줘야 할 물건이 아닌가. 그 일을 내가 미리 하는 것뿐이네.'

그는 신검을 잡았다. 태자의 말대로 아무 저항 없이 손에 들렸다. 그때 엔릴의 목소리가 화살처럼 날아왔다.

"멈춰라!"

담노는 깜짝 놀라 신검을 내려놓았다. 엔릴이 막구를 향해 외친 소리라는 걸 몰랐던 담노는 엔릴의 숙소에서 허둥지둥 뛰쳐나왔다. 금방이라도 칼을 빼 든 기병들이 자신을 에워쌀 것만 같아 숨을 헐떡이는데 엔릴이 장군과 함께 숙소 쪽으로 걸어오고 있었다. 담노는 몸을 숨기고 안도의 한숨을 내쉬었다. 설령 훔쳤다 해도 무사히 빠져나가진 못했을 것이다. 그는 어둠 속에 세워둔 말을 제자리로 돌려보내고 자신의 숙소로 향했다.

7

 선사는 궁궐 앞으로 갔다. 재상은 아직 도착하지 않았다. 그는 영파映波를 쏘아 궐내를 살폈다. 태자는 역경사에게 자신이 왕위를 계승할 날이 언제냐고 묻고 있었고 태대신과 왕비는 가짜 옥새를 만들어 진품과 바꿔두면 엔릴이 돌아와도 걱정이 없지 않겠느냐고 의논하는 중이었다. 그는 영파를 한 바퀴 돌려 그들의 정신을 가두어두었다. 자신의 임무가 끝날 때까지는 벼락이 쳐도 의식하지 못할 것이었다.
 재상이 당도했다.
 "무슨 일로 여기서 보자고 한 것이오?"
 "들어가보시면 아시게 됩니다."
 태왕은 혼자서 술을 마시고 있었다. 국가가 허술할 때 변방을 치고 드는 침략자가 있을 수 있고 그는 그것이 걱정이 되어 술을 마시는 것이었다.
 재상이 태왕에게 기척을 알렸다.
 "마마."

"오, 자넨가? 잘 왔네. 오늘은 나와 술 동무를 하세."

"마마, 선사께서 마마께 드릴 말씀이 있다고 합니다."

어제 선사가 본 것은 옥함이었다. 빛에 감싸인 옥함 하나가 동굴 안으로 둥둥 떠 왔다. 엔릴이 오룡거로부터 받았으나 눈을 떠보니 없더라고 했던 그것이었다. 선사가 무릎을 꿇고 옥함을 받으려고 두 손을 쳐들자 옥함은 동굴 안을 빙빙 돌며 궁궐 안의 향사장享祀場을 보여주고 사라졌다.

"전하, 우리의 시조 왕께서 신시에서 분가해 오실 때 환웅천왕으로부터 옥함을 받아 오신 것을 아시옵니까?"

옥함은 환인천왕이 〈천부경〉을 담아 아들 환웅에게 준 것이었다. 그 옥함은 방향에 따라 전수되어야 하며 개국한 천자는 소도에 금석문으로 심거나 지하 석실에 새긴 후 다음 개국지로 넘겨야 했다.

"글쎄, 들은 것도 같은데 확실히는 모르겠구려. 한데 그것을 왜 묻는 것이오."

"그것을 엔릴 왕자에게 보내드려야 합니다."

"정벌 간 왕자에게 그게 왜 필요하단 말이오?"

"왕자님이 오룡거를 보신 것은 속국 다섯을 가진다는 뜻이옵니다. 매우 큰 영토라 환족의 몸과 영을 그곳에 심어야 합니다."

"다섯 개의 속국, 몸과 영혼… 참으로 중요한 일이구려. 한데 난 그 옥함이 어디 있는지 모른다오."

"향사에 가시면 전하께서 몸소 찾으실 수 있습니다."

태왕은 재상과 선사를 대동해 향사장으로 향했다.

태왕은 제단 앞에서 잠깐 멈추었다. 제단에 잇대어진 선반에는 역대 왕들의 위패가 걸렸고 가운데는 지붕이 달린 나무 문이 놓여 있었다. 태왕이 문을 열자 찬란한 빛이 쏟아져 나왔다. 일행은 경이와 환희에 숨이 멎을 것 같았다.

"전하, 옥함이 기다리십니다."

태왕이 두 손을 넣어 옥함을 들어내 그것을 가슴에 안자 빛이 옥함 속으로 들어갔다. 태왕이 물었다.

"이걸 누가 가져다준단 말이오?"

"재상께서 가셔야 합니다. 제가 교법사를 붙여드리겠습니다. 선인들도 각 분야별로 다시 선출하고 호위 기병도 백 명은 더 합류시켜야 할 것입니다."

"언제 말이오?"

"내일 당장입니다."

태왕이 재상에게 옥함을 넘기면서 선사에게 물었다.

"하면 엔릴은 언제쯤 돌아오게 되오?"

엔릴은 돌아오지 않을 것이다. 그래서 국사를 맡을 선인들까지 보내는 것이지만 그런 얘긴 태왕에게 독이 될 수 있어 선사는 말을 돌렸다.

"그것까지는 보이지가 않습니다."

"엔릴이 빨리 개선할 수 있도록 선사께서 천신에게 빌어주시오."

"그러하겠나이다."

선사는 영파를 쏘아 궐내 상황을 살폈다. 태자도 왕비도 같은 말을 계속해서 반복하고 있었다. 자신들이 궐을 떠난 뒤에야 방술이 풀릴 것이다.

8

 높고 낮은 골산이 계속해서 이어졌다. 강이 산기슭을 끼고 길게 흘렀으며 물은 짙은 뜨물 색이었다. 빙하가 골산의 석회를 씻어 내렸기 때문이다.
 햇빛에 유리처럼 반짝이는 빙산과 눈 덮인 산, 모래 산으로 불리는 흰색의 소금 산과 그 사이사이로 빨갛고 검고 회색을 띤 산이 높고 낮은 봉우리로 겹쳐져 있었다. 형태는 장소와 각도에 따라 모습이 달라 붉은 산을 지나서 다시 돌아보면 그 산은 검기도 하고 분홍색이기도 했다. 구름이 누워 있는 산은 짙은 감청색이었다.
 찬 바람이 강을 타고 내려왔다. 빙산 지대가 시작된 것이다. 산 전체가 두꺼운 얼음으로 덮인 궁거얼산公格你山에는 햇살이 얼음을 쪼거나 미끄러져 내렸다. 산을 끼고 왼편으로 돌아가자 넓고 큰 호수가 펼쳐졌다. 산이 햇빛과 함께 호수에 빠져 있는 모습이 너무도 선명해 흡사 쌍둥이 같았다.
 "집에 돌아가서 이런 풍광 이야기를 하면 믿어줄까?"

"믿고 자시고 간에 난 제대로 묘사할 수도 없겠네."

호수를 지나 한 시간쯤 가자 또 다른 별천지였다. 벨벳처럼 조밀하게 깔린 풀밭, 희고 붉은 꽃들이 찬란하게 피어 있었다.

"여기도 파미르의 원지가 아닌 듯합니다."

또 하나 산을 지나자 아득한 평원이 펼쳐졌다. 바닥은 검은 모래와 자갈인데 평원을 덮은 것은 바로 파였다. 길게 쭉쭉 뻗은 파는 모두가 하얗고 둥근 모자를 쓰고 있었다. 파머리 용, 파미르 그 원지가 틀림없었다.

수천 년, 혹은 수만 년 동안 파는 넓은 고원 전체를 자기 집터로 알고 그렇게 번식해왔다. 그래서 파령으로 불리기도 하는 그곳. 해발 4천5백 미터에 펼쳐진 세계라 '만산의 조상' 혹은 '세상의 지붕'이라고도 하는 그 광대한 고원이, 실크로드의 요충지가 되고 왕국을 세우는가 하면 곳곳에 역참을 세워둔 것은 그로부터 수백 년 후였다.

장군이 은대장에게 지시했다.

"모두 여기서 기다리도록 하라."

엔릴과 장군은 천산을 향해 달렸다. 파령에서 정 북쪽으로 가면 천산이 시작되고 그 지점에 신지가 있다고 했다. 환인천왕이 그곳에서 승천하셨고 그때부터 하늘에도 신지와 똑같은 호수가 생겼다는 것이다.

"네가 본 오룡은 바로 그 하늘 호수를 타고 왔다. 너는 거기 가서 신께 보고를 드려야 한다."

가문비나무가 울창한 구릉을 오르자 겹이 진 평원이 펼쳐졌다. 노란 꽃들이 키를 세웠고 오른쪽으로는 작은 보라색 꽃 군락지였다. 양배추처럼 생긴 각시서덜취도 넓고 노란 잎을 펼치고 있었다.

"여기입니다!"

신지는 능선 아래였다. 하늘을 보니 무지개를 두른 호수, 오룡거가 왔던 하늘 호수가 과연 거기에 있었다.

엔릴이 절을 올리고 스승께서 일러준 서고를 순서대로 고하기 시작했다.

"천신이시여, 환인황제님이시어, 황제께서 동쪽으로 보낸 환웅천왕은 수천만 자손을 번창시켜 동쪽에 찬란한 문화를 심었나이다. 천왕은 또한 웅심, 개마, 소호, 선비국 등을 차례로 분가시켰고, 아인 세력은 동방뿐 아니라 중원까지 개척해 군소 종족과 야인들을 다스리거나 교화하고 있나이다.

신이시여, 저희들은 또한 인간 정신의 최고 발현이라는 글자를 창안했으니 다음과 같사옵니다.

환웅천왕께서 사슴의 발자국을 보신 뒤 신지혁덕에게 명하여 녹도문으로 글을 쓰게 하시면서 녹서鹿書를 만들었고 성천자 복희는 용서龍書를 창안했다 하옵니다. 용서로 말씀드리자면 괘, 역서易書와도 같고 소호에서는 환역과 역서를 크게 발전시켰다 하나이다. 그리고 자부에는 우서雨書를, 서쪽에 있는 파내류국에서는 까마귀 발자국을 보고 오서烏書를 만들었다 하나 저희가 쓰는 역서와 흡사하다고 했습니다.

저희 겨레는 누구나가 성서 〈천부경〉과 〈삼일신고〉를 공부해서 인격을 도야하고 천신께서 숙명으로 주셨다는 홍익인간을 실천하기 위해 아침에 눈을 뜨자마자 하늘을 향해 홍익 실천을 외우나이다. 환족이라면 누구나 그렇게 한다 했나이다."

천신의 목소리가 들려왔다.

"장하구나. 스스로 발전시켜온 너희들은 역시 나의 자손이도다. 그런데 엔릴아, 환웅이 머나먼 동쪽으로 갔을 때는 나를 위한 제단부터 올렸다. 너는 머나먼 서쪽으로 가는데 거기서 무엇부터 할 것이냐?"

"태왕께서 천신의 하늘부터 세우라 했나이다."

"네가 새 하늘을 세우고 그 하늘을 나에게 바칠 때부터 너의 참운명이 시작될 것이다. 이제 어서 가보도록 하라. 너의 병사들이 기다리고 있다."

어둠이 내리고 있었다. 엔릴은 장군이 건네주는 말고삐를 잡고 등에 올랐다. 감동이 밀물처럼 밀려왔다. 갇혀 있던 감정과 답답함이 꽃망울처럼 한꺼번에 톡톡 터지는 것도 느껴졌다. 오룡거도 주지 못한 깨달음이었다.

4장
국제도시 소호 거리

국제도시였던 사마르칸트 유적지에서
대만 학자 서량지와 로버트 레이드 우드Robert J. B. Raid Wood의 발굴로
신농시(소호) 연대 기원전 3219~2765년의 교역품이 출토되었다.
― 문정창 ―

1

 국제도시 호시로 들어가는 접경지에는 큰 강이 가로놓여 있었다. 그 강은 힌두쿠시 산맥으로부터 흘러오는 여러 갈래의 물줄기가 한군데로 모이면서 하나의 강이 되었다. 그 강줄기를 타고 나루 쪽으로 올라가자 강 건너에서 남자 두 명이 손을 흔들었다. 별읍장이 대기시킨 사람들이었다.
 강을 건너가자 머리를 짧게 깎은 사내가 말했다.
 "왕자님은 저와 함께 가시지요. 나머지 기병들은 저 사람을 따라가십시오."
 장군이 은대장에게 후진을 맡기고 자신은 엔릴과 동행하려고 말에 오를 때 담노가 뛰어와 엔릴에게 청했다.
 "나도 함께 가세."
 "그러게."
 엔릴이 흔쾌히 승낙하는데 장군이 가로막았다.
 "자넨 은대장과 함께 가야겠네."

장군은 담노에게서 뭔가 개운치 않은 것이 느껴졌다. 그가 합류한 목적은 엔릴을 보필하겠다는 것이었는데 오히려 기생하려는 태도도 마뜩치 않았다.

말이 달리기 시작했다. 중심지까지는 10리를 더 가야 했다. 인가를 지나 한참을 더 가자 시장 거리가 나왔다. 그곳이 호시, 곧 국제시장이었다. 이 시장에는 세계 각국의 가게가 즐비했고 중동, 중원, 북동, 시베리아 등지의 서로 다른 인종들이 저마다 특색 있게 가게를 열어 축소판 국제도시 같았다. 상인들이 투숙하는 숙사 또한 주인의 국적이 각기 달랐는데, 단발에 거친 짐승 모피를 입은 사람들이 자주 드나들면 그 주인은 틀림없는 야쿠트족이었다.

안내인이 발길을 늦추었다.

"여기서부터 소호 거리입니다. 별읍장께서 우리 국호를 알리기 위해 명명한 것으로 타국인들도 그렇게 부릅지요."

가게가 즐비한 거리였다. 다른 곳과는 달리 똑같은 건물이 길게 이어졌고 경계선은 촘촘한 목책이었다.

"이 가게 전부가 우리나라 것이오?"

엔릴이 물었다.

"그러하옵니다. 가게 구경은 나중에 하시고 우선 안채로 드시지요. 어르신께서 기다리고 계십니다."

안내인의 말이 오른쪽으로 꺾어 돌았다. 소호 거리 끝 지점에서였다. 조금 올라가자 큰 대문 양편에 커다란 팽이 토기가 세워져 있었다. 바깥 표면에 해와 용, 역서가 새겨져 있어서 소호국 사람의 영역임을 표시하는 것이었다. 안내인이 말에서 내려 대문 안으로 들며 아뢰었다.

147

"왕자님이 오셨습니다!"

별읍장이 달려 나왔다. 하얀 머리를 검은 띠로 단정하게 묶어 올리고 수염은 깨끗이 깎아 흡사 신선 같아 보이는 노인이 힘차게 엔릴의 손을 잡았다.

"먼 길 오시느라 애쓰셨소."

엔릴이 그 자리에 주저앉아 절을 올렸다.

"제가 재상의 아들 엔릴이옵니다."

"그러실 줄 알았습니다만, 왕자님께서는 절을 하시면 아니 되옵니다. 어서 일어나십시오."

엔릴은 곧 몸을 일으켜 장군을 소개시켰다. 별읍장이 말했다.

"빈 객사를 치워두었소. 용병 모집이 끝날 때까지 기병들은 거기서 머물게 하시오."

"용병 모집을 타진해둔 곳은 있으신지요?"

"몇 군데 있소. 그에 대한 이야기는 이따 다시 하고 우선 보여줄 것이 있소."

노인이 긴 건물이 줄지어 있는 곳으로 그들을 이끌었다. 물품 보관소였다.

"앞으로 시간이 없을 것 같아 미리 보여드리는 것이오. 소호를 대표해서 오셨으니 소호 별읍 가게에 어떤 물건이 있는지 대충은 아셔야 하겠기에 말입니다."

목책 문 안에는 갖가지 물품이 놓여 있었다. 토기와 손잡이가 달린 도기, 멋을 부려 만든 술병과 입이 크거나 운두가 긴 청회색 무문토기, 둥근 토기 솥, 고리가 달린 청동 솥 등 엔릴이 처음 보는 것도 많았다.

다음 칸은 갖옷이었다. 나란히 걸린 갖옷과 짐승 가죽을 보자 늑대가 생각났다. 숨어 있던 아픔이 송곳처럼 치솟았다. 거침없이 웃자란 감정이 또다시 이성을 압도하려는 것이다. 엔릴이 그 감정을 떨어내려고 눈을 감고 있을 때 별읍장이 돌아서며 말했다.

"이제 가게로 나가보시지요."

별읍장은 그들을 처음 들어오면서 보았던 그 건물로 안내했다.

"예전에는 이 호시에서 찾아오는 손님이 가장 많았는데 요즘은 그렇지 못하답니다."

다른 가게에는 그 나라의 특산품 몇 가지만 주로 취급했지만 소호의 가게에는 각종 농기구, 씨앗까지 칸마다 별도로 진열되어 있어 만물상 거리로도 불렸다.

"자, 저걸 보십시오. 몇 개 남지 않은 청동 제품입니다."

청동 항아리와 거울, 술잔, 장식품 몇 가지였다.

"요즘 시장의 흥망은 순전히 저것들에 달려 있습니다. 특히 칼은 부르는 게 값이지요."

그때 후열이 도착했다. 장군이 노인에게 말했다.

"저희도 싣고 온 것이 있습니다만, 중간에 변을 당해 잃은 것이 많습니다. 담비는 성물 마차에 실어 안전합니다만, 금은 경비로 조금 썼습니다."

장군은 재상이 챙겨준 군자금을 별읍장에게 전했다.

2

 내일이면 엔릴이 형제국으로 용병 모집을 떠난다고 한다. 금방 돌아오는 것도 아닐 터인데 자신은 애만 태우고 있어야 한단 말인가? 이제 한 관문만 남았는데 그때까지 항상 엔릴 곁에, 아니 신검 곁에 있어야 한다.
 담노는 엔릴이 기거하는 별읍장 처소로 갔다. 방 안에서 강장군의 말소리가 들려와 담노는 멈추고 귀를 기울였다.
 "용병들은 우리 기병들이 가서 개개인을 살펴본 뒤 선출해 오는 것이 좋을 것입니다."
 "그거 아주 좋은 생각이구려."
 "형제국 세 곳이라 하셨는데 어디어디입니까?"
 "파내류, 비리, 양운국이오."
 "그 형제국에서는 용병을 주어도 괜찮을까요? 군사들이 군영을 비웠다는 소문이 돌면 야족들도 넘본다니 말입니다."
 "이 지방에 전쟁이 멈춘 지 오래랍니다. 모두 근본적인 문제로 정신들이 없으니까요."

"근본적인 문제라니요?"

"이동하느냐 그대로 눌러 사느냐…. 요즘은 많은 나라에서 이동을 하고 있소이다. 민족 구성원 전부가 말이오. 침략에 시달리거나 왕의 형제가 서로 알력이 있어 어느 한쪽이 군사를 이끌고 떠나는 일이야 종종 있었지만 요즘처럼 백성들 전부가 옮기는 경우는 흔하지 않았지요."

"어떤 민족이 그렇게 이동하고 있습니까?"

"사방이 다 들썩입니다. 아리아인들이 치고 다니는가 하면 영토를 빼앗긴 종족은 또 다른 곳을 침략하기도 합니다."

"우리 형제국들은 어떻습니까?"

"파내류국 아우가 분가해서 제2 후국을 세운 것이 얼마 전이고 비리국은 언제 나라가 사라질지 모를 위기에 처해 있답니다."

"까닭이 무엇입니까?"

엔릴이 물었다.

"가난이 덮쳤기 때문이지요. 흉년에다가 곡식을 사들일 여유가 없어 백성들이 굶어 죽어간답니다."

별읍장이 대답한 뒤 장군에게 물었다.

"소호 사정도 좋지 않다지요?"

"몇 년 전에 담비 생산지를 뺏겼습니다."

"거상들이 흑곰족을 이용했다지요? 여기서도 그들의 세력이 날로 커지고 있어요. 청동을 무더기로 사 와서 호시에 풀고 그 이문으로 무기를 만들어 부유한 국가를 차례로 침략하고 있다오. 주로 생산지를 말이지요."

그때 말발굽 소리가 들려왔다. 대문 안으로 들어선 사람은 재상과 기병, 선인 일행이었다. 담노는 얼른 몸을 숨겼다.

양운국에서는 군사 3백을 내놓았다. 가을걷이가 끝나면 토성을 증축할 계획이기 때문이라고 했다. 다행인 것은 3백 명 모두가 다리가 튼튼하다는 것이었다. 보병으로는 제격이었다.
비리국에서는 군사 전원을 내놓았다. 2천이었다. 올해도 흉년이 들어 군사들 입 건사하기가 힘들기 때문이었다.
"우리는 그중에서 1천2백 명을 뽑아 갈 것이오."
별읍장 말에 왕이 대답했다.
"그건 마음대로 하시오. 한데 부탁이 있소. 곡물 5백 자루만 급히 좀 조달해주시오."
"곡물이라니, 용병 값을 내놓으라는 것이오?"
"아니오. 형제국이니 좀 도와달라는 것이오."
왕의 얼굴에 수치심이 어른거리자 별읍장이 흔쾌히 대답했다.
"호시로 돌아가는 대로 조처하겠소."
"고맙소."

군사를 선발하기 시작했다. 먼저 탁군(운반군)부터 뽑은 뒤 중군, 하군으로 나누어 각자의 기량을 살펴보고 있을 때 대장이라는 자가 와서 자기 몸값은 따로 흥정하자고 했다.
"흥정? 형제국 전투에 참여하면서 흥정이라니?"
"구아라(말 생산지)에서 용병 제의가 들어왔단 말이오."

장군이 그를 아래위로 훑어보았다. 성격도 나쁘고 무뢰해 보여 딱 잘라버렸다.

"그럼 거기 가보게."

그는 태도를 바꾸었다.

"부하들을 잘 통솔하겠소. 전과도 올리겠으니 정벌 후에라도 상여금을 주시오."

"적장의 목을 벤다면 그때 상여금을 주겠다."

대장이 돌아간 뒤 엔릴이 별읍장에게 물었다.

"아까 얼핏 들으니까 이곳 군사들은 창도 가지고 있지 않다 했습니다. 그러면 차질이 크겠지요?"

"아닙니다. 전에 살피러 왔을 때 군사들이 자기 무기까지 팔고 있다는 말을 들었습니다. 그래서 무기를 만들었고 다른 군수품은 재상이 지금 바쁘게 준비하고 있을 것입니다."

아버지와 깊은 이야기도 하지 못하고 떠나온 엔릴의 얼굴에 아쉬움이 어리자 별읍장이 말했다.

"아버지가 보고 싶어 그러시지요? 며칠만 참으시면 맘껏 회포를 푸실 수 있을 것입니다."

3

"내 말을 잘 들어라. 네가 가는 곳에서 어떤 일이 생기면 이곳 별읍장님께 전령을 띄워라. 별읍장께서 모두 알아서 대처하실 것이다. 군사나 그 어떤 문제도 먼저 이곳에 알려라."

날이 밝으면 아들은 출전한다. 왕명으로 소호의 미래를 안고 머나먼 곳으로 떠나간다. 자신의 애간장을 많이도 태운 아들이었다. 태자가 주선한 술 시합에서 엔릴이 술 두 동이를 마셨다거나 발가벗고 춤을 춘다고 했을 때는 그 작태가 너무 수치스러워 차라리 죽어주었으면 했다. 열다섯 살이나 먹은 것이 태자가 시킨다고 모든 궁신들 앞에서 노예처럼 굽신거리며 태자 뒤를 따라다닌 것, 궁악실을 침범해 비파를 타는 처녀를 보쌈하듯이 업어 나온 일. 재상이 달려가 나무라면 아이는 벌겋게 취해 '난 형아가 좋다'며 백치처럼 웃었다. 때로는 태자가 얼마나 위대해 보였던가. 어떤 재주를 가졌기에 아이를 그토록 완벽하게 조종할 수 있을까 생각하기도 했다. 선사는 말했다. 그런 혼탁한 시기는 다 지났다고. 이제부터 그는 맑고 푸른 하늘에 자신의 이야기를 써나갈 것이라고. 하지만 그것만이 확실한 미래라고 정말로 믿을 수 있는가? 이제는 가까이서 확인할 길도 없는데 그냥 믿어야 하는가? 그래야 하고 그 길밖에 없다면 부디 그것이 지켜지기를 간절히 빌어볼 따름이다.

"전투에 대한 보고와 적지에 대한 상황, 승전까지도 모두 보고해야 한다. 단, 제후가 모르게 비밀리에 해야 한다."

재상이 말하는 동안 별읍장은 지긋한 눈으로 엔릴을 살펴보았다. 이 아이는 선왕을 닮았다. 자기를 어린 처남이라고 특별히 귀여워했던 선왕도 스무 살에 강소성을 정벌해 그 영토를 5백여 리나 넓혔다. 엔릴도 지금 스무 살, 상서를 가졌지 않은가. 반드시 성공할 것이다.

이번 출정에 별읍장은 거의 모든 자산을 쏟아부었다. 마차와 군량, 마차를 끌 소와 군막…. 이번 일은 소호 별읍에도 사활이 걸린 문제였다. 중동인들은 청동을 독점했고, 자기 수하 대상들은 번번이 도적들에게 털리고 빈손으로 돌아왔다. 설령 열 명씩 무리 지어 보낸다고 해도 그 포악한 도적들은 이겨낼 수 없다고 모두 고개만 저을 뿐이었다. 이제는 군대가 움직여야 하고, 또 그 길밖에 없다고 생각했을 때 마침 제후가 왔고, 태왕 또한 상서를 가진 엔릴을 보내준 것이었다.

"군사가 더 필요할 경우 즉시 연락해라. 파내류국에서도 돕겠다고 약속했단다."

재상의 말을 이어 별읍장이 덧붙였다.

"항시 대기하고 있겠습니다."

정벌이 끝나면 숨을 돌린 뒤 다음 침략지를 물색하고 그에 따라 군사를 준비할 것이지만 지금 그런 이야기까지 할 필요가 없었다. 딛을문을 찾은 후에 장군이 엔릴에게 모든 정황을 일러줄 것이다.

"내가 데려온 교법사는 네 스승이 천거했다. 장군이 네 육신을 보호한다면 그는 네 정신을 수호할 것이다."

옥함은 교법사가 간직하고 있으니 때가 되면 전할 것이다.

날이 밝아왔다. 별읍장이 먼저 몸을 일으켰다.

"이 할애비가 선물할 것이 있습니다. 나가보시지요."

재상도 알고 있는 듯 빙그레 웃었다. 노인은 마방 앞에서 걸음을 멈추고 안을 들여다보라고 했다. 별로 잘생기지 않은 말 한 마리가 서 있었다.

"이놈이 선물입니다. 인사부터 하시지요."

선뜻 인사를 할 만큼 친근하게 생기지를 않았다. 다른 말들은 긴 꼬리에 탐스러운 갈기까지 있는데 이 말은 갈기는커녕 아예 꼬리조차 없었다. 머리도 이상했고 귀도 터무니없이 작았다.

"어째 말이 좀 이상하게 생겼습니다."

엔릴이 말하자 노인이 껄껄 웃었다.

"사실대로 말해서 이 말은 별종이긴 합니다만, 혹시 천리마라고 들어본 적이 있소이까?"

"들어본 적 없습니다."

"그럴 것입니다. 소호에는 아직 없으니까요."

한 번에 천리를 달릴 수 있고 달릴 때는 온몸이 빨갛게 된다 해서 혈한마血汗馬 또는 천리마라고 부르는 이 말은 구아라(오늘날 투르키스탄 지역)에서만 생산되는 천하의 명마다.

"위급할 때는 녀석의 배에 거꾸로 매달리십시오. 활과 창의 속도보다 더 빨리 달려 주인을 보호합니다."

엔릴이 다가가 목을 안아보았다. 말은 순하게 안겨왔다. 그는 안심하고 앞다리와 등, 배를 쓰다듬었다. 기분이 특이했다. 다른 말들은 만져주면 너볏이 긴장을 푸는데 이놈은 자기 살갗을 함께 움직였고 엔릴의 얼굴 가까이 코를 대고 벌름거리기도 했다. 녀석도 자기 나름으로 주인될 사람의 동작과 냄새를 익히는 모양이었다.

4

 군사들이 행군 준비를 끝내고 도열했다. 장군은 엔릴을 살펴보았다. 갑옷에 투구를 쓴 모습이 참으로 어엿했다. 이제부터 엔릴이 공식적인 통치자다. 그는 엔릴 곁으로 다가서며 말했다.
 "최종 점검을 하시지요."
 맨 앞줄에 선 선두 기병은 50명, 담노가 편대장이었다. 그들 뒤로는 교법사와 책임선인 등 아홉 명의 선인이, 다음은 탁군으로 뽑은 보병 2백 명이 상대(상체에 걸치는 가죽)에 두건을 쓰고 뽐내듯이 서 있었고, 마차 백 대와 황소, 그리고 보병 1천3백 명이 뒤를 이어 차례로 정렬해 있었다.
 "좌·우군으로 편성한 군사들을 소단위로 나누고 기병을 한 사람씩 붙였으니 세부적인 통솔도 가능합니다."
 자신이 아버지와 지내는 사이 장군과 은대장이 정한 일들이었다.
 "다음부턴 모든 회의를 함께 합시다."
 "명심하겠습니다."

엔릴이 기병들 옆을 지나갈 때 그들의 말이 천리마를 보고 숨을 죽였다. 기병들 또한 희한하게 생긴 말을 보느라 눈들이 도다리가 되었다.

장군이 보고했다.

"우리가 형제국에 간 사이 재상께서 가게에 남아 있던 백두산 요석으로 화살을 한 마차나 만들어두셨습니다. 그건 맨 앞쪽 저것입니다. 그리고 성미聖米와 불 단지와 불화살용 화살은 성물 마차에 있습니다."

장군은 군막, 군량, 깃발, 기름 항아리 등이 실려 있는 마차까지 차례로 알린 뒤 여태 쓰지 않았던 가장 큰 존경을 담아 말했다.

"이제 출전 명령을 내리시지요."

엔릴은 아버지를 돌아보았다. 해가 머리 뒤를 비추고 있어 표정은 보이지 않았지만 매우 서운해한다는 것을 느낄 수 있었다. 과거 자신의 잘못이 떠올랐다. 원하지 않았던 기억력까지 제자리를 찾아 그의 마음을 아프게 했다. 그는 말에서 내려 아버지에게 다가갔다. 그리고 무릎을 꿇었다.

"아버님, 내년 봄 아버님 생신 때까지는 돌아가겠습니다. 그때까지 강명하옵소서."

엔릴의 목소리가 떨려 나왔다. 재상은 무릎을 꿇은 아들을 황급히 일으켜 세웠다.

"말에 올라라. 지금부터 너는 천자의 대리자다. 아비에게도 무릎을 꿇어서는 아니 된다. 어서 가거라. 군사들이 기다린다!"

"하오나 아버님…."

재상은 마음이 저렸다. 소호에서 떠나보낼 때는 느끼지 못했던 깊은 아픔이었다. 그때는 원정이 태자 곁에서 벗어나는 일이어서 안심 되는 마음도 없지 않았다. 하지만 이제는 다르다. 아들 앞에는 그가 한 번도 치러보지 못한 격렬한 전투가 기다리고 있지 않은가. 재상은 치미는 격정을 꾹 삼키며 말했다.

"명심해라. 너는 일군의 수장이다. 사사로운 정에 매여서는 안 된다."

엔릴은 흠칫 놀랐다. 재상의 얼굴이 딱딱하기 이를 데 없었기 때문이다. 가슴이 아팠다. 아버지는 자신을 위해 부러 감정을 숨긴 채 위엄을 보이려는 것이다.

"네 머릿속에 어떤 잡념이 남아 있다면 깡그리 씻어내고 떠나거라. 정벌을 하고 천신의 하늘을 세울 때까지 너는 오직 네 임무만 생각해야 한다."

엔릴이 고개를 끄덕였다. 재상은 가슴 깊이 묶어두었던 아들과의 끈을 슬며시 놓았다. 이제 자신은 아들을 놓아주어야 하고 아들 또한 아비로부터 벗어나 자기 길로 가야 한다.

"네 군사들이 기다린다. 어서 가보거라."

엔릴은 말에 올라 선두로 나갔다. 재상은 교법사를 살펴보았다. 그는 어두운 기운을 감지하는 데에도 탁월하다고 했다. 이 무리엔 태자와 같은 의도를 가진 자가 없을 것이나, 있다 해도 교법사가 접근을 차단할 것이다.

"출발!"

엔릴의 우렁찬 목소리가 재상을 일깨웠다. 그는 급히 하늘을 올려다보았다.

'신이시여, 이제 저 아이는 제 아들이 아니옵니다. 신의 아들이옵니다. 부디 잘 보살펴주십시오.'

엔릴이 등을 돌려 이쪽을 바라보았다. 그 눈길이 마치 영원한 이별을 고하는 듯해서 재상은 당장 달려가 아들을 되잡고 싶었다. 간신히 충동을 삭이자 명치로부터 울음이 치솟았다. 재상은 오래도록 아들의 뒷모습을 바라보았고 그 얼굴에는 눈물이 하염없이 흘러내렸다.

5

국제도시를 출발해 마슈하바트를 지나올 때 군사들은 눈보라를 만났다. 산도 없는 벌판이라 눈과 바람이 얼굴로 바로 꽂혀 와 고개조차 들 수가 없었다. 엔릴은 주변을 둘러보았다. 선발 기병들이 고개를 푹 숙인 채 앞서 갔고 뒤쪽 대열도 마찬가지였다. 보병들 또한 금방이라도 땅속으로 꽂혀 들 것처럼 걷고 있었다. 울음산에서는 모래 해일이었는데 여긴 눈폭풍이다. 사막에 묻힌 기병들처럼 눈에 묻혀버릴 수도 있다…. 엔릴은 급하게 장군을 불렀다.

"장군, 아무래도 쉬어 가야 할 것 같소."

"이런 날은 쉬는 것보다 움직이는 게 낫습니다."

"못 따라오는 군사가 있을지도 모르지 않소?"

장군이 대장에게 후진을 점검하라고 지시했다. 눈을 뒤집어쓴 대장이 그 눈을 휘날리며 후진으로 달려갔다. 또 한 차례 강한 눈보라가 휩쓸고 올 때 대장이 돌아와 보고했다.

"아직 탈락자는 없습니다만, 이대로 계속 간다면 지쳐서 주저앉을 사람이 있을 것 같다고 합니다."

장군이 선두 기병대에 지시했다.

"군막을 쳐야 한다. 장소를 물색하라."

그때 후열 소대장이 달려오며 소리쳤다.

"주저앉은 군사가 있습니다!"

"행군을 중지하라! 어서 군막을 쳐라!"

눈보라가 계속해서 몰아쳤고 군사들은 마치 전투를 치르듯 바람과 싸우며 군막을 치기 시작했다. 어떤 소대는 군막을 펼치자마자 바람에 날렸고 그것을 되잡아 오느라 전 소대원이 매달렸다.

군막이 세워지기 시작했다. 땅이 얼어 있지 않아 말목이 잘 꽂힌 덕이었다.

은대장이 다가와 알렸다.

"처소가 준비되었습니다. 안으로 드시지요."

엔릴은 말에서 내리며 천둥이를 불러보았다. 녀석이 콧등의 눈을 털어내다 말고 엔릴을 바라보았다. 주인이 지어준 이름을 녀석도 접수한 모양이었다.

"춥다만, 넌 밖에 있어야겠다."

엔릴이 녀석을 토닥여준 뒤 막사로 들어갔다.

군막 안은 별천지처럼 아늑했다. 심신이 안온해지자 엔릴은 장군과 이야기가 하고 싶어졌다.

"장군, 장군은 이 세상에서 가장 무서운 것이 무어요?"

"지난 과거의 실패입니다. 그것이 다시 따라올까 봐 늘 걱정입니다."

"내가 위로가 될 말을 해준다면 그대로 받아들이겠소?"

"그러겠습니다."

"앞으로 장군이 하는 일에는 실패가 없다고 아버님께서 말씀하셨습니다. 장군이 관계하는 일은 무엇이나 성공한다고 했으니 이제부터 그런 걱정은 씻어버리시오."

새로 온 교법사도 그런 말을 했다. 선사께서 새삼스레 그 말을 전해 온 것이다. '당신의 괴물은 이미 죽었다. 존재하지 않는 그림자와 싸우느라 기력을 소모할 여유가 없다. 당신의 몸과 마음, 생각, 숨결까지도 오직 한 사람, 왕자를 위해 써야 한다…'

장군이 공손히 대답했다.

"분부대로 하겠습니다."

엔릴은 그런 장군을 보며 평온해졌다. 그러나 한편으로 자신의 내면에 깃든 불안감이 한층 더 크게 느껴지기도 했다.

"장군, 내가 가장 무섭고 두려워하는 것이 뭔지 아시오?"

"일러주십시오."

"그건 바로… 인간의 운명으로 사는 것이오. 스승은 내가 신족이지만 인간의 일을 해야 하고, 그래서 인간의 운명을 받은 것이라 했지만 나는 인간의 운명이 싫어요. 한 번의 실수가 수렁을 만들고, 빠져들면 헤어나기 힘들고, 자신의 정신에 오물이나 씌우고… 허약한 인간의 한계성, 난 그런 것이 무섭고 두려워요."

장군은 깊은 눈으로 엔릴을 바라보았다. 상처 입은 젊은 영혼이 거기 있었다. 지난날의 상처를 들여다보며 다시금 겁을 먹고 있는 여리고 순수한 영혼. 선사가 운명으로 묶인 것을 일러줬을 때 장군은 엔릴과 자신의 상처가 그 연결 고리라고 생각했다.

'잘 보듬어줘야 한다. 어버이, 스승, 모든 품으로 보호하고 충복으로 충심을 바쳐야 한다.'

장군이 말했다.

"선사께서 신족이 되면 인간의 실수는 건너뛴다고 했습니다. 앞으로는 그런 일이 없을 테니 걱정 놓으십시오."

"인간이 과연 신과 같은 판단을 할 수 있을까요? 늑대만 해도 그렇습니다. 저와 어린 시절부터 인연을 맺은 유일한 친구이기도 하지만 저는 늑대를 사지로 몰았지요. 인간이란 이처럼 한 치 앞도 모르는 존재가 아니던가요. 그래서 저는 신처럼 항상 올바른 판단을 하고 싶어요."

"지나간 일에 연연하지 마십시오. 이미 왕자님은 신부를 받으셨습니다. 과거의 고통은 어쩌면 신부를 받은 자라면 당연히 겪어야 할 통과의례와 같은 것이 아닌가 합니다. 그 시련을 무사히 건넜으니 앞으로는 천신께서 도우실 것입니다."

엔릴이 천천히 고개를 끄덕였다.

"아버지와 헤어질 때 깨달았습니다. 내가 아버지를 얼마나 괴롭혀드렸는지 말입니다. 제가 얼마나 어리석었는지를 말입니다. 그때 마음속으로 맹세했습니다. 이제는 아버지에게 영광만 주는 그런 아들이 되겠다고요."

"왕자님께서는 천자의 대리인이지 않습니까. 이미 영광의 아드님이시옵니다."

그때 밖에서 담노가 기척을 알렸다.

"할 얘기가 있는데 좀 들어가도 되겠나?"

"물론이네. 어서 들어오게."

담노는 어젯밤 꿈에도 궁형 받을 죄인으로 감옥에 갇혀 있었다. 벌써 두 번째였다. 노비를 구하러 갔다가 토호 족장한테 발각이 되었고, 내일이면 저잣거리로 끌려 나가 만인 앞에서 궁형을 시킨다기에 울었던 것은 처음 꿈과 같았는데 어제는 맞은편 옥에 노비가 있었고 그 노비가 울부짖으며 자기를 원망했다.

"이 모든 것은 도련님 때문이에요. 도련님이 신검만 가져왔어도 우리가 이처럼 억울하게 죽지 않았을 거란 말이에요!"

아침에 눈을 떴을 때는 꿈이 생각나지 않았으나 눈보라를 만나자 별안간 그 목소리가 되살아났다. 귓가를 할퀴는 바람 소리가 바로 노비의 절규로 들리기도 했다.

엔릴이 담노를 일깨웠다.

"담노, 할 얘기가 있다고 하지 않았나. 뭔가?"

담노는 신검을 살폈다. 그것은 엔릴의 몸에서 벗어나 바닥에 놓여 있었다.

'주술만 걸 수 있다면, 엔릴과 장군을 잠재울 수만 있다면 신검을 가질 수 있는데…….'

장군이 물었다.

"왜 나 때문에 할 얘길 못 하는가?"

장군이 자리를 비켜준다고 해도 신검을 손에 넣을 수 있는 상황은 아니다.

"아, 아닙니다. 천리마가 하도 귀하다기에 쉬고 있을 때 한번 타보면 어떻겠느냐고 그걸 물으려고 왔습니다만, 아무래도 무리한 부탁일 것 같습니다."

"아닐세, 괜찮네. 천둥이만 허락하면 타보게."

장군이 나섰다.

"눈보라가 좀 잦은 뒤면 모르지만 지금은 짐승이나 자네 모두에게 무리일세."

"제가 괜한 생각을 했습니다. 그럼 돌아가서 좀 쉬겠습니다."

교법사가 성물 마차에서 나무 상자를 꺼내 들고 군막으로 들어왔다. 상자에 넣어 비단 보자기로 묶은 그것은 옥함이었고 본인에게 전달할 때까지 목숨을 걸고 지켜야 하는 것이었다.

교법사는 똑바로 앉아 멀리 영파를 쏘았다. 이제 눈폭풍의 실체를 살필 시간이었다. 짐작대로 눈보라는 군사들 주위에만 집중되어 있었다. 이 지방 신들의 경고였다. 교법사는 터주 신들과 협상을 시작했다.

교법사는 선사의 수제자였다. 백 일간 이슬만 먹으며 영파 득도를 마쳤을 때 선사가 말했다.

"엔릴 왕자를 보필하라. 너의 첫 번째 임무가 그것이다."

갑자기 영파가 떨려왔다. 처음 별읍장 집으로 들어섰을 때 느껴지던 그 기운이었다. 교법사는 벌떡 몸을 일으켜 바깥을 살펴보았다. 엔릴의 처소에서 담노가 나오고 있었다.

5장
정벌지

애초에 딜문이 있었다. 거기엔 질병도 죽음도 없었다.
오직 순결로 빛나는 생명의 땅이었다.
과일은 풍성하고 푸른 초원이 펼쳐진 성스러운 낙원이었다.
— 수메르 낙원 신화 —

1

엑바타나(하마단)를 지나면서부터 풍경이 달라졌다. 지평선을 넘어가면 여기저기서 크고 작은 텔(바위산)이 나타났다. 큰 주발에 붉은 흙을 이겨 담아 그걸 다시 엎어놓은 듯한 형태의 돌산이었다. 멀리서 보면 마치 황야를 지키는 보초병들 같기도 해서 병사들은 만져보거나 인사를 하며 지나갔다.

"어이, 보초병, 고생들 하게."

텔 지대를 지나자 메마른 모래흙만 끝없이 펼쳐졌다. 공기와 풍경도 지루하기 짝이 없었다. 말과 군사들은 졸린 눈으로 터벅터벅 걸었고 소들도 당장 드러눕고 싶은 듯 온 낯짝에 게으름이 줄줄 흘러내릴 때 제후가 일행을 일깨웠다.

"저기 보십시오. 저기가 바로 베히스툰 산입니다."

바위 암벽이었다. 엑바타나에서 케르만샤 쪽으로 가다 보면 사막 한 가운데 우뚝 솟아 있고, 생김새가 큰 조개를 세워놓은 듯 특이했으며, 봉우리는 뾰족뾰족한 톱날이었다.

"일명 안내봉이라고 합니다. 봉우리를 바라보고 가면 길을 잃는 일이 없다 하여 붙은 이름이지요. 저 앞에서 가끔 장이 서기도 하는데 오늘은 아무도 보이지 않는군요."

"가까이 가봅시다."

산은 전체가 바위로 이루어졌고 엄청나게 높았다. 정면은 둥근 얼굴처럼 넓고 판판한 바위였고 양옆은 두 손이 얼굴을 감싼 모습으로 뾰족이 치솟아 있었다.

제후가 정면을 바라보며 말했다.

"이 지역의 군주들은 저 바위를 보면서 그 누구도 침범할 수 없는 성을 세우고 싶어 하는데, 왕자님 생각은 어떠신지요?"

"성을 올리기에는 산이 너무 높고, 바위를 파서 방을 들이기에는 그 공사가 더 큰일이겠습니다."

"이 근방에는 그렇게 사는 호족들이 더러 있습니다. 물론 이 산보다 낮고 규모도 적은 텔이지만요."

"앞면이 넓고 판판하니 나 같으면 〈천부경〉과 〈삼일신고〉를 큰 글씨로 새겨두겠습니다."

"저쪽에 물이 흐르는 계곡이 있습니다. 한번 가보시겠습니까?"

그들은 뾰족 바위 앞으로 갔다. 그 바위는 본체와 두껍게 겹쳐졌고 물은 그 틈서리에서 흘러내렸다. 위쪽은 까까비탈로 나무 한 그루 없는데도 어디서 그런 물이 내려오는지 참 신기한 일이었다.

"이제 딜문까지는 5백여 리가 남았습니다."

"딜문이라고요?"

"환족이라면 누구든지 딛고 들어오라는 뜻에서 '딛을문'이라 했다지만 지금은 모두가 그냥 딜문이라 부른답니다."

2, 3백 년 전만 해도 딜문은 낙원과 같았다. 초목이 무성하고 새와 짐승이 번성했으며 과일 또한 지천이라 먼 길을 오가는 대상들에게는 천혜의 보고였다. 그러나 언제부턴가 점차 기온이 내려갔고 지금은 폭우와 바람도 잦아져 과실과 초원 지대조차 점점 줄어들었다.

"제후께서는 딜문에서 태어나셨소?"

"예, 그렇습니다. 제 부친께서 저도 태어나기 전에 구승전사로 딜문에 오셨답니다."

제후의 부친은 대대로 구승전람 가계로 소호에서 주민을 이주시킬 때 발탁되었다.

"제 부친께서는 교화까지 담당하시어 주민들로부터 존경을 받았습니다."

훌륭한 어버이를 갖는 것이 태어남에서 첫 번째 복이라 했는데 자신은 그만 복의 근원을 잃었다. 변란 때 한 사람이라도 더 대피시키려고 조랑말을 타고 마을을 돌던 부친은 기어이 적들에게 잡혀 목이 베었다.

제후가 그 점을 강조하려고 입을 열려고 할 때 장군이 다가왔다.

"오늘은 여기서 야영을 하지요."

엔릴이 그러자고 응수했다. 아직 해가 남았는데 야영이라니, 조급증이 제후의 심장을 조였지만 장군은 이미 명령을 내리고 있었다.

엔릴이 장군과 함께 말을 타고 나갔다. 무술 연습을 나가는 것이었다. 활과 막대기만 챙겨 가고 신검은 처소에 둔다는 것을 어제 알았다. 초조해서 숨이 넘어갈 지경인 담노는 지난밤 결행할 작정으로 여분의 말먹이까지 준비해두었는데 저녁 식사 때부터 제후가 옆에 붙어 놓아 주지를 않았다. '정벌이 끝나면 소호군들은 돌아갈 것이다, 자넨 남아서 내 호위병을 할 생각이 없느냐, 그러면 금을 주겠다'는 등 흥미도 관심도 없는 이야기에 붙잡혀 헤어날 수가 없었다.

이제는 더 지체할 수가 없었다. 딜문에 도착하기까지 며칠밖에 남지 않았다니 오늘 반드시 실행해야 한다. 담노는 물이 있는 산비탈에서 수건을 적셔 손에 묶은 후 엔릴의 처소로 향했다.

신검은 엔릴의 갑옷으로 덮여 있었다. 담노는 젖은 수건을 풀어 소매 속에 넣고 갑옷을 들어낸 뒤 신검을 향해 손을 뻗었다. 손이 흥분으로 떨리다가 갑자기 멈추어졌다.

"왕자님은 아니 계신가?"

등 뒤에서 교법사의 목소리가 들려왔다.

담노는 심장이 터질 듯이 놀라 더듬거렸다.

"예, 저도 할 얘기가 있어 왔습니다만…."

급히 변명을 챙긴 뒤 돌아보니 교법사는 이미 떠나고 있었다. 다시 시도하고 싶은데 놀란 손목이 심장처럼 벌떡거려 아무것도 잡을 수가 없었다.

2

 티그리스 강에 도착했다. 강 건너 서쪽으로 5백 리쯤 가면 유프라테스 강이다. 두 강 사이의 내륙 북쪽은 두 강의 연변을 제외하면 대체로 평탄한 사막지대에다 곳곳에 높이 백 미터 정도 되는 텔이 흩어져 있고 그 텔 위에 고대 도시국가들이 차례로 등락해 역사를 번거롭게 했다.
 그 지대에서 '곡식을 모르는 종족'이 세력을 떨쳤고 그들 중 한 계파가 딜문을 점령한 것이었다. 엔릴이 제후에게 물었다.
 "이제 얼마나 남았습니까?"
 "백여 리쯤 남았습니다."
 딜문은 니네베 가까이에 있었다. 이 지역은 니시루의 험준한 산맥이 가로놓였고 산 아래쪽은 아시리아 고원이었다. 딜문은 고원 서남쪽이었으며 마을 앞에는 하불 강이 흘렀다.
 장군이 물었다.
 "이 강을 건너야 합니까?"
 "강을 타고 10리쯤 올라가면 나루가 있습니다. 뗏목을 이용해 마차를 운반할 수 있습니다."

"출발합시다."

아시리아 고원 자락 준평지에도 어둠이 내렸다. 낮 동안 숨을 죽였던 군사들은 조용히 움직이며 무장을 시작했다.

은대장이 명령을 내렸다.

"보병들은 좌·우군으로 도열하라!"

군사들이 자기들 깃발 앞으로 도열해 설 때 엔릴은 제후를 데리고 대열 밖으로 나갔다.

"제후께서는 흩어진 주민들을 불러 모으거나 데려오도록 하십시오."

제후는 전투에서 자신을 제외시킨 것이 뜻밖이었으나 곧 다행이라 여겼다. 자기가 합류해봐야 전투에 도움 될 일도 없을뿐더러 승리 전에는 아버지의 머리가 놓였다는 곳을 통과하고 싶지도 않았다. 제후가 물었다.

"며칠 정도면 끝날 것 같습니까?"

"제후께서 돌아올 즈음에는 모든 것이 평정되어 있을 것입니다."

제후는 비리국 군사들 쪽으로 다가갔다. 그곳 편대장은 개인적으로 격려해둘 필요가 있었다.

"잘 싸우게. 그대들의 공로가 컸다는 말을 들으면 내 따로 보상을 하겠네."

"여부가 있겠습니까? 적장의 목은 제 손으로 벨 테니 상금이나 두둑하게 준비해두십시오."

제후는 그의 거친 말투가 마음에 들지 않았다. 하지만 뉘 알겠는가.

이들을 이용할 일이 있을지도 모르는데…. 그는 알았다고 대답하며 대열에서 물러났다.

장군이 최종 명령을 내렸다.

"우군 선열, 좌군 후열!"

청기를 든 좌군이 뒤쪽으로 물러났다. 도열이 아직 정리되지도 않았는데 엔릴이 곧 명령을 내렸다.

"선열부터 출발하라!"

날이 어두워지고 있어 더 이상 지체할 시간이 없었다. 엔릴이 말을 타고 선두에 서자 장군이 옆으로 다가들며 말했다.

"오늘 밤은 바람도 잘 모양입니다."

어젯밤에 현장 답사를 하고 돌아왔을 때는 바람이 지독했다. 고원지대여서인지 바람이 사방을 휘젓고 다녀 오늘도 그것이 걱정이었으나 바람이 시작될 기미는 없었다.

엔릴이 자기 의향을 알렸다.

"이제부터 홍수처럼 밀어붙여야 합니다. 내가 앞장을 서겠습니다."

"알고 있습니다."

엔릴은 열흘이 넘도록 이 전쟁을 생각하고 또 생각했다. 비록 전투에 뛰어난 장군이 옆에 있다고 하나 지휘봉을 잡은 사람은 자신이었다. 인솔도 명령도 본인이 내려야 했다. 그는 교법사와의 대화를 되새겼다.

"전투가 시작되면 내가 지휘봉을 잡아야 합니다만, 나는 전투 경험이 전무합니다. 장군에게 무술과 전술도 배웠습니다만, 전투 장면이 떠오르지 않아 응용에 대한 지혜를 쌓을 수가 없었습니다. 솔직히 좀 두렵습니다."

"왕자님이 원하시는 것이 무엇입니까?'"

"명령은 주로 내가 내릴 것입니다. 나는 명령이라는 그 무기를 가장 정확하게 사용하고 싶습니다."

"정확한 사용은 상황을 정확히 직면해야만 얻을 수 있는 판단입니다. 또한 그 판단이란 미래에 걸쳐지는 잣대이며 그 잣대의 방향에 따라 미래의 자기 위치가 결정됩니다."

그동안 자신은 시간의 접시에 올라앉아 빙글빙글 돌기만 했다. 인간의 육신은 유년, 소년, 청년, 장년기를 거쳐가고 정신도 그 과정을 따라 변해야 하는데 자기는 제대로 된 소년기나 청년기를 겪지 못했다. 어떤 생각으로 자기 성숙과 친해야 하는지, 어떻게 해야 자기 자신과도 진지하게 사귈 수 있는지에 대해 전혀 알지 못했다. 스승은 당부했다.

"네가 너의 위치에 도달하면 그때부터 스스로 자기 자신을 운영해야 한다."

이번 전투가 자신을 운영하는 그 첫걸음이었다.

3

　토성 근처에 도착한 것은 저녁 9시쯤이었다. 좀 이른 시간이었다. 기습은 자정 직전으로 예정되었고 그때까진 세 시간이 남아 있었다.
　"모두 자리에 앉아서 대기하라."
　장군이 낮은 목소리로 명령을 내리자 편대장들이 차례로 그 말을 받아 군사들에게 전했다.
　"제자리에 착석."
　"제자리에 착석…."
　어둠 속에서 조용한 명령이 번차례로 넘어갔고 그 지시에 따라 군사들도 소리 없이 바닥에 주저앉았다. 짙은 어둠이 착석 대열 위로 꼭꼭 여며 들었다. 앞쪽에 서 있던 장군의 눈에는 이미 그들의 모습이 잘 보이지 않았다. 장군은 안심하고 다음 명령을 내렸다.
　"지금부터는 소변도 금한다. 움직이지 말고 그 자리를 지켜라!"
　부스럭거리던 소리도 일시에 중지되자 정적이 그들을 에워쌌다. 장군은 정탐꾼 선인들을 불러 이 지방의 옷으로 갈아입도록 했다. 그들이

옷을 갈아입자 엔릴이 말했다.

"토성 안에 마을이 있고 마을 아래쪽으로 강이 흐른다고 했소. 강으로 내려가서 거기서부터 침투하는 게 좋을 거요."

강은 그들의 주둔지와 반대 방향이었다. 정탐꾼들이 발각된다 해도 군사들의 대기 지점은 은폐할 수 있었다. 엔릴이 덧붙였다.

"안전한 길은 각자가 토성 끝으로 해서 강으로 내려가는 것이오."

"좀 멀겠군요."

"토성은 마을 주위로만 쌓여 있을 뿐 아주 길지는 않소. 다만 그 끝 지점에서 강 쪽으로 내려가는 길이 있고, 거기에 또 늪이 있다니 조심해야 할 것이오."

"알겠습니다."

선인들이 떠나려고 할 때 장군이 다시 한 번 다짐을 주었다.

"정황만 파악하면 곧 돌아오라."

정탐꾼들이 어둠 속으로 묻혀갔다. 그들이 돌아오자면 한참은 기다려야 한다. 장군이 엔릴에게 물었다.

"은대장에게도 현장을 보여주는 것이 좋지 않을까요? 시간도 있으니 말입니다."

"좋은 생각입니다. 삼진이 다 함께 가봅시다."

오늘 작전은 세 갈래로 침투하는 것이었다. 장군은 우군을 이끌고 동쪽에서, 은대장은 좌군을 이끌고 서쪽에서 쳐들어가는 사이 엔릴은 중심 부대 기병을 이끌고 정문으로 돌진한다는 것이었다.

그들은 토성을 타고 올라 그 아래를 내려다보았다. 집무실 앞과 공회 마당에는 여러 개의 횃불이 걸렸고 무슨 일인지 그때까지도 사람들이 모여 있었다. 엔릴이 속삭였다.

"저 건물 왼편을 보시오. 집들이 있을 것이오. 그 앞이 마을 길이고 건너편에 곡식 창고가 있다고 했소. 제후가 그것만은 보존해달라고 했소이다."

"알겠습니다."

장군이 대답했다. 그쪽은 자기 구역이었다.

"돌아가지요."

먼저 돌아온 사람은 안내선인이었다. 그의 보고에 따르면 지금 마을에선 무슨 축제를 지내는 것 같은데 너울을 쓴 여자가 적장에게로 다가가고 의자에 앉은 적장이 그 여자를 맞아들이는 것으로 보아 후취를 맞는 예식인 것 같다고 했다.

"그런 잔치라면 왜 밤에…."

"고장마다 풍습이 다를 수도 있지요."

"하객은 많소?"

"많지는 않았습니다."

그때 나머지 한 사람도 돌아왔다. 그의 보고도 안내선인과 다르지 않았다. 두 선인은 적장의 집을 정면으로 해서 오른쪽과 왼쪽에서 같은 장면을 본 것이었다. 그가 말했다.

"잔치임에는 분명한 것 같은데 사람들이 웃지도 떠들지도 않았습니다. 더욱이 신부로 보이는 여자의 의상이 거기 참석한 하객들과 달랐습니다. 추측컨대 신부를 타지방에서 사 오거나 혹은 훔쳐 온 것이 아닌가 싶습니다. 왜냐하면 신부가 어린 것 같았고 또 몹시 굳어 있었는데 그게 떨고 있는 것처럼 보이기도 했습니다."

엔릴이 몸을 일으켰다.

"출전합시다!"

좌우 군단이 길게 정렬했다. 장군의 부대는 토성의 동쪽으로, 은대장은 서쪽으로 갈라져 갔고 보병들의 꼬리도 어둠 속에 묻혀갈 때 엔릴이 선인들을 주목시켰다.

"불 단지와 솜 화살은 어떻습니까?"

천체선인이 가슴을 열고 불 단지를 보였다. 밀랍에 심지를 박은 것으로 이미 불이 붙어 있었다. 엔릴이 담노를 불렀다.

"자네는 내 곁을 지켜주게."

다음으로 책임선인을 불렀다.

"나머지 선인들은 여기서 마차를 지키고 있으시오. 전투가 끝나면 연락하겠소."

엔릴의 부대도 출발했다. 그들은 발소리를 죽이느라 멀찍이 떨어져서 갔고 토성 앞에 도착한 것은 한 시간쯤 후였다. 토성 정문은 본래부터 지키는 사람이 없는 듯했고 마을 쪽도 잔치가 끝났는지 조용했다. 30분쯤 기다린 뒤 엔릴이 명령했다.

"화살을 올리시오."

명궁선인이 솜 화살에 불을 붙여 하늘로 쏘아 올렸다. 좌·우군이 어디쯤 머물러 있든 응답할 것이다. 한동안 아무것도 떠오르지 않았다. 아직 도착하지 않았거나 중간에 장애물을 만났을지도 모른다. 기병들 사이에 더운 입김이 휘돌기 시작할 때 서쪽 하늘에서 불화살이 치솟아 올랐다.

"저기 동쪽도…."

동편은 크게 먼 거리도 아닌 것이 벌써 마을 가까이로 침투한 모양이었다. 엔릴이 지시했다.

"적장의 집이 초입에 있소. 거기까지는 걸어서 갈 것이니 각자 발소리를 조심하시오."

엔릴이 앞서고 기병들이 뒤를 따랐다. 백 미터쯤 내려가자 길 왼쪽으로 적장의 집 불빛이 보였다. 말들이 별안간 투레질을 했다. 불빛 때문인가 보았다.

"말 입을 막아야겠어."

담노가 말했다.

"쉿!"

30미터쯤 아래서 두 남자가 두런거리며 올라오다가 낌새를 챘는지 우뚝 멈춰 섰다. 담노가 그들에게 화살을 날렸다. 주민들이 쓰러졌고 담노는 "횃불!" 하고 명령을 내렸다.

"담노, 명령은 내가 내리네."

엔릴은 담당 선인들이 자기 횃대에 불을 붙이자 출격 명령을 내렸다. 말발굽 소리가 온 천지를 뒤흔들었다. 담노는 "불화살! 불화살!" 하고 외쳤다. 그는 조급증에 떠밀려 이성을 잃어가고 있었다.

불화살이 사방으로 빗발처럼 날아갔다. 화살은 밤하늘을 파열음으로 찢으며 적장의 집과 주거지역까지 날아갔다. 엔릴과 장군이 세웠던 작전은 그런 방식이 아니었다. 적장의 집을 점거할 동안 인근 주민들은 조용히 있어줘야 일이 쉬웠다. 또 좌·우군이 주민들을 쓸어 오는 데에도 다소 시간이 걸릴 터였다. 그러나 이미 엎질러진 물이었다. 벌써 적장의 집에 불길이 치솟아 올랐다. 화염이 거대한 혓바닥처럼 날름거리며 그 집 위로 솟아올랐다.

"이 집을 포위하라!"

엔릴이 소리쳤다. 기병들은 적장의 집을 포위했다. 집 앞은 넓은 토단이었고 횃불이 그 양옆 기둥에 걸려 있었다. 기병들은 화살을 겨누고 서서 문 쪽을 주시했다. 그러나 이상하게도 안쪽에서는 아무런 소리가 나지 않았다. 불이 번지고 있으니 조만간 사람들이 뛰쳐나올 것이다. 문짝까지 활활 타올랐으나 적이 반격할 낌새는 보이지 않았다. 그때 막구가 소리쳤다.

"저길 보십시오!"

곡식 창고 저 아래쪽에서 수많은 사내들이 큰 칼을 쳐들고 고함을 지르면서 몰려왔다. 엔릴이 명령했다.

"기병들, 어서 나가 저 무리를 격파하라!"

기병들이 달려 나가고 막구도 선열에 합류했다. 그는 이 순간을 위해 모든 수모를 참아왔다. 동료들은 걸핏하면 놀려댔고 소를 잡을 때면 편대장조차 "소불알은 막구를 주게. 자기 것이 떨어지면 그것이라도 붙이게" 하며 조롱을 했다. 그럴 때마다 그는 다짐했다.

'어디 두고 봐라. 전쟁만 시작되면 적장의 머리는 내 손으로 베어 너희들 코를 납작하게 해줄 테다!'

선두의 적이 긴 칼을 들고 달려왔다. 막구가 화살을 날리자 적이 쓰러지면서 칼을 놓쳤다. 뒤따라오던 적이 동패의 칼을 가슴으로 받고 뒤로 자빠졌다. 그럼에도 적들은 주춤거리지 않았다. 그들은 함성까지 내지르면서 쓰러진 동료들을 밟거나 타 넘고 한사코 달려왔다. 막구는 웃통을 벗은 한 사내가 자기를 향해 칼을 겨누고 뛰어오는 것을 보았다. 자신은 화살을 재지도 못했는데 사내가 벌써 가까이 다가왔다. 막구의 등줄기로 식은땀이 흘렀다. 이렇게 끝날 수는 없다. 해야 할 일이 얼마나 많은가. 막구는 옆으로 몸을 틀었다. 그 순간 적의 칼끝이 허벅지를 스치고 지나갔다. 막구가 악이 올라 창을 빼 들 때 적의 칼이 바닥에 툭 떨어졌다. 적이 누군가가 쏜 화살을 맞은 것이다.

엔릴의 명령이 거듭되었다.

"접근전이다! 창, 창을 사용하라!"

막구는 창을 뽑아 들고 무리 쪽으로 돌진했다. 허벅지에서 피가 흘러도 개의치 않고 적들 사이로 거침없이 휘젓고 다녔다. 그가 창을 휘저을 때마다 공기를 가르는 쇳소리가 났다. 창끝이 멀리서 비치는 횃불을 받아 번들거렸다. 그의 창에 부딪힌 적의 칼은 날카로운 소리를 내며 저 멀리 나가떨어졌다. 한바탕 회오리바람이 불어오듯 병장기 부딪는 소리가 드높았다. 적들이 주춤거렸다. 애송이 하나가 천방지축으로 날뛰고 백여 명의 기병들이 사방에서 덮칠 듯 조여들었다. 용맹과 부의 상징인 큰 칼을 들고도 그들은 전멸 위기에 처해버렸다는 것을 믿을 수가 없었다. 그들은 칼을 무기로 사용한 최초의 종족이었다. 세상 모든 곳에서 아직 돌칼이나 요석 날로 짐승을 잡을 때 그들은 사냥감을 짐승에서 사람으로 바꾼 선두 집단이었다. 엔릴은 주춤거리는 적들을 보며 호령했다.

"무기를 버리고 항복하라!"

그 말이 떨어지는 순간 수염으로 얼굴이 뒤덮인 남자가 엔릴을 겨냥하고 칼을 던졌다. 칼은 엔릴을 겨냥해 맹렬히 날아갔고 그 칼을 본 천둥이가 옆으로 몸을 틀었다. 하필이면 그때 기병장이 엔릴이 섰던 자리로 들어섰다. 칼은 기병장 말의 가슴에 꽂혔다. 말이 쓰러지고 기병장은 바닥에 나뒹굴었다.

"기병장!"

기병장의 말이 쓰러지자 적들은 단박에 사기를 되찾았다. 그들은 함성을 지른 뒤 너도나도 칼을 던졌다. 기병의 여러 말이 칼에 맞고 쓰러졌다. 기병과 말의 비명 소리가 불칼처럼 날아다녔다. 이를 보다 못한 엔릴이 절박하게 소리쳤다.

"물러나라!"

적들은 수백 년 동안 아시리아와 시라아를 누비고 다닌 사막의 무법자, 항복을 모르는 야만인이었다. 태어나서 죽을 때까지 침략밖에 모르는 혈통이며 개개인 모두가 전사였다. 그들은 기병을 추격하는 대신 그 자리에서 춤을 추기 시작했다. 성과를 자축하는 것인지 다음 공격을 위한 것인지 알 수가 없었다. 어쨌든 서둘러야 한다.

"전열을 가다듬어라! 동시에 질주한다. 숨 쉴 틈도 주지 말고 적을 짓밟아라!"

기병들은 전열을 가다듬었다. 그들은 적을 향해 나란히 선 뒤 엔릴의 신호에 맞춰 동시에 전속력으로 달려 나갔다. 적들은 질주해오는 기병들의 기세에 얼어붙었다. 기병들은 사정없이 차거나 짓밟으며 해일처럼 적지를 지나갔다. 대단한 생명력이었다. 적들이 벌떡벌떡 일어나고 있었다. 내장이 터지거나 얼굴에서 피가 뿜어져 나오는 사람도 있었다. 기병들이 기수를 돌려 다시 그들을 향해 돌격했다. 한 번 더 짓밟자 아무도 일어나지 않았고 그 자리엔 형체도 알아볼 수 없는 적들이 처참하게 엉켜 있었다.

엔릴이 적장의 집으로 관심을 돌릴 때 천체선인이 소리쳤다.

"서쪽, 서쪽을 보십시오!"

서쪽 마을에서 많은 사람들이 짐승 같은 소리를 질러대며 몰려왔다. 엔릴이 명령했다.

"기병들은 저 무리를 가로막아라!"

은대장의 목소리가 무리 뒤에서 들려왔다.

"여기는 좌군이다! 좌군!"

좌군에게 쫓겨 오는 주민들이었다. 보병들의 소란에 깨어난 몇몇 사람이 이웃에 알리는 통에 모두 거리로 몰려 나왔다가 군사들이 뒤에서 칼로 찔러대는 바람에 비명을 지르며 쫓겨 오는 중이었다.

엔릴은 적장의 저택으로 눈길을 돌렸다. 불은 이미 꺼져가는 중이었고 토단 앞에는 여러 명의 남자가 화살을 맞고 쓰러졌으며 한 시체는 문짝과 함께 옷이 타고 있었다.

담노가 옆으로 다가왔다.

"내가 저들을 쐈네."

그때 은대장이 달려왔다.

"남쪽에서도 사람들이 몰려옵니다. 우군이 아닙니다!"

"은대장, 그대에게 작전권을 넘기오. 어서 적을 막으시오."

명령을 내리지 않았는데 비리국 편대장이 자기 군사를 몰아 적진으로 뛰어들었다. 또다시 월권이었다.

장군은 한 집에 군사 두 명씩 배치해 딜문 말을 하는 사람은 연행하라고 지시했다. 처음 작전은 주민들을 오랏줄에 묶어 공회당 앞으로 끌고 간다는 것이었으나 시간 소비가 큰 데다 진압 이후 처리하는 일도 간단치가 않아 즉시 처리로 바꾼 것이었다. 군사들이 가택 수색을 시작했고 뒤이어 고함 소리와 비명이 들려왔다. 달아나던 소년이 창에 맞아 쓰러지고 아기가 밖으로 던져졌다. 매우 잔인했으나 장군은 외면하지 않았다. 전쟁터에서 감상은 판단만 흐리게 할 뿐이다.

제법 큰 저택에서 남녀 어른과 아이들이 묶여 나왔다. 딜문 사람이었다. 사내는 자길 왜 잡아가느냐고 소리를 질렀다. 장군은 자신에게 치욕만 안겨준 담비 생산지를 생각했다. 자기를 유인해 들인 상인들도 이권에 개입되었다면 이 사내의 가족도 다르지 않을 것이다.

"저기 접전이 붙었습니다. 아군이 불리한 것 같습니다."

적장의 저택 가까이 갔을 때 우군 기병장이 보고했다. 남쪽이었다. 적들이 큰 칼을 휘두르며 아군의 창대를 부러뜨리고 그 창대가 공중으로 날아다니는 것이 횃불 빛으로 보였다. 비리국의 용맹스러운 보병들이 줄줄이 쓰러지고 있었다. 전멸 위기에 처한 듯했다.

기병장이 바쁘게 말했다.

"저희들이 가겠습니다."

그러나 장군은 은대장의 병사들이 비리국 병사들을 돕기 위해 몰려가는 것을 보았다. 장군이 기병장에게 지시했다.

"그쪽은 은대장 병사들에게 맡겨라. 너희들은 저 앞의 시신들을 수습하라."

말발굽에 짓이겨진 적들이었다. 장군은 시신을 치우고 칼은 수거하라고 지시한 뒤 엔릴에게 달려갔다.

"적장은 체포하셨습니까?"

장군이 토단 앞에 널려 있는 시신들을 훑어보며 물었다.

"확인하지 못했소. 화기 때문에 안으로 들어갈 수도 없어서 말이오."

"제가 수색해보겠습니다."

장군은 기병 몇 명을 추려 저택 뒤쪽으로 돌아갔다. 건물은 세 겹으로 이어졌고 뒤쪽에는 넓은 마당과 마구간, 무기고가 딸려 있었다. 장군은 건물 안으로 들어갔다. 매캐한 연기가 가득하고 고약한 노린내가 코를 찔렀다. 복도에는 남자들 시체가 널렸고 가운데 건물에는 여성과 아이들이 방마다 죽어 있었다.

'적장이 제 가족들을 죽이고 혼자 달아났다!'

장군이 명령했다.

"적장이 달아났다. 멀리 가지는 못했을 것이니 추격해서 잡아오라!"

기병 스무 명이 득달같이 달려 나갔다.

곡식을 모르는 이 집단의 수장에겐 50명의 사병이 있었다. 딜문에 정착하고 보니 사는 게 너무 싱거워 새로운 취미를 만들었는데 그것은 이웃의 부유한 종족을 습격해 진귀품을 약탈하는 일이었다. 그런 사적 행사에는 마을의 민병보다 사병이 훨씬 믿을 만했고, 또 자신의 목숨을 지켜주는 데에도 필요했다. 그러나 오늘은 결혼식이었다. 네 번째로 맞아들이는 새 아내가 어떻게나 겁이 많은지 군인이라면 질색을 했다. 그래서 사병들을 뒤채에 머물게 하면서 술과 음식을 듬뿍 주었던 것인데 그것이 그만 화근이 되고 말았다. 그러니까 사병들은 주는 대로 받아먹고 일찍이 뻗어버려 앞채에 불이 붙어도 알아차리지 못한 것이었다.

취한 것은 수장 자신도 마찬가지였다. 그는 결혼식을 끝내자마자 신방으로 들어 주안상을 받았다. 그러나 신부는 돌아앉아 참새처럼 바들바들 떨기만 했다. 그는 신부가 진정될 때까지 기다리면서 계속해서 술잔을 비웠다. 그런데도 신부가 더욱더 몸을 웅크리자 그만 화가 치밀어 신부를 완력으로 눕혔는데 그 순간 머리 꼭대기에서부터 후끈한 열기가 느껴졌다. 그는 육감으로 알아차렸다. 그것은 불이었고 괜히 일어나는 그런 불이 아니었다.

그는 새 아내를 꿰차고 뒤채로 가 사병들을 깨웠다. 그러나 곤드레가 된 사병들은 얼른 일어나지 않았다. 적들이 지척에 있으니 고함을 칠 수도 없었다. 그가 칼을 빼 군사들의 손등을 찍자 그제야 군사들이 눈을 떴다.

"네놈들은 어서 집 앞으로 나가서 침략자를 막아라!"

그는 아내들 방으로 갔다. 첫 번째 아내는 아이들과 함께 잠들어 있었다. 적에게 죽임을 당하느니 자신의 칼에 죽는 것이 나을 것이다. 그는 자식들 넷까지 모두 죽인 뒤 두 번째 아내 방으로 갔다. 아내는 아이들을 껴안고 바들바들 떨고 있었다.

"너희들을 살려두면 적들이 더 참혹하게 죽일 것이니 내가 죽이는 것이다."

막내아들이 방긋 웃었다. 자신이 특별히 사랑했던 녀석이었다. 이런 상황에서는 데려가는 것보다 새로 낳는 것이 간편하다. 그는 나머지 모두를 처리한 뒤 술 깬 사병들을 골라 나귀를 타고 도주하면서 용맹한 사병 열 명과 새 아내만 있으면 어디서든 다시 시작할 수 있다고 혼자 중얼거렸다.

'우선 작은 마을 하나를 약탈하면서 세력을 넓힌다. 인원이 부족하면 떠돌이 반유목민을 모으는 거다. 힘이 커지면 딜문을 다시 치는 거다!'

말발굽 소리가 들려오고 횃불도 보였다.

'잡힐 수 없다. 나라도 살아야 한다.'

그는 사병들에게 명령을 내렸다.

"너희들은 적을 막아라!"

수장은 새 아내의 나귀만 몰고 죽어라 달렸다. 백 미터도 달리지 않았는데 기병들이 바짝 따라붙었다. 그는 새 아내의 고삐를 놓고 자신은 왼편으로 돌았다. 기병들이 어린 신부를 추적해가는 사이 그는 어둠 속에 몸을 숨겼다.

4

해가 떠올랐다. 엔릴은 장군이 가져다준 의자에 앉아 포로들을 내려다보았다. 저들이 자신들의 말과 군사를 죽였다. 날아오는 칼에 팔뚝이 잘리거나 허벅지에 칼을 맞은 사람, 목숨은 붙어 있다 해도 중태인 기병… 형제국 사상자도 백 명이 넘었다. 이제 저들을 처단할 시간이다.

"장군, 보고하시오."

"수장이란 놈, 끝까지 골탕을 먹였습니다. 여자의 나귀를 직진하게 해놓고 본인은 옆길로 달아났습니다. 멀리 가지도 못했으면서 그런 머리를 쓴 것입니다."

"앞에 있는 저 여자를 말입니까?"

"그렇습니다. 그 옆의 놈이 수장이고요."

정탐선인들이 보고한 적이 있는 그 여자였다.

"저 여자에게 사연이 있을 것 같은데 물어볼 수 있겠소?"

"통역할 사람이 있습니다."

장군은 딜문 말을 하는 사람을 생각했다. 이런 경우를 대비해 연행한 것은 아니지만 아주 잘된 일이었다. 연행자는 자기가 호출되자 통역을 원한다는 것을 알아차리고 오랏줄부터 풀어달라고 요구했다. 감시 기병이 귀를 잘리고 싶으냐고 엄포를 놓으며 여자 옆으로 끌고 갔다. 엔릴이 여자에게 물었다.

"그대는 이곳 사람이오?"

여자 대신 통역이 대답했다.

"아닙니다."

"어디서 무슨 연고로 여기까지 왔는지 말하라고 하시오."

통역이 묻자 처녀는 더듬거리며 '큰 자부 강 하류, 님루드에서 좀 늦은 시간에 양 떼를 몰고 오다가 보쌈을 당했다'고 대답했다.

"저 처녀에게 나귀 한 마리를 주어 집으로 돌아가라 하시오."

기병이 나귀 한 마리를 가져다주었다. 처녀는 믿을 수 없어 움직이지도 못하는데 수장이 자기 나귀라고 외치며 벌떡 일어났다. 포로들이 벌 떼처럼 따라 일어나며 수장에게 야유를 보냈다.

장군이 권했다.

"포로들조차 저렇게 시끄러우니 수장부터 처치해야겠습니다."

"참수를 해야겠지요?"

"저놈에겐 참수도 과분하니 제 동족 손에 먼저 죽게 합시다."

"실행하시오."

장군이 적장과 포로들을 바라보며 큰 소리로 말했다.

"저놈은 인간 말종이다. 수장이 되어 저만 살겠다고 달아났으니 처벌은 자기 주민들에게 맡긴다!"

그 수장에 그 주민이었다. 그들은 환호를 지르며 수장에게 덤벼들었다. 한동안 비명을 지르던 수장은 쓰러진 채 꼼짝도 하지 않았다. 이미 목숨이 끊어졌는데 그들은 사정없이 수장에게 발길질을 해댔다. 장군이 그들을 제지했다.

"절명입니다."

감시 기병이 수장의 머리를 들어본 뒤 말했다.

"시체의 머리를 잘라 토성 앞에 걸어두라."

시체의 목이 둥근 통나무에 걸쳐졌고 이 순간을 기다렸던 비리국 편대장이 큰 칼을 들고 나왔다. 장군은 상금 운운하던 것이 생각나 쓴웃음을 지었다.

다음은 통역하던 사내와 가족들 차례였다. 교법사가 엔릴 옆으로 다가서며 통역자에게 방술을 걸었다. 그 방술은 비밀의 문을 여는 것으로 본인은 감추고 싶어도 스스로 발설하게 만드는 것이었다.

"네놈은 어느 종족이냐?"

엔릴이 추달하자 통역사는 동족이라고 대답했다. 사실 그의 어머니는 셈족이었으나 그걸 밝히면 불리할 수도 있어 그렇게 대답했다. 교법사는 그 생각도 읽고 있었으나 별로 중요한 일이 아니라 그냥 넘겼다.

"한데 너는 어찌하여 이곳에 남아 있느냐?"

그는 대답을 하지 못했다.

"다른 사람들은 살해되거나 피난을 갔는데 네 가족은 모두 안전하게 저택에 살고 있었다. 그 연유를 말하라."

통역사가 적당한 변명을 찾고 있는데 입이 먼저 열리면서 말을 쏟아냈다.

"저는 딜문의 교역 담당자였습니다. 우루크Uruk와 에리두Eridu, 강 끝까지 다니며 청동 제품을 사들였습니다. 한번 떠나면 한 달 이상 걸렸고 제품이 없을 때는 새로 만들어낼 때까지 기다렸다가 그 물건을 실어 왔습니다. 그러면 제후가 그 물건을 국제시장 대상들에게 넘겼지요. 많은 이문을 남기고 말입니다. 그의 금고에는 금과 은이 넘쳐나는데도 나의 품삯은 항상 양 두 마리에 곡식 자루뿐이었습니다. 그토록 은을 원해도, 아내에게 줄 은팔찌 하나만 품삯으로 달라고 해도 제후는 들은 척도 하지 않았습니다."

"그래서 어떻게 했단 말이냐?"

"어느 날 물건을 실어 오다가 곡식을 모르는 종족을 만났습니다. 그들은 들에 진을 치고 있다가 지나가는 대상을 터는데 제가 그만 걸려든 것입니다. 그들은 '딜문은 부자고 가옥도 깨끗하다고 들었다, 자신들은 떠돌이로 사는 것이 지쳐 정착할 마을이 필요하다, 네가 적당한 날짜와 마을 위치를 알려주면 가장 좋은 저택과 거기서 나오는 재물의 반을 주겠다'고 했습니다. 그래서 제가…."

절대로 해서는 안 될 말이 자기 입에서 미끄러져 나오자 통역 사내는 사색이 되었다. 한데 장군이 엄청난 비밀을 보태고 있었다.

"너는 제후의 금고에 먼저 손을 댔고 거기서 반 이상을 가로챘다!"

그는 부인하고 싶어 눈알이 빠지도록 용을 쓰는데도 입은 "예, 그랬습니다." 하고 대답했다. 엔릴이 벌떡 일어나 소리쳤다.

"저자는 침략자보다 더 악랄한 인간이다. 당장 참수하라! 그 목은 적장 옆에 걸어두어 동족을 파는 자의 최후가 어떤 것인지 두고두고 귀감이 되게 하라!"

비리국 편대장이 칼로 공중을 베어대면서 한 발 한 발 다가갔다.

5

깨끗한 땅에 제단이 마련되었다. 소호에서 가져온 성마와 씨앗, 붉은 비단옷, 적에게 수거한 물품이 제단에 올려졌다. 새로운 하늘을 개척했음을 천신에게 알리는 천신제였다.

책임선인이 붉은 비단 두루마기를 꺼내 엔릴에게 입혀주었다. 장군과 은대장, 기병들, 편대장, 보병들이 차례로 줄지어 섰다. 엔릴이 제단정 가운데에 신검을 놓았다. 교법사는 서고문이 적힌 사슴 피지를 그에게 주었다.

그는 사슴 피지에 적힌 내용을 읽기 시작했다. 영토 백 리와 침략자 5백 명, 적으로부터 수거한 금은, 동, 큰 칼의 수효까지 낱낱이 보고한 뒤 피지를 교법사에게 넘기고 하늘을 향해 팔을 벌렸다.

"천신이시여, 이 하늘을 신에게 바치나이다. 이제부터는 다른 종족은 그 누구도 이 안에 들어오지 못하도록 신께서 단단한 지켜주소서!"

장군과 군사들이 그 말을 받았다.

"지켜주소서!"

"사방에 네 개의 기둥을 세웠나이다. 우리 겨레의 영광이 그 기둥과 함께 영원하도록 튼튼히 지켜주소서."

"지켜주소서!"

교법사가 항아리를 주었다. 소 피였다. 엔릴은 사방에 피를 뿌린 뒤 제단 앞에 꿇어앉았다. 장군도 군사들도 모두 꿇어앉자 교법사가 주술을 외웠다. 천신께서 내려준 영광을 딜문의 하늘에 단단히 잡아두는 주문이었다.

천제가 끝났다. 엔릴은 소 열 마리를 잡아 군사들에게 하사하라고 이른 뒤 전령으로 떠날 선인들을 찾았다. 그들은 서사와 안내선인으로 이미 떠날 준비를 하고 있었다.

"내가 바래다주겠소."

소호국에는 전쟁터를 따라다니는 서사선인들이 있었다. 그들은 전쟁의 시작과 결과, 전승과 패배를 모두 눈으로 보고 들어서 조정에 알리거나 사록 담당자에게 진술했다. 엔릴이 서사선인을 미리 보내는 것은 태왕에게 승전 소식을 한시라도 빨리 알려주기 위해서였다.

토성 바깥 끝머리에서 엔릴이 말했다.

"안내선인, 그대는 호시로 가서 별읍장님께 모든 사실을 보고하시오. 그리고 그분의 분부를 받는 즉시 되돌아오시오."

"분부, 잘 이행하겠나이다."

"서사선인, 그대는 소호까지 가야 합니다. 별읍에서부터 혼자 가야 하는데, 그게 두려우면 별읍장님께 동행할 사람이라도 붙여달라 하시오. 그리고 이 서신을 전해주시오."

엔릴은 양피지를 내밀었다. 자신들이 획득한 모든 전리품이 기록되어 있었다.

"여기서 그만 헤어져야겠소. 조심들 하시오."

"그럼 다녀오겠습니다. 만수무강하십시오."

선인들이 떠났다. 엔릴은 동쪽을 향해 팔을 크게 벌리고 태왕에게 고했다.

"마마, 소인 임무 완수했나이다. 딜문을 정벌했나이다. 별읍장의 전언만 있으면 저희도 철수해 돌아가겠나이다!"

교법사는 정갈한 땅에 구덩이를 파고 네 개의 막대기를 묻었다. 동서남북이라고 쓴 것에 소 피를 칠한 것이었다. 그 위에 서고문이 적힌 사슴 피지를 올리고 흙을 덮었다.

'이곳은 자손만대 우리의 땅이나이다!'

일을 끝내고 몸을 일으킬 때 공기가 파도처럼 밀려와 가슴을 쳤다.

'변고가 일어나고 있다!'

그는 제단으로 달려갔다. 담노가 신검 주위를 얼쩡거리고 있었다. 그는 공기를 정밀한 거울로 만들어 엔릴의 위치를 확인했다. 엔릴은 토성 정문을 향해 돌아오고 있었다. 주인이 백 발짝 밖에 떨어져 있으면 신검은 긴장을 풀어버려 누구든 들어 올릴 수 있고 더욱이 지금은 주위에 아무도 없으니 담노는 다섯 숨도 쉬기 전에 신검을 훔칠 것이다.

'왕자가 직접 목격하게 해야 한다!'

교법사는 담노의 충동을 지연시켜야 했다. 그것은 가장 어려운 방술로 비켜가는 순간을 미리 당기거나 늦추어 서로 만나도록 시간대를 맞추는 것이다. 그는 엔릴의 성품을 잘 알고 있었다. 직접 눈으로 보지 않으면 절대로 담노를 내치지 않을 것이다. 교법사는 자신의 몸을 극으로 대치했다. 반쪽은 얼리고 반쪽은 불태우면서 그 기를 양쪽으로 뿜었다.

신검에 다가서던 담노는 자신도 모르게 멈춰 섰다. 엔릴이 토성 안으로 들어오고 있을 때 교법사는 기를 풀었다. 자신이 방술에 걸린 것을 알아채지 못한 담노는 손이 풀리자마자 곧장 신검을 들고 황급히 제단 밖으로 나왔다. 미리 준비해둔 말에 올라탄 그는 뒤돌아보지 않고 달려갔다. 그는 강을 따라 달아날 계획이었다. 그 길이 엔릴을 피할 수 있는 유일한 방향이었다. 담노는 말고삐를 쥔 손에 힘을 주었다. 그러나 말은 담노가 이끄는 곳으로 향하지 않았다.

'이 말이 미쳤어!'

말은 강 쪽으로 내려가는 대신 토성 정문을 향해 달렸다. 당황한 담노는 박차를 가하며 말의 방향을 바꾸려 했다. 그러나 소용이 없었다. 말을 멈추게 할 수조차 없었다. 담노는 말이 자신의 명령을 따르지 않는다는 걸 깨달았다. 그때 신검이 울어댔다. 맞은편에서 엔릴이 오고 있었던 것이다.

"자네 어딜 가는가?"

담노는 다급하게 말머리를 돌렸다. 이번에는 신기하게도 말이 순순히 강 쪽으로 향했다. 그때 한줄기 바람이 불어왔다. 누군가 쏘아 보낸 화살이었다. 그 화살은 담노의 오른쪽 팔에 박혔다. 신검이 담노의 손아귀에서 빠져나와 공중으로 날아올랐고 엔릴이 달려가 신검을 잡았다. 그가 신검을 잡았는지 신검이 그에게로 왔는지 분간할 수 없는 일이 한순간에 이루어진 것이다.

기병들이 몰려와 담노를 에워쌌다. 엔릴은 주위를 돌아보았다. 장군과 교법사, 명궁선인이 저만치 서서 목례를 보냈다.

6

 담노는 딜문의 토굴에 갇혀 있었다. 오래전부터 중죄인을 가두던 곳이었다. 엔릴이 들어가자 담노가 잠에서 깨어나며 물었다.
 "오늘이 내 인간으로서의 유효기간이 끝나는 날인가? 그걸 알려주려고 자네가 온 것이고?"
 "아닐세. 자네와 이야기를 하고 싶어 왔네."
 엔릴이 그의 맞은편에 앉았다.
 "내 기도가 자네에게 전해진 것이로군. 여기 갇힌 이후 많은 생각을 했네. 형을 당할 때 마지막 소원을 묻는다면 그때 대답할 말까지…."
 "그 소원이 무엇인가?"
 "마지막으로 자네와 이야기하게 해달라고, 그 말을 할 참이었네. 한데 자네를 만나고 보니 무슨 말이 하고 싶었는지 생각이 나지 않는군."
 "천천히 생각해보게."
 담노는 엔릴과 자신의 다른 처지를 인식해야 한다는 것이 그만 지겨워졌다.

"집행령은 누가 내리는가? 강장군? 빨리 좀 시행하라고 전해주게."

엔릴은 담노에 대한 참모들의 평가를 떠올렸다. 그때 사람들의 생각이란 매우 불확실하다는 것을 깨달았다.

"자네 행위에 대해 사람들의 의견이 분분하네. 무엇을 위해 신검을 가지려 했느냐, 소호에서는 사용할 수 없다는 것을 알면서도 그런 무모한 짓을 한 까닭이 뭐냐. 누군 그러더군. 자네가 반란군을 규합해서 나라 하나를 세우려 했던 것이라고. 나는 그 어느 것도 진실이 아니라고 생각하네."

"자네가 짐작하는 진실은 무엇인가? 내가 친구까지 배신하면서 가지려고 했던 이유가 말일세."

"난 자네가 자신의 행위를 배신이라고 여기지 않았다고 생각하네."

"흥미로운 가정이군. 내 소행은 분명 자넬 배신한 것인데 배신이 아니라면…."

"자넨 어떤 목적이 있고 그 목적을 위해 내 능력을 빌리고 싶었던 것이 아니었나?"

엔릴은 담노가 하고 싶었던 말을 정확하게 집어냈다. 신검을 훔치려 했던 행위도 친구를 배신하는 것이 아니라 친구가 가진 보배를 빌린다고 생각한 적도 있었다. 하지만 그건 변명일 뿐이고 그 결과가 자신의 참수형이라고 믿었다. 담노가 확인차 물었다.

"자네가 궁금한 것은 나의 그 목적인가?"

"노비와 관계가 있겠지?"

"사실이네."

"그걸 가지고 가면 그 노비를 구할 수가 있나?"

"군사를 얻을 수 있겠지. 군사만 있으면 토호족을 칠 수 있을 것이고…."

"군사를 얻어? 어디서 누구에게?"

"그건 밝힐 수가 없네."

"그럼 자네 부친이 돌아가셨을 때 날 찾아온 것에도 어떤 의도가 있었나?"

"의도가 있었지. 자네 힘을 빌려 노비를 구하려 했지 않았나."

"그리고 다시 노비 문제로…."

"그러하네. 나는 늘 자네를 이용하려고만 했네. 이 토굴에 갇혀 있는 동안 곰곰이 생각해보니 나란 놈은 참 구제 불능이다 싶더군. 노비를 구해준 자네를 이용해 다시 그 노비를 구하려던 내 이상스러운 집착, 뭣엔가 홀린 듯이 오직 그 생각에만 이끌려온 나…. 인간이란 신의 놀림감이란 생각도 들더군. 운명적으로 주지 않았으면서도 인간으로 하여금 한사코 그것을 갈망하게 만드는 것…."

책임선인이 들어와 준비되었다고 알렸다. 오늘이 집행일이고 지금이 그 시간인 게 확실했다. 담노의 숨이 턱에서 멈출 때 엔릴이 그의 손을 풀어주었다. '다행이야.' 그는 숨을 토해내며 생각했다. 그래도 마지막 대화는 했잖은가.

밖에는 날아 밝아 있었다. 책임선인이 말고삐를 내밀었다. 엔릴이 그에게 지시했다.

"그 말을 타게."

"형장이 여기서 먼가?"

엔릴은 대답하지 않고 자기 말에 먼저 올라 앞서 갔다. 이른 아침 긴

장한 두 말이 벌판을 달렸다. 먼 지평선에서 햇귀가 개구쟁이 어린이처럼 살금살금 올라왔다. 담노는 그 해를 보며 생각했다. 저 해가 어디쯤 있을 때 자신이 이승을 하직할 것인가. 세상의 모든 감정이 아프게 녹아들어 숨이 멎을 것 같을 때 엔릴의 말이 멈추어 섰다.

"식량일세."

엔릴이 천둥이 등에서 자루를 풀어 건네주었다. 담노는 당장 죽이겠다는 말보다 더 놀라 굳어 있자 엔릴이 재차 말했다.

"어서 떠나게."

"나를 구해주는 이유가 뭔지 물어봐도 되겠나?"

"인간으로서 자네의 유효기간은 아주 길다는 것을 증명하게. 인생이 아닌, 인간이네."

어제 엔릴은 베히스툰 돌산에 갔다. 답답한 마음을 풀기 위해서였다. 천둥이를 타고 열 바퀴를 돌았을 때 판판한 돌 벽에 무지개가 떴고 거기에 홍익인간 최상의 단계가 글씨로 걸렸다.

"사람이 가해자의 표적이 된다면 그는 가해자에게 죄의 빌미를 주는 것이다. 홍익인간 최고의 경지에 오른 사람은 자신으로 하여금 그 누구도 죄를 짓지 않게 하며, 신족 또한 그러하다."

담노! 그래, 담노! 그는 그 길로 곧장 되돌아온 것이었다.

"내가 마지막으로 해주고 싶은 말은 태자를 조심하라는 것이네. 태자가 기다리는 것은 자네가 아닌 신검이네."

"알겠네. 이만 떠나게."

담노는 잠깐 망설였다.

'늑대에 대한 고백도 하고 갈까? 아니야, 쌍방 모두에게 좋지 않아.'

담노는 작별 인사를 했다.

"잘 있게."

담노가 달려갔다. 그가 멀어져갔을 때 장군의 말이 엔릴 옆으로 다가왔다.

"걱정 마십시오. 무사히 돌아갈 것입니다."

"그는 소호로 가지 않을 것입니다."

"어디로 가건 다시는 그런 부끄러운 짓을 반복하지 않을 것입니다."

담노의 말이 해에 파묻혀갔다. 두 사람은 오래도록 그 자리에 서 있었다.

강 사이의 땅

그리스 여행가들은
유프라테스와 티그리스 강 사이의 땅을 메소포타미아라고 명명했다.
이 내륙은 긴 협장형狹長形으로 페르시아 만까지 이어졌고
거리는 약 2천여 리에 달했다.
— 문정창 —

1

안내선인은 두 장의 양피지를 가지고 돌아왔다. 하나는 '면밀히 탐문해본 뒤 정복지를 선택하라'는 서신이었고 다른 하나는 청동 생산지에 대한 지도였다.

장군이 지도를 살펴보고 있을 때 소호에서 한 남자가 찾아왔다. 얼굴 반쪽이 일그러진 사나이는 놀랍게도 제가의 박수였다. 그는 대뜸 엔릴을 만날 것을 요청했다.

"지금 여기 아니 계시오. 나에게 말해주면 전해주겠소이다."

"직접 전해야 합니다."

엔릴은 지금 교법사와 함께 강가에 있었다.

"그럼 좀 기다리시구려."

"공자님에게 위험이 닥쳐오고 있습니다. 한시가 급하니 어서 만나게 해주십시오."

엔릴을 저승길로 보내려다 오히려 얼굴 반쪽이 타버린 박수는 산골 암자에 은신해 있었다. 태자가 자기를 죽이려 했기 때문이다. 그런데 어느 날 새로 임명된 제가의 박수가 그를 찾아내 태자 앞으로 데리고 갔다. 태자는 날짜가 훨씬 지났는데도 담노가 돌아오지 않자 실패했다고 단정하고 후속으로 이 박수를 선택한 것이었다.

"당신에게 사면할 기회를 주겠다면 하겠소?"

반쪽의 기능이 타버려 예전 같지 않은데도 태자는 기대를 걸고 있었다. 자신에겐 다시 찾아온 행운이었다.

"지시만 내려주십시오. 무엇이든 하겠습니다."

"엔릴을 찾아가서 신검을 빼앗아 오시오. 그럼 사면은 물론 평생 호화롭게 살 것이오."

장군이 물었다.

"어떤 위험인지 말해보시오. 그럼 모셔다주겠소."

"그럴 수 없는 까닭이 제 얼굴에 있습니다. 만약 본인 앞이 아닌데 그것을 발설하면 내 얼굴의 남은 반쪽도 타버리게 됩니다."

박수는 장군에게 자기의 반쪽 얼굴을 보게 함으로써 판단력을 흐리게 만들었다. 자신의 의도대로 장군이 몸을 일으켰다.

"따라오시오."

엔릴은 붉은 바위 위에 교법사와 앉아 있었다. 두 사람의 정신이 어디론가 멀리 떠나 있는 것이 감지되었다. 그들의 의식이 돌아오기 전에 처리해야 했다. 박수는 엔릴의 몸부터 진단했다. 신검이 무릎 위에 올려져 있었다. 신검이 소리를 내지 않으려면 엔릴을 백 발짝 밖으로 유인해야 한다. 먼저 바위에서 내려오게 한 뒤 신검을 적당한 곳에 내려놓고 몸을 끌어올 생각으로 박수는 손바닥을 펼치고 입김을 불었다. 엔릴이 신검을 들고 몸을 일으켰다.

교법사는 엔릴의 정신과 함께 햇빛의 강을 수영하고 있었다. 강을 건너면 천상의 정원이 있고 현자들이 구름 의자에 앉아 대화를 구하러 오는 사람들을 기다리거나 영접했다.

별읍장으로부터 정복지를 물색하라는 서신을 받았을 때 엔릴은 의아한 표정을 지었다. 그는 자신에게 주어진 확실한 임무를 다 알지 못했으며 그 임무를 새기고 행할 마음 밭도 준비되어 있지 않았다. 교법사는 그것이 우려가 되어 소호의 절박한 사정과 태왕이 진정으로 원하는 것을 알려주었다. 엔릴은 생각 외로 쉽게 받아들였다. 그리고 엔릴의 앞날을 축원하기 위해 오늘 이 자리를 마련한 것이었다.

옆자리가 허전했다. 현실로 돌아와보니 엔릴이 텔 아래로 내려가 바닥에 신검을 놓았고, 좀 떨어진 곳에서 박수가 공기에 끈끈이 풀을 풀며 엔릴의 몸을 끌어당기고 있었다. 끈질긴 놈이었다. 전에는 엔릴을 황하의 제가로 끌어내 저승 다리를 타게 했고 그때 선사가 벼락으로 쳤는데 죽지 않고 여기까지 따라온 것이었다.

교법사는 태양을 향해 두 손을 쳐들었다. 햇빛의 강이 그의 손으로 몰려왔다. 그는 빛의 물길을 끌고 몸을 돌렸다. 엔릴이 50보쯤 다가가 있었다. 그는 빛의 물길을 박수에게 쏟아부었다.

"아아악!"

박수가 비명을 질렀다. 그 순간 뒤에서 한쪽 팔을 쳐든 채 굳어 있던 장군이 몸이 풀려 엔릴에게로 달려갔으며 엔릴은 신검 쪽으로 뛰어갔다. 교법사가 엔릴 옆으로 다가서며 말했다.

"소호에서 온 박수입니다. 신검을 노린 것이지요."

이번에도 신검이란 말인가. 엔릴은 참담한 기분이었다.
"누가 보냈습니까?"
"태자가 보낸 자가 틀림없사옵니다."
엔릴도 예상했던 답변이었다. 그의 마음이 안타까움으로 사무쳤다. 태왕은 신검을 왜 자기에게 주어 여러 사람을 번거롭게 하는가. 이것이 무엇이기에 태자는 한사코 이걸 가지려고 하는가. 그래, 이까짓 신검, 되돌려주는 거다. 원하는 사람이 가지라고 하는 거다. 엔릴이 몸을 돌리려 할 때 장군이 박수를 가리키며 말했다.
"움직이지 않습니다!"
교법사가 조용히 덧붙였다.
"그는 죽었습니다."
선 채 굳은 박수의 시신이 점점 새까매졌다. 그는 타죽은 것이다. 교법사가 덧붙였다.
"오늘 밤만 지나면 낱낱이 해체되어 먼지도 남지 않을 것입니다."
엔릴은 매우 언짢은 표정으로 그 자리를 떠났다. 장군은 엔릴의 등에서 자신의 괴물을 발견하고 숨을 멈추었다.
'내가 무슨 짓을 한 것인가? 박수를 왕자에게 데려온 것이 내가 아닌가. 내가 왕자를 죽이려고 한 것이 아닌가!'
자신에 대한 분노가 폭발하려는 순간 교법사가 그의 어깨를 잡았다.
"장군, 며칠 전부터 어두운 그림자가 어른거렸는데 저놈 때문이었나 보오. 오늘 죽이지 않았다면 여행길 내내 위험했을 것이오. 어서 가서 왕자님을 잡으시오. 왕자님은 지금 소호로 돌아갈 생각이시오."

2

 장군은 지도를 챙겨 들고 엔릴과 함께 길을 나섰다. 안내를 맡은 사람은 제후의 장남 두두로, 엔릴을 자기 영웅으로 삼고 있는 열다섯 소년이었다.
 별읍장이 보낸 지도에는 메소포타미아 상류 니네베에서 티그리스 강변에 있는 사마라까지는 점선으로 그려졌고, 거기서 디얄라 강 하류 쪽 에슈눈나와 그 근처의 야림(수메르 이전의 북부)에는 동그라미가 쳐져 있었다. 하류 쪽 우바이드까지는 다시 점선으로 표시된 것은 다른 어느 곳보다도 야림을 중점적으로 살펴보라는 뜻이었다.

 야림은 청동 기술의 시발지였다. 천여 년 전(기원전 4000년) 구리에 납을 섞는 것을 시작으로 지금은 작은 양의 다른 금속을 섞어도 극적으로 변하는 기질을 이용해 소나 사자의 동물상, 칼, 주전자 등 용도에 따라 자유자재로 제품을 생산했다. 마차 바퀴도 이미 주석과 납, 아연을 첨가해 내식성과 내마모성에 강한 쇠바퀴를 사용했다.

금속의 발견과 발전을 금, 은, 동, 철로 나눈다면 채광이 시작된 것은 구석기시대이고 최초로 관심을 가진 금속은 금과 은이었다. 처음에는 땅을 파거나 광산을 지날 때 우연히 반짝이는 금속을 발견했고 이것을 지배층에 헌납했다. 지배층에서 이것을 진기한 보석처럼 특별한 장신구로 이용하면서부터 사람들은 돌에 박힌 금까지 채취하기에 이르렀다.

구리 역시 적금赤金이라 불릴 만큼 빛깔이 붉고 반짝거렸음에도 사람들은 이 신기한 광물을 주워다가 장신구가 아닌 못과 핀부터 만들었다. 지금껏 발견된 가장 이른 시기의 구리용품은 기원전 7000년경 터키에서 만들어진 핀과 못이며, 이는 야금술이 시작되기 3천 년 전이었다.

사실 구리는 성질이 부드러워 망치 하나로도 뭉치거나 판판하게 펼 수 있고 그래서 핀이나 못을 만들었겠지만 그것으로 더 큰 것을 만들기에는 자연 구리가 그리 흔치 않았다. 그들은 광맥 원석을 가열해보기 시작하여 여기서 처음엔 납을 얻었으며 다시 화력을 올리고 또 올리는 방법으로 구리, 은, 주석 등을 추출했다.

실제 청동기 문화가 시작된 것은 2천~3천 년간의 열처리 시험 과정을 거친 이후였다. 그동안 원석으로부터 구리나 은 등 단순 금속만 따로따로 추출하다가 마침내 구리와 다른 금속의 합금 요령을 알아냈고 비소의 청동, 주석의 청동, 여러 가지 원소와 합금된 청동 등으로 발전해왔다.

한데 야림이란 곳은 사라진 지 오래였다. 대상들은 자기 교역권에 대한 방어로 지도나 지역에 대해 혼자만 알고 있는 경우가 많았고 누가 물어도 대충 가르쳐주는 법인데 별읍장이 그들로부터 들은 기억으로 지도를 만들었다면 그건 암호와 같은 내용일 것이다.

이틀째 되는 날 아침 강가에 앉아 장군이 잡은 오리를 구워 먹고 있을 때 선인 둘이 말을 타고 달려왔다.

"장군님, 좌군 기병들이 탈영했습니다!"

"뭐야? 은대장은 어떻게 대처하고 있나?"

"남은 기병들을 동원해 추격하고 있습니다."

좌군 기병은 1백 명으로 신임 장군 계열이었다. 정벌이 끝났는데 왜 귀향하지 않느냐, 언제 떠날 것이냐고 불만을 털어놓더니 기어이 일을 벌인 모양이었다.

장군이 엔릴에게 말했다.

"저는 돌아가 일을 수습할 테니 왕자님께선 예정대로 다녀오십시오."

군사 문제라면 자기가 나선다고 해결될 일이 아니다. 각자 맡은 일을 처리하는 것이 시간을 벌겠다 싶어 엔릴은 장군의 제안을 받아들였다.

딜문이 메소포타미아 상부에 있다면 시파르Sippar가 중간 지점, 에리두가 최하단인 셈인데 현재는 도시 발전이 중간에서 하류 쪽으로 집중되어 있고 에리두가 문화의 중심 지역이지만 전에는 상류 쪽이 먼저 번성해 문명의 꽃을 피웠다. 자모르(기원전 6500년), 하수나(기원전 5800년), 사마라 등에서 아름다운 채문토기, 즉 할라프(기원전 4000년) 문화를 발전시켜 시리아와 아시리아 각지로 전파시켰다.

두두가 첫 번째로 안내한 곳은 키시Kish였다.

"저기 봐요. 우습지요?"

두두가 키시 마을 초입에 있는 제단을 가리켰다. 제단은 바닥을 잘 닦아둔 넓은 공터였다. 거기에 나무로 깎은 커다란 여신상과 그 앞에는 흙으로 빚은 인형이 빼곡히 세워져 있었다. 키시는 모신母神을 숭배했으며, 그 앞에 놓인 토우는 주민들이 가져다 둔 자신들의 자식 혹은 가족이었다.

"변란 후 외사촌과 이곳에 왔지요. 그때 저 토우를 보고 딜문에서 죽은 어린이들과 그 가족이 생각나 많이 슬펐어요."

"야금소나 시장은 없나?"

"야금소는 없고요. 시장에 가요."

시장에는 말린 무화과를 파는 처녀가 있었다. 처녀는 아주 친절했고 전에 숙소를 제공해주기도 해서 인사라도 하고 가야 했다.

처녀는 활짝 웃으며 두두를 맞았다. 두두는 외사촌의 안부를 전했다. 처녀는 무화과를 작은 갈대 바구니에 담아 두두가 아닌 엔릴에게 내밀었다. 얼굴이 발개지는 것이 첫눈에 반한 듯했다.

'전에는 외사촌 형에게만 관심을 주더니 오늘은 또 왕자에게만?'

두두는 기분이 씁쓸했지만 자기가 처녀보다 어리다는 것으로 위안을 삼았다.

처녀가 별안간 재촉했다.

"어서 떠나세요!"

한 떼거리의 불량배들이 말을 주시하며 다가왔다. 눈길에는 탐욕이 이글거렸다. 그처럼 잘생긴 말은 처음이니 서로 먼저 뺏으려고 살기까지 띠고 있었다.

"어서 달아나요!"

불량배들이 달려왔다. 엔릴과 두두는 속력을 가했다.

213

3

 방풍림이 노을 옷을 입고 나란히 서 있었다. 온통 오렌지 색이라 꿈의 한 장면을 보는 기분이었다.
 "방풍림 안에 시내가 흘러요. 마을은 좀 더 안으로 들어가야 하고요. 그러니까 이제 다 왔다는 뜻이지요."
 두두는 눈을 찡긋거리며 말했다. 전에 외사촌 형과 여행할 때 시장에서 광대들의 촌극을 본 뒤 그도 곧잘 과장스러운 제스처를 곁들였다.
 "한데 무슨 연유로 네 외가는 이렇게 먼 곳에 있니?"
 두두 외할아버지의 가계는 대대로 대상이었다. 원적은 파내류였고 그의 부친은 최초로 청동 장검을 사서 왕에게 바친 사람이었다. 그 뒤 본격적으로 청동 교역이 시작되었다. 부친은 그 루트를 전수하기 위해 아들이 소년일 때부터 데리고 다녔다. 두두의 외할아버지는 20세가 넘자 큰 대상이 되었고 그때부터 혼자서도 5천 리 길을 오르내렸는데 어느 날 니푸르Nippur를 지나다가 그만 뱀에 물리고 말았다.
 "그 뱀에 물린 정황도 사뭇 이상했다나요? 제 사촌 형은 이렇게 표현

했어요."

두두는 그 부분을 강조하고 싶다는 듯이 사촌 형 시늉까지 내며 덧붙였다.

"때는 바야흐로 저녁 어스름이었단다. 할아버지께서는 분명히 보셨단다, 저만치 길 한가운데 큰 쇠똥 무더기가 있다는 것을. 길 가는 사람에겐 쇠똥도 귀찮은 법, 그리하여 피해 가야 한다고 생각하셨단다. 그런데 할아버지의 발이 그만 그 무더기를 툭 치고 마셨단다…."

그것은 쇠똥이 아닌 뱀의 똬리였다. 뱀은 젊은 대상을 물고는 슬며시 사라졌다. 젊은 대상은 온몸이 마비가 되어 그 자리에 쓰러지고 말았다. 날은 어두워오고 주인은 쓰러졌으니 노새들은 당황해서 힝힝 울어댔다. 그때 약초를 캐서 집으로 돌아가던 마을 의원이 발견하고 그를 집으로 데려가 해독을 시켜주었다. 그 의원이 두두 외할머니의 부친이었다. 그러니까 외할머니가 무남독녀였는데 의원이 젊은 대상을 붙잡고는 그만 사위로 삼고 말았다는 내력이었다.

"외할아버지는 3남매를 두셨는데요, 제 어머니가 첫째 딸, 그러니까 외삼촌 다음에 태어나셨어요."

"어머니의 형제분들도 다 딜문 사람과 결혼하셨고?"

"외삼촌은 여기 분과 결혼하셨어요. 우리 어머니와 이모는 딜문 사람과 결혼하셨고요."

"외할아버지는 아직 살아계시냐?"

"아니오. 제가 어릴 적에 돌아가셨어요."

냇가에 내려 말들이 물을 먹는 사이 엔릴은 시내와 강이 만나는 지점을 바라보았다. 강과 시내가 만난다는 인사인지 부연 물안개가 일고 있었다. 강은 운명이고 그 강으로 비집고 드는 시냇물은 인간이라는 생각이 들었다.

'내가 나의 진정한 운명을 만날 지점은 어디쯤일까?'

"이제 들어가지요."

마을 가옥은 갈대로 이어 올린 오두막이 있는가 하면 텔을 뒷벽으로 이용한 연립식 흙집, 흙벽돌에 갈대를 씌운 큰 건물도 있었다..

엔릴이 두두에게 물었다.

"여기도 야금장이 있냐?"

"여긴 큰 도시가 아니라 시장도 없어요."

"아까 우리가 본 키시 시장도 큰 쪽에 속하나?"

"에이, 그렇게 말씀하시면 큰 시장들이 서럽다고 울어요. 큰 시장에는 말이죠, 마술사도 있고 장터 악사, 보석, 단도, 뼈바늘, 쇠바늘, 갈고리, 납구슬, 없는 거 없이 다 있어요."

"그럼 내일 일찍 출발하자. 알겠지?"

두두의 말이 외갓집 앞에 멈추어 섰다.

엔릴은 저녁 식사에 초대를 받았다. 식탁은 화덕을 가운데로 빙 둘러가며 토단을 쌓아 올린 것이고 그 앞에는 흙벽돌 의자들이 놓여 있었다. 두두의 외갓집은 식구도 많았다. 외삼촌의 장성한 아들들과 두두의 외할머니, 이모, 그리고 한 처녀가 있었다. 식사 수발은 외삼촌 아내와 이모, 처녀가 맡았다.

"자, 드시지요."

외삼촌이 엔릴에게 권했다.

"왕자님, 우리 외삼촌은요, 여기 촌장님이셔요. 제일 높으신 분이죠."

두두가 말했다. 엔릴이 "아, 그래요?"라고 대답하는데 촌장이 두두를 가볍게 나무랐다.

"식사하시는데 웬 방해냐. 그런 이야긴 차차 해도 된다."

모두 입을 닫고 식사를 시작했다. 양고기는 소금만 넣고 삶은 것 같은데도 맛이 독특했다. 한창 배가 고팠던 참이라 엔릴이 부지런히 먹고 있는데 처녀가 불그레한 콩죽을 가져다주면서 엔릴에게 생긋 웃어 보였다.

"왕자님, 어떻게 생각하십니까? 딜문도 머잖아 아주 발전할 것 같지 않습니까?"

촌장이 물었다.

"그래야지요."

"그렇습니다. 변란 뒤에 환족이 도시로 스며들어 그곳의 기술이나 용병술을 배우고 있으니 그 또한 붙박아둔 인재가 되겠고…. 딜문이 다시 힘없는 속국이 된다면 머잖아 존재 자체도 사라지고 맙니다. 그것은 종주국이나 환족 모두에게 치명적인 일입니다. 딜문을 튼튼하게 일으켜 세운다면 내륙의 북쪽에서는 가장 강한 나라가 될 수 있습니다. 딜문이 허약할 때 어떻게 되었습니까. 곡식도 모르는 그 시시한 야만인들에게 당하고 말았습니다. 문명인으로 살아온 우리에게는 수치입니다. 그런 일은 이제 두 번 다시 없어야 합니다. 제후는 용병으로 가 있는 주민들은 별 소용이 없다고 했지만, 제 생각에는 반드시 불러들일 때가 있을 것입니다. 그때를 위해 지속적인 지원이나 연통을 해야 합니다. 제후가 왔을 때 제안해보았습니다. 지금이라도 왕자님과 기병들의 도움을 받아 도시 하나를 쳐라, 그러면 시파르나 키시 정도는 간단하게 손에 넣을 수 있다고요. 한데 제후는 시급한 것이 딜문을 살리는 일이라며 손사래를 치더군요."

촌장이 물을 한 모금 마신 뒤 계속했다.

"딜문은 땅은 좁으나 인구가 많아 그중 3분의 1이 장사를 하는 까닭도…."

전에 딜문 사람들은 대상들이 가져오는 비단과 갖옷 등을 받아 남단 끝 에리두나 우바이드로 가서 청동 제품과 바꾸어 왔고, 위에서 온 대상들에게 다시 넘기곤 했다. 그것은 대상에게도 주민들에게도 합리적인 유통 과정으로 서로가 길품을 줄여주면서 이문을 얻었다. 다시 말해 중간 상인 역할을 했던 것인데, 그중에는 벌써 후르리와 미탄니 등 소아시아까지 자체적인 교역을 하는 큰 상인도 있었다. 하지만 그 모든 것을 침략자들에게 자루째 톡 털어준 결과이니 이제는 영토 확장과 군사력에 힘을 써야 한다는 것이 촌장의 주장이었다.

처녀가 엔릴 앞에 술을 가져다주었다. 식후 소화를 돕는다는 약술이라 했으나 어떤 술이든 생각과 판단력을 마비시킨다는 것을 그는 이미 잘 알고 있었다.

"먼 길을 왔더니 피곤하군요."

엔릴이 몸을 일으켰다.

"제가 무례했습니다. 어서 가서 쉬십시오."

두두가 자기 가족이 머물렀던 방으로 엔릴을 안내했다. 양쪽 벽에 침대가 놓인 제법 큰 방이었다. 엔릴은 곧장 침대로 가 몸을 뉘었다.

두두가 말을 걸어왔다.

"우리 이모와 닌 누나가 왜 여기 사는지 궁금하지 않으세요?"

엔릴에게 술을 가져다준 처녀의 이름이 닌인 모양이었다.

"이모부가 지난번 변란 때 돌아가셨기 때문이에요."

호랑이도 제 말 하면 온다더니 닌이 꿀물을 들고 들어왔다.

"식후에 그냥 주무시면 갈증이 난다고 할머니가 이거 마시래요."

엔릴이 꿀물을 받아 마셨다. 술에 절어 있는 이튿날이면 찬물 한 사발을 주던 방이를 떠올릴 때 닌이 두두에게 말했다.

"에리두에 간다면서? 분홍색 웨브(실크 같은 면) 좀 사다주겠어?"

"그런 일에 낭비할 시간이 없어."

두두가 딱 잘라 거절했다. 닌의 얼굴에 금세 실망감이 어렸다. 엔릴이 물었다.

"웨브가 뭐지요?"

"천이에요. 여름에는 햇살이 너무 강해서 머리 수건을 만들어야 하거든요."

"알았어요. 내가 사다 드리리다."

닌은 고맙다며 생글 웃고 방을 나섰다. 두두가 말했다.

"사실은 저도 사다 줄 생각이었어요. 장난으로 한번 튕겨본 거지요."

"내가 네 장난을 방해했구나."

"왕자님은 청동거울을 가지고 싶다 하셨지요? 그것 말고 사고 싶으신 것 없으세요? 에리두는 시장이 커서 없는 것이 없어요."

"생각해보마."

"가는 도중에 여기저기 구경도 하고요. 우리 외할머님 말씀이 좋은 사람과 좋은 구경을 하면 행복이 열린다고 하셨어요. 그러니까 제가 왕자님 나무에 행복을 주렁주렁 달아드리겠다, 그 말이지요."

"그 행복 열매를 내일 아침 일찍이 달아주겠니?"

두두가 헤 웃으며 그러겠다고 대답했다.

4

 은대장은 화가 나서 가슴이 터질 지경이었다. 최고 지휘자들이 자리를 비운 사이에 엄청난 일이 발생했으니 이 일을 어찌할 것인가.
 그는 기병 전원을 소집해 곧 출동했다. 틀림없이 베히스툰 쪽으로 갔을 것이다. 딜문에서 베히스툰까지는 5백 리 길이었고 강물이 불어 건너는 데도 많은 시간을 허비했다.
 "안내봉 앞에 사람이 많은데요?"
 기병장이 말했다. 돌산 앞에 장이 서 있었다. 도자기, 양과 염소 새끼, 각종 씨앗, 유라시아에서 내려온 카펫, 동방에서 온 비단과 담비 갖옷도 있었다. 도자기는 할라프 채색 무늬가 주종을 이루었고 터번을 구름처럼 올린 남자는 아동용 칼자루를 모양대로 펼쳐놓고 손님과 흥정을 벌이고 있었다.
 셈족 말을 배운 달가가 탐문하고 돌아왔다.
 "기병들이 여기에 왔답니다. 아침 일찍이 말입니다. 그들이 은붙이를 주고 양들을 말에 실어 북쪽으로 갔다고 합니다."

아침에 떠났다면 매우 먼 거리까지 갔을 것이다. 은대장은 맥이 빠졌다. 왕자와 장군이 돌아오면 어떻게 보고할 것인가. 제후가 그들에게 돈을 주었다는 것도 미리 알지 못했으니 무슨 변명을 할 것인가. 더욱이 군사 증원을 요하는 시기가 아닌가!

은대장이 추격 명령을 내리고 전열을 세울 때 장군의 말이 달려왔다.

5

엔릴과 두두는 남쪽을 향해 달렸다. 내려갈수록 초원이 짙어졌고 양들이 한가롭게 풀을 뜯고 있었다. 봄도 태어나고, 성장하고, 무르익는다면 지금은 한창 무르익어가는 그런 봄이었다.

말들이 물을 먹는 사이 두 사람은 휴식 시간을 가졌다. 엔릴은 바닥에 등을 대고 누워 하늘을 바라보고, 두두의 시선은 수양 한 마리가 암컷에게 올라타려고 애를 쓰는 곳에 멈춰 있었다. 아버지는 변란을 겪었을 때 가장 큰 걱정은 두두가 어려 후손이 끊어지는 것이었다. 그래서 올해는 반드시 장가를 보내겠다고 벼르고 있었다.

두두가 엔릴에게 물었다.

"왕자님, 양은 몇 살 때 장가를 가나요?"

엔릴은 대답하지 않았다. 니푸르를 떠나오면서부터 어떤 생각들이 갈마들어 두두의 질문이 귀 밖에서 흩어져버렸다.

'환웅천황께서도 소머리 강에 도착하시어 그 지방의 여성, 웅녀와 결혼하셨다. 복희, 여와 등 수많은 성천자는 신시에서 나셨고 그들은 환

웅천왕과 웅 왕비의 자손이었다.'

그리고 이어지는 생각은 '웅녀는 타종족이었지만 닌은 그래도 같은 종족'이라는 것이었다.

'내가 지금 무슨 생각을 하고 있나!'

엔릴은 벌떡 몸을 일으켰다.

"우바이드부터 간다!"

"누나한테 웨브를 사주기로 하셨잖아요?"

두두는 에리두를 좋아했다. 시장은 물론 부두에도 큰 교역선이 많았고 배마다 얼굴색이 다른 사람들이 물품을 내리곤 했다. 이번에도 그것부터 구경하자고 어젯밤 합의를 했건만 왜 갑자기 저러는 것일까?

엔릴은 대답도 않고 천둥이를 불렀다.

6

야금장이는 가마 앞에 엎드려 바닥에 떨어진 금속을 줍고 있었다. 연회색과 광택이 있는 금속, 육면체의 결정, 굵은 덩이가 화덕 안쪽에 수북이 쌓여 있었다. 그것은 사흘간 1천 도 이상의 화력을 올려 얻은 납과 은의 재료인 황화연과 황화은이었다. 그 밖에 구슬 같은 알갱이도 모여 있었는데 그것은 광석에서 납이 저희들끼리 뭉쳐져 떨어질 때 생긴 형태로 구슬치기에 적당했다. 그래서 야금장이들은 가끔 자기 아이들에게 그 알갱이를 가져다주곤 했다.

옆에 둔 통이 금속으로 가득하자 야금장이가 그것을 집어 들고 몸을 일으켰다.

"아저씨!"

작업장 입구에 두두가 웬 청년과 함께 서 있었다.

"너 왔구나. 잠깐 기다려라."

야금장이 누딤은 최고 기술자로 환족이었고 니푸르 촌장과도 각별한 사이였다. 두두가 한 달 전에도 왔었다는 이야기를 하고 있을 때 야금장이가 금속 통을 선반에 가져다놓고 돌아왔다. 생김새가 전형적인 한민족이었다. 검은 머리를 단정하게 묶은 것이나 편편한 뒤통수, 선해 보이는 눈매가 그러했다.

두두가 말했다.

"오늘도 청동거울을 만드시나 해서 왔지요. 왕자님은 멀리서 오신 분이라 그런 구경은 못 하셨다지 뭐예요."

"왕자님이라면 딜문을 구해주셨다는 바로 그분이시로군요. 정말 큰일을 해주셨습니다. 우리 환족을 활인해주신 분인데 이거 어떻게 대접을 해드려야 하나…."

"대접이라니요, 그냥 하룻밤만 재워주시면 고맙겠습니다."

"그야 어렵지 않지요. 누추하지만 제 집도 있고…."

그리고 그는 자신의 환족 이름은 '누딤'이고 여기 와서 '무드'란 이름까지 얻어 '누딤무드'가 되었다고 말하며 계면쩍어했다. 엔릴은 이름이 넉 자라 듣기에도 넉넉해서 좋다고 말한 뒤 두두와 여행을 하다 보니 이렇게 귀한 사람도 만난다고 덧붙였다.

"한데 어쩌지요? 오늘은 청동거울을 만들지 않는데…."

"그럼 내일 만드십니까?"

"아니오. 원료가 도착하지 않아 요즘은 쉬고 있습니다. 그래도 가마 구경을 하시겠습니까?"

"예, 보고 싶습니다."

야금장이가 가마 쪽으로 안내했다. 가마는 벽돌로 쌓은 긴 원통형이고 바닥 입구가 화로였으며 그 위에 광석이 올려져 있었다.

"요즘은 은을 추출하고 있습니다. 왕실 공주가 결혼을 하는데 주전자와 식기까지 은으로 만들어 올리라는 부분이라서 말입니다."

그는 화덕 안을 가리키며, 납을 녹일 때는 가마를 사용하지 않아도 되며 화력도 역청으로 대신할 수 있으나 은이나 구리를 뽑을 때는 사흘 내내 장작불을 때야 한다고 했다. 또 구리는 처음에는 초록이나 검정으로 흘러내려 금속으로 보이지 않고 그것을 다시 재련하면 원형이 나온다, 은은 거의 모두 납의 원광에서 추출되는데 원광을 녹이면 납은 고체로 떨어지고 은은 오래도록 액체로 뭉치다가 나중에는 쇠 찌꺼기처럼 남는다, 은은 산화되지 않는 유동체인데 액체로 뭉칠 때 추출해낼 방법만 있다면 그대로 거푸집에 부어 장신구를 만들 수 있겠으나 아직 그런 기술은 없고 일단 식은 다음에 다시 녹여 장신구나 술잔 등을 만든다고 설명해주었다.

엔릴이 물었다.

"여기서 장검도 주조하십니까?"

"아닙니다. 예전에는 이곳 우바이드가 가장 왕성했으나 요즘은 에리두와 우루크가 훨씬 앞서 있어 주로 거기서 주문합니다. 마차 바퀴나 무기 생산은 그쪽에서 거의 독점하고 있는 실정이지요."

우바이드 청동 제품은 사양길로 접어들고 있다?

"아직 일이 끝나지 않으신 것 같은데 그동안 우리는 시내 구경을 하고 오겠습니다."

"그러십시오. 지리는 두두가 잘 압니다."

밖으로 나오자마자 두두가 말했다.

"시장에 가면 아주 용한 장님 점쟁이가 있어요. 얼마 전 아버지와 함께 가봤는데요, 앞에 앉자마자 아버지더러 '당신 잃어버린 광산을 되찾

왔군' 그러는 거예요. 왕자님이 딜문을 정벌하신 뒤에 말이에요. 거기 한번 가보시겠어요?"

"또 시장 타령이냐? 나는 군주의 성이 보고 싶으니 그쪽으로 안내하거라."

우바이드는 이 내륙에서도 가장 먼저 도시로 번창한 곳이었다. 약 5백~6백 년 전 에리두와 하지 무하마드가 촌락 공동체일 때부터 우바이드는 도시화되어 굽은 장식의 도자기와 가지 무늬 토기를 유행시켰고, 중심이 특이한 모형의 금석 병용이라는 혁신을 이루었으며, 청동기 문화 또한 거기서부터 발전한 최고참의 도시국가였다. 그러나 달이 차면 기우듯이 이 도시도 이제는 사양길이었다.

시장과 마을을 지나가자 저만치 궁전이 보였다. 황혼이 둥근 청동 지붕을 감싸는 중이었으며 거기서 피어오르는 붉은 후광이 옛 위용을 뽐내려고 안간힘을 쓰고 있었다. 전체적인 느낌은 겨울이었다. 군사력도 부실해 치고 들기는 쉽겠지만 소호에서 필요한 도시는 봄기운이 서린 곳이다.

7장
고난의 길

운명을 결정하는 신들이 엔릴을 붙잡고 벌을 내렸다.
성범죄자 엔릴을 이 도시에서 쫓아낼 것이다….
― 수메르 신화 ―

1

제후는 곡식 창고에 갔다가 우연히 선인들의 이야기를 엿들었다. 그들은 창고 안에서 표창 던지기 연습을 하고 있었다. 왕자님이 정복할 곳을 물색하러 갔다 돌아오면 당장 출동할지도 모르고 위급한 상황에는 표창 부대도 나서야 하므로 연습을 해두어야 한다는 것이었다.

엔릴이 이곳에서 도시 하나를 정복한다면 딜문은 다시 소호의 속국으로 전락하게 된다! 제후는 기가 막혔다. 그는 야금장 설치를 추진하는 중이었다. 돌아온 주민들이 거의 빈털터리일 때 재건의 첩경으로 생각해낸 것이 야금소였다. 얼마나 뛰어난 발상인가. 최신형의 야금소를 세우고 최고의 제품만 생산해낸다면 대상들이 미쳤다고 먼 에리두까지 내려갈 것인가. 거리도 중간 지점인 데다 산이 있어 나무 또한 지천이지 않은가. 우바이드 야금장이도 몇 번이나 강조했다. 가마도 중요하지만 나무가 생명이다, 우루크의 기술혁신도 장작에서 나왔다, 그리고 원석이다….

'그래서 원석 광산까지 뚫었는데 엔릴이 선수를 치겠다고? 청동의 본고장에서 수만 리 밖의 본국에다 그 이권을 빼앗겨? 이 지방의 환족들이 다 웃을 일이다. 장을 담근 것은 너희들인데 어찌하여 장아찌까지 빼앗기느냐! 그럴 수는 없다!'

제후는 곧장 니푸르로 달려갔다.

"처형, 그게 무슨 소리요? 내 아들 두두가 왕자를 안내해 갔다는 말이오?"

"우바이드로 해서 에리두까지 돌아본다고 했는데? 매제 말처럼 점령지를 물색하러 왔다면 그 왕자 아주 엉큼하군. 내가 그런 말을 비쳤을 땐 관심도 없는 척했는데."

"그야 처형도 우리 식구라 경계했을 터이고… 그 밖에 달리 하겠다는 일은 없었소?"

"닌에게 천을 사다 준다고 약속했다더군."

제후는 당장 닌을 불러들였다.

"왕자와 무슨 이야기를 했는지 말해보아라."

"아무 이야기도 하지 않았어요."

"천을 사다 준다고 했다는데도?"

"처음은 두두한테 부탁했는데 두두가 싫다고 하자 왕자님이 사다 주겠다고 하셨어요. 그뿐이에요."

"왕자가 널 좋아하는 것 같더냐?"

"그런 말은 하지 않았어요."

"천을 사다 주겠다고 했으니 좋은 기회다. 잘하면 왕자님한테 시집갈 수 있다. 하지만 너는 평민이다. 귀족이 가지지 못한 것을 보여주어야 한다. 내가 가르쳐준다면 따르겠느냐?"

닌은 얼른 대답할 수가 없었다.

2

엔릴은 마음이 바빴다. 야금장이의 말에 따르면 제후가 야금장을 차릴 계획이고 이미 원석 구입을 위해 사람까지 보냈다고 했다. 한시바삐 장군을 만나야 했다. 기병 문제를 해결했다면 니푸르에 와 있을 수도 있다. 엔릴은 에리두에 들러 닌이 부탁한 천을 산 뒤 강변을 타고 내달렸다.

촌장의 집 앞에서 엔릴이 두두에게 웨브 천을 내밀며 말했다.

"여기서 기다리마. 이걸 전해주고 장군이 왔는지도 물어보아라."

안에 들어갔다 나온 두두가 시무룩하게 말했다.

"아무도 없어요."

"한데 웨브는 왜 들고 나왔나? 그건 두고 가야지."

"아무도 만나지 않고 가면 식구들이 화를 낼 거예요. 누나는 빨래터에 있을 테니 왕자님이 직접 전해주고 오세요. 전 여기서 기다리고 있겠어요."

장군이 왔다면 닌에게 물어도 알 수 있을 것이다. 엔릴은 곧장 빨래터로 향했다.

빨래터는 방풍림 위쪽이었다. 엔릴은 개울 초입에 천둥이를 세워두고 혼자서 위로 올라갔다.

닌이 머리를 감고 있었다. 끝날 때까지 기다리려고 멀찍이 물러나는데 갑자기 비명 소리가 들렸다.

"뱀, 뱀이야!"

뱀이 닌 앞에서 긴 몸을 흔들어대고 있었다. 엔릴은 신검을 빼 들고 물속으로 뛰어들어 뱀을 내려쳤다. 잘려 나간 것을 느끼지도 못했는데 뱀의 몸 한 조각이 닌의 이마에 올라 붙었다. 닌이 기절하자 그는 칼을 놓고 재빨리 닌을 안아 올렸다. 닌의 이마에 붙은 것은 뱀이 아닌 헝겊 조각이었으나 닌이 기절한 까닭은 이모부(제후)가 만들어준 헝겊 뱀 때문이 아니라 엔릴의 칼이 자기를 겨냥하는 줄 알았기 때문이었다.

한밤이었다. 엔릴이 깊은 잠으로 빠져들자 두두가 소리 없이 일어나 침대 머리맡에 놓인 신검을 잡았다. 어젯밤 물이 들어가서 말려야 한다고 칼과 칼집을 따로따로 세워두었던 것이다.

두두는 두려웠다. 하지만 해내야 한다. 아이는 칼과 칼집을 조심스럽게 집어 들고 발소리를 죽여 방을 나갔다. 어두운 거실이 아이를 가로막았다. 넘어지면 거실이 아닌 칼이 자기를 동강 낼지도 몰랐다. 아이는 쥐가 나도록 긴장해서 외삼촌 방으로 향했다.

외삼촌 방 앞에 이르자 외삼촌이 양가죽 커튼을 들어주었다. 두두가 방 안으로 들어서는 순간 아버지가 안쪽에서 불을 켰다. 두두는 아버지 앞으로 가서 신검을 내밀었다.

"가져왔어요."

"잘했다."

제후가 불빛으로 신검을 확인한 뒤 그 칼을 칼집에 넣고 외삼촌에게 내밀었다.

"처형, 잘 보관해두시오. 그리고 주인이 이 집에서 떠날 때까지는 절대로 만지거나 건드리지도 마시오."

외삼촌은 신검을 궤짝에 집어넣은 뒤 몸을 일으켰다.

"나가세."

바깥은 칠흑 같은 어둠이었다. 제후가 두두의 어깨를 끌어 잡고 나직이 말했다.

"네 말도 천둥이 옆에 두었다."

두두가 엔릴에게 우바이드 야금장이까지 소개시키고 거기서 사흘이나 머물렀다고 했을 때 이건 자식이 아니라 악물이라 싶었다. 그러나 아들은 엔릴에게 준 곳간 열쇠를 스스로 되찾아오지 않았는가.

"천둥이 고삐를 단단히 잡아야 한다. 그리고 사마라 성터에서 기다리고 있어라."

"아버지, 이렇게 하면 정말로 왕자님이 떠나지 않으시나요?"

낮에 아버지는 땅이 꺼지도록 한숨을 쉬며 왕자가 우리 곁을 떠난다, 그래서 너와 여행을 했던 것이라고 말했다.

'안 돼요! 왕자님이 떠나다니, 날 두고 떠나다니. 안 돼! 안 돼!'

왕자님은 자신의 유일한 영웅이었다. 아이는 영웅을 놓치고 싶지 않아 자기도 따라갈 것이라고 떼를 썼다.

"그는 아무도 데리고 가지 않는다. 그러나 잡아둘 방법은 있다."

"어떻게요?"

"왕자님이 신검을 잃으면 여기서 떠날 수가 없다. 그러니까 우리가 그것을 훔쳐서 당분간 보관하면 된다."

"그래도 떠난다면요?"

"절대로 그러지 못한다. 왜냐하면 왕이 그 칼을 건네줄 때 혼자서는 돌아올 수 없다고 말했기 때문이다."

왕자가 자기 곁을 떠나는 것이 싫어 두두는 신검을 훔쳤다. 처음엔 겁도 났다. 자기가 주인이 아니라고 칼이 자기를 찌르거나 아니면 주인에게로 뛰어가 왕자를 깨울지도 몰랐다. 하지만 칼도 칼집도 얌전하게 자기 손에 잡혀 있었다. 칼집에 물이 들어서인지 아니면 두두가 엔릴과 친하다고 믿어주었는지 알 수 없으나 확실한 것은 이제 왕자가 자기 곁을 떠나지 않는다는 것이었다.

마구간 뒤에 도착해 외삼촌이 말했다.

"말들을 안심시켜야 할 것이다."

두두는 숨을 들이쉬었다. 가슴이 팽팽해지자 두려운 생각도 사라졌다. 그는 마구간 앞으로 걸어가면서 흥얼흥얼 노래를 불렀다. 말이 기척을 알고 쿵쿵거렸다. 두두는 간짓대를 내려놓고 안으로 들어가 자기 말의 목을 쓰다듬었다. 그리고 속으로 열을 센 뒤 입을 열어 신호의 말을 던졌다.

"너희 둘, 참으로 사이가 좋구나!"

두두는 두 마리의 말고삐를 잡아 쥐었다. 이제 외삼촌은 불을 지를 것이다. 거기에는 마른 갈대 더미가 준비되어 있었고 삼촌이 불씨를 놓으면 불길은 삽시에 번져 오를 터이다. 침을 한 번 꿀꺽 삼켰을 때 작은 불빛이 보였다. 불길이 오르는 순간 두두는 자기 말에 오르며 다급하게 말했다.

"천둥아, 불이 났어! 우리 어서 왕자님한테로 가자!"

두두는 마구간을 뛰쳐나간 뒤 곧장 달렸다. 불길에 놀란 천둥이도 그냥 달리기만 했다. 모든 것이 의도대로 진행되었다. 만약 그와 같은 방법을 쓰지 않았다면 천둥이를 속일 수는 없었을 것이고 만에 하나 아버지나 외삼촌의 일이 서툴렀다면 천둥이는 당장 엔릴이 자는 데로 달려가 주인을 깨웠을 것이다. 집 벽을 부수는 한이 있어도 그랬을 터이다.

'그래, 천둥아, 잘 따라온다. 사마라까지만 가자.'

니푸르에서 백 리쯤 벗어났을 때 두두는 엔릴에게 자신의 마음을 전했다.

'왕자님, 조금만 참으셔요. 하루만 참으시면 신검도 천둥이도 다 되찾으실 수 있어요. 그러니 어서 아버지에게 약속을 하세요. 여기에 머물겠다고, 두두와 함께 있겠다고….'

얼마나 달렸을까, 동이 터올 때 저만치 아카시아 숲이 보였다. 강줄기를 따라 한 번도 쉬지 않고 달려왔더니 별안간 피로가 몰아쳐왔다.

"너희들도 목마렵지?"

두두는 말들을 풀어주었다. 그리고 자신도 강가로 내려가 물을 마셨다. 얼마나 마셨는지 배가 올챙이 같아졌다. 별안간 잠이 쏟아져왔다. 걷잡을 수 없는 잠이었다.

"우리 여기서 조금만 자고 가자."

두두는 강가에 쓰러져 잠이 들었다. 밤새워 달려온 피곤이 두꺼운 수면층이 되어 그를 휘덮었다. 해가 그의 얼굴에서 벌침처럼 따끔따끔 쏘아델 때 두두는 잠에서 깨어났다. 눈을 떠보니 자기의 말이 걱정스레 내려다보고 있었다.

"알았다. 이제 가자꾸나."

그런데 천둥이가 보이지 않았다. 사방에 대고 불러보았으나 나타나지 않았다.

'달아났나? 아니야, 그럴 녀석이 아니지. 그럼 다시 니푸르로 돌아갔나? 그러기엔 너무 멀어. 또 말은 불이 난 곳은 다시 되돌아가지 않는다고 했어. 어쩌면 녀석은 딜문으로 갔을지도 몰라.'

두두는 말 등에 뛰어 올라 사마라가 아닌 딜문으로 달려갔다.

3

　엔릴은 갈증이 나서 눈을 떴다. 아침이었다. 두두가 보이지 않았다. 물이라도 청해 마시려고 침대에서 몸을 일으킬 때 방문 휘장이 쳐들리더니 낯선 장정 둘이 뛰어들어 그의 양쪽 팔을 휘어잡았다.
　"당신들은 누구요?"
　거실에는 두두의 외삼촌이 서 있었다. 엔릴이 황급히 물었다.
　"이 사람들이 왜 이럽니까?"
　"제가 잠이 깨실 때까지 기다리라고 당부를 했습니다만…."
　촌장은 그를 구해줄 생각은 하지 않고 쓸데없는 변명만 늘어놓았다.
　"대체 무슨 일입니까?"
　"왕자님께서는 마을 원로회에 고발되셨답니다."
　"고발이라니요? 무슨 까닭으로 나를 고발한단 말이오?"
　"이유는 저도 잘 모릅니다만, 저도 출두해서 통역을 하라는 명령을 받았습니다."
　"뭔가 오해가 있는 것 같소. 난 고발을 당할 그 어떤 일도 저지른 적이 없소이다. 촌장께서 이 사람들이 지금 큰 실수를 하고 있다고 말하시오."

촌장이 고개를 내저었다.

"이 마을에서는 촌장이라 해도 원로들의 명령을 거역할 수 없어요. 그러니 일단 가서 전후 사정을 알아보셔야 할 것입니다."

장정들이 그의 팔을 조여 잡고 등을 떠밀었다. 그는 신발도 챙겨 신지 못한 채 거리로 끌려 나왔다.

멀지 않은 곳에 회관 겸 재판소가 있었다. 엔릴은 안으로 끌려 들어가 가운데 놓인 의자에 앉혀졌다. 실내는 넓은 홀이었다. 양쪽 벽에는 끈으로 묶은 나무 의자가 군데군데 놓였고 사이마다 창을 든 사람이 서 있었으나 방청객이 없는 것이 비밀리에 여는 재판 같은 분위기였다.

정면엔 수염이 긴 노인이 앉았고, 양옆으로는 중늙은이들이 각각 세 사람씩 앉아 그를 지켜보았다. 그들이 자기를 심판할 원로들이고 가운데 앉은 노인이 재판을 주도할 모양이라고 엔릴이 대충 짐작하고 있을 때 촌장이 다가와 신발을 내밀었다.

"여기 신발을 가져왔습니다."

"고맙소."

엔릴이 신발을 받아 신었다. 젖었던 신발이 밤사이 말라 있었다. 발목에 가죽끈을 묶는 사이 촌장은 중늙은이들 옆으로 가 앉았다.

"젊은이는 본국에 아내가 있소?"

엔릴이 끈 매기를 끝내자마자 노인이 서둘러 물었고 촌장이 통역을 했다. 엔릴은 힘주어 대답했다.

"그런 것은 물을 필요가 없는 줄 압니다."

"대답하시오!"

"없습니다."

"그럼 이 니푸르엔 신붓감을 찾으러 온 것이오?"

"아니오."

"그러면 어찌하여 여자를 희롱했더란 말이오?"

"내가 어떤 여자를 희롱했단 말입니까?"

"솔직히 대답하시오. 그런 적이 있소, 없소?"

노인이 엄하게 다그쳤다.

"없습니다."

"어제 빨래터에서 한 짓은 무엇이었단 말이오?"

여기 끌려온 이유는 닌이와의 일 때문인가 보았다. 하지만 둘 사이의 일을 어찌 이 사람들이 간섭을 하는가?

"저는 부탁받은 물건을 전해주러 갔습니다. 처녀가 머리를 감고 있기에 돌아서는데 별안간 뱀이라고 소리쳤고 저는 그 뱀을 처치해준 것뿐입니다."

"그게 껴안는 것이오! 그것도 남성 금지 구역에서."

엔릴은 어이가 없었으나 정중히 말했다.

"진실이 그렇지 않습니다. 상세한 것은 처녀를 불러 물어보시기 바랍니다."

닌을 안고 내려올 때 닌은 곧 정신이 들었다. 그러자 엔릴은 천둥이를 불러 닌을 태우고 촌장 집으로 갔다. 그것이 왜 문제가 된단 말인가! 재판장이 경고조로 말했다.

"그 처녀도 죄인이오!"

"처녀가 죄인이라니 이해할 수가 없습니다!"

"그 처녀는 올해 열다섯이오. 혼인은 열여섯에 할 수 있으며 그 전에는 남자를 봐서도 안 되는 것이 이 마을의 법통이오. 그런데 그 처녀는 외간 남자를 만났고, 그 외간 남자는 그 미성년자를 강간했던 것이오."

남자를 만나도, 강간을 당해도 죄인이 된다니 이 무슨 어처구니없는 법통이란 말인가. 엔릴은 촌장에게 따졌다.

"닌은 나와 내통한 적도, 강간을 당한 적도 없습니다! 나 또한 그녀를 구해준 것뿐인데 대체 왜 이런 어처구니없는 누명을 씌운단 말이오?"

촌장이 말해주었다.

"누가 목격한 모양입니다. 닌도 큰 벌을 받게 생겼으니 그만 죄를 인정하십시오."

"닌이 벌을 받아요? 그 벌은 또 어떤 것입니까?"

"자의로 남자를 보거나 받아들였다면 마을 앞으로 끌려 나가 주민들에게 돌을 맞아 죽게 됩니다."

'돌을 맞아 죽어? 세상에 이런 잔인한 법도 있단 말인가?'

엔릴이 물었다.

"만약 강간을 당했다고 한다면 어떻게 됩니까?"

"일 년간 근신입니다."

재판관이 다시 추궁했다.

"죄인은 말하시오. 자기 죄를 인정합니까?"

엔릴은 장군의 말을 떠올렸다.

"왕자님은 신족이시고 신족에겐 남을 해할 운기가 없다고 했습니다. 설령 누군가가 왕자님 칼에 죽는다 해도 그건 왕자님이 죽이는 것이 아니라 그의 운이 그렇기 때문입니다."

뒤이어 자기 존재로 인한 가해자도 피해자도 만들지 않는다는 홍익인간 최상의 단계를 생각했다. 엔릴이 힘주어 말했다.

"인정합니다."

노인이 서둘러 판결 내역을 밝혔다.

"죄인은 우리 마을이 생긴 이래도 그 누구도 저지르지 않은 중죄를 저질렀소. 그것도 타방인이 말이오. 만약 죄인이 이곳 사람이라면 죽음을 면할 수 없지만, 멀리서 온 손님이라 그 점을 감안하여 형벌을 다소 감해주는 바이오."

노인은 잠깐 뜸을 들이다가 아주 큰 목소리로 형을 내렸다.

"죄인은 '저세상으로' 보내진다! 준비되는 대로 곧 호송하라."

'저세상? 형벌을 감해준다면서 죽이겠단 말인가?'

엔릴이 촌장에게 물었다.

"저세상이라니, 어떻게 된 것이오?"

"아주 먼 곳이라는 뜻입니다."

창을 든 남자들이 다가들어 그에게 오랏줄을 묶었다.

'아, 신검! 내 몸에서 떼놓은 것이 화를 불렀다!'

엔릴이 다급하게 촌장을 불렀다.

"촌장, 내가 자던 방 침대 옆에 신검이 있소. 끌려가기 전에 그것이라도 좀 가져다주시오."

촌장이 고개를 저었다.

"일단 형을 받은 사람에게는 그 어떤 것도 가져다줄 수 없습니다."

그 말은 천둥이도 데려다주지 못한다는 뜻이었다.

'녀석을 딜문에 보내면 장군이 알아차리고 군사를 대동해 올 텐데….'

나루터에 닿았다. 크고 작은 배들이 즐비했다. 엔릴은 야자나무가 줄지어 선 강둑에서 뗏목에 태워졌다.

엔릴은 그간의 경위를 되새겨보았다. 빨래터로 보낸 것은 두두였다. '그곳이 남성 금지 구역이라는 것을 녀석이 몰랐을 리 없지 않은가. 함께 잠들었는데 아침에 자리를 비운 것은 또 무슨 뜻이란 말인가?'

호송원이 그의 등을 떠밀었다. 벌써 건너편 나루에 닿아 있었다. 그가 뗏목에서 내려서자 호송원들이 그를 나귀에 태운 뒤 고삐를 잡았다.

4

 셈족의 땅 티드눔까지는 사막지대라 해도 경치가 아름다웠다. 멀리 돌산이 일직선으로 깎은 듯이 길게 이어졌고 중간 중간 망루처럼 솟거나 돌출한 바위 모습도 마치 사람 손으로 다듬은 듯 신기했다.
 땅은 모양도 높이도 색깔도 매우 다양했다. 돌산 앞으로는 잿빛 땅이다가 백 미터쯤 옆으로는 붉은 벽돌색이고 그 너머는 초콜릿 색깔이었다. 파미르 고원 쪽에는 산들이 각각 다른 색깔이었는데 여긴 땅이 현란하게 옷을 갈아입는 듯했다. 경계에는 벨트처럼 꽃이나 푸른 식물이 띠를 이루었으며 구릉지도 삼각형이나 둥근 형태로 모양이 각각이었다.
 티드눔을 지나면서부터 풍경이 완전히 달라졌다. 식물도 꽃도 사라지고 햇빛에 복사열을 뿜는 모래 능선만 죽은 매머드처럼 누워 있었다. 이글거리는 태양에 공기마저 뜨거운 모래 같아 숨 쉬기도 힘들자 엔릴이 신께 물었다.
 '이것이 저의 참 운명입니까? 수하 기병들은 탈출하고 저는 남의 나라에서 어이없는 누명을 쓰고 유배를 가는 것이 신족이 가진다던 그 운

명입니까?'

대답처럼 선사가 일러주던 말이 떠올랐다.

"너의 별은 봉황새별이다. 신께서 그 별을 보여주실 때 너의 운명이 완성되며 그때부터 신의 가호를 받는다."

신의 가호가 아직 거기에 이르지 못했다면 이 고통은 언제 끝날지 알 수 없다?

갑자기 졸음이 몰아쳐왔다. 태양이 그의 정수리에 내려앉아 곤충처럼 체내의 모든 수분을 빨아먹고 그 자리에 잠을 채워두는 것 같았다.

어디선가 말 울음소리가 들려왔다. 눈을 떠보니 저만치 복사열 속에서 천둥이가 달려오고 있었다.

"천둥아, 네가 날 구하러 왔구나!"

눈을 닦고 다시 보았다. 천둥이는 사라지고 그 자리엔 복사열만 녹아내리고 있었다.

'헛것을 보았나? 말 울음소리도 분명 천둥이었는데….'

5

 교법사는 답답했다. 장군이 두두의 마음을 진단해달라 했으나 아무 것도 보이지 않았다. 엔릴이 어디 있는지도 잡히지 않는 것이 자신이 감지할 수 없는 거리에 있다는 뜻이었다.
 "두두야, 바른대로 말해라. 왕자님은 도대체 어떻게 된 거냐?"
 "곧 돌아오실 거예요. 금방 오신다고요, 분명히…."
 아이가 허둥거리며 대답했다. 그 마음에 두려움이 연막을 치고 있는 것이 보였다. 장군의 추궁 때문인지 따로 내용을 알고 있기 때문인지 가려볼 수가 없었다. 장군이 다시 물었다.
 "왕자님을 잃어버렸으면 그 장소를 말해라. 그럼 우리가 출동해서 찾을 것이다."
 "오신다니까요!"
 비로소 두두의 마음이 보였다. 왕자가 여태 돌아오지 않는다는 것에 아이가 더 당황하고 있는 한편 반드시 돌아온다는 확신을 스스로 새겨 두고 있었다.

"헤어진 곳이 니푸르라고 했지?"

"장군님, 이틀만 더 기다려주십시오. 그때까지 안 오시면 저와 함께 니푸르로 가셔요."

장군이 교법사를 돌아보았다. 더 추궁한다 해도 아이 입에서는 시원한 대답이 나오지 않을 것이니 그만 돌려보내라는 눈치였다.

"그만 가보거라."

은대장이 탈영병들을 되잡지 못했을 때 장군은 차라리 잘된 일이다 싶었다. 그들은 태자 계열로 더 큰 문제를 일으키지 않은 것만도 다행이었다. 장군은 별읍장에게 전령을 보내 보병 5백을 요청했다. 이 지방은 기마병이 전무하니 남은 기병으로도 충분할 것이라 전략을 구상하고 있는데 두두가 혼자서 돌아온 것이었다.

교법사가 말했다.

"어떤 기운이 잡혀옵니다."

영파의 끝이 가늘게 떨렸다.

"좋은 기운입니까?"

"아니오. 왕자님이 고통을 겪고 계신 것 같습니다."

"어디, 어디에서 말입니까?"

영파를 끝까지 던져보아도 방향이 잡히지가 않았다.

"멀리 계신 것 같습니다."

"당장 니푸르에 가봐야 할 것 같습니다."

장군은 보초에게 두두를 다시 불러오라고 지시했다.

6

해가 저물어갈 때였다. 물웅덩이에 도착한 호송원들이 나귀를 풀고 짐을 내렸다. 대상들이 쉬거나 밤을 지내는 곳이라 주변에는 불 피운 자리도 보였다. 한 호송원이 엔릴을 풀어주며 나무가 있는 쪽으로 떠밀었다. 회초리같이 여위고 줄기가 산발한 메스키트 나무였다. 그는 좁은 그늘 속으로 엉덩이를 디밀었다.

말발굽 소리가 들려왔다.

'천둥인가?'

머리에 흰 천을 두른 두 사람이 달려와 호송원들 쪽으로 갔다. 그들이 호송원들과 이야기를 주고받더니 그중 한 청년이 물주머니를 들고 엔릴에게로 올라왔다. 어딘가 낯이 익었다.

"입술이 다 타셨군요. 어서 이 물을 드시지요."

"당신은 누구요?"

청년은 머리 천을 걷어내며 "절 모르시겠습니까?" 하고 물었다. 기억이 나지 않아 엔릴이 고개를 저었다.

"촌장의 장자 우투입니다. 저녁 식사 자리에서 뵌 적이 있지요."

우투는 약혼녀의 부친 생신에 다녀오느라 며칠간 집을 비웠다. 그가 돌아오자 닌이 그간의 사건을 들려주었다. 그가 반문했다.

"왕자님이 빨래터에 가셨다고? 거긴 남성 금지 구역이 아니냐. 사정을 잘 아는 네가 그럴 리가 없고 대체 누가 그런 일을 꾸몄단 말이냐?"

"두두의 아버지예요."

"제후가? 아무리 제후가 시킨 일이라 해도 그렇지 왕자님을 남성 금지 구역으로 이끌었다가 어떤 일이 벌어질지 짐작도 못 했단 말이냐?"

닌이 눈물을 그렁거리며 대답했다.

"저를 시집보내기 위해서라고 했어요. 하지만 왕자님은 먼 곳으로 끌려갔어요. 오빠, 왕자님을 구해주세요."

우투는 재판에 참관했던 보초를 만나보았다. 판결 이유는 외방에서 온 남자가 열다섯 어린 처녀를 강간했기 때문이라고 했다. 강간이라니, 왕자가 그럴 사람이 아니었다. 또한 닌이 열다섯이 아닌 열여섯이라는 것을 아버지가 모를 리가 없지 않은가. 우투는 아버지에게 달려가 왕자에게 그런 형벌을 내린 까닭이 무엇이냐고 따져 물었다.

"형벌이 아니다. 왕자님을 석 달간만 묶어두는 것이다. 모두 우리 겨레의 장래를 위해서다."

우투는 아버지의 어리석음을 일깨워줄 시간이 없었다. 당장 구하지 않으면 왕자의 군사들로부터 어떤 보복을 당할지 알 수 없었고 무엇보다도 왕자부터 도와야 한다는 생각에 닌과 함께 달려온 것이었다.

물로 목을 축인 엔릴이 우투에게 물었다.

"촌장의 장자가 무슨 일로 오셨소?"

"왕자님을 구하러 왔습니다. 호송원들이 왕자님을 인계하고 떠나주면 곧장 딜문으로 모실 생각이었습니다만, 자기들 임무라 그럴 수 없다는군요. 결국은 제 말을 들을 것이니 조금만 참아주십시오."

"나를 보낸다는 곳이 어디요?"

"멜루하(에티오피아)입니다. 사막 끝에 항구가 있고 거기서 배를 타야 갈 수 있는 아주 먼 곳입니다. 지금은 호송원들이 항구까지는 동행해야 한다지만, 사막 길이 만만치 않으니 곧 생각을 바꿀 것입니다."

엔릴이 물었다.

"이 일은 촌장이 꾸민 것이오?"

우투가 머뭇거리자 엔릴이 스스로 답했다.

"배후에는 딜문의 제후가 있겠구려."

우투가 힘주어 말했다.

"어쨌거나 저는 왕자님을 안전하게 구해낼 것입니다."

남장을 한 닌은 호송원들과 떨어져 앉아 엔릴 쪽을 지켜보았다. 닌은 매우 혼란스러웠다. 그날 아침 두두를 깨우러 갔으나 방이 비어 있었고 밖이 웅성거려 나가보니 왕자가 호송원들에게 끌려가는 중이었다. 왕자에게 가려고 군중을 헤치고 나갈 때 촌장이 자신의 팔을 잡아챘다.

"집에 가서 얘기하자."

왕자가 자기를 안고 오는 것을 누군가가 보고 원로원에 고발했다는 것이었다.

"너도 함께 광장에 세우겠다는 것을 간신히 모면했다."

"왕자님은 저를 구해준 것뿐이잖아요. 제가 원로들에게 모든 사실을 밝히겠어요."

"이미 판결이 난 것은 그 누구도 되돌릴 수 없다."

촌장은 진실을 밝힐 수 있는 위치임에도 너무 쉽게 받아들이고 있었다. 닌은 두두 아버지가 하던 말을 돌이켜보았다.

"왕자님이 널 좋아하는 것이 분명하다. 그야말로 횡재가 아니냐. 그도 장가들 나이가 지났으니 너를 아내로 취할 생각인 것이다. 빨래터로 가거라. 이 헝겊을 묻어놓고 머리를 감아라. 뱀이라고 소리치면 왕자님이 널 구해주고 아내로 맞아들일 것이다."

하지만 정말로 왕자님과 결혼을 시키고 싶었다면 그런 방법을 취하진 않았을 것이다.

우투 오빠가 돌아오고 있었다. 왕자님에게 의중을 잘 전한 모양이었다. 외할머니는 약초와 탕기를 챙겨주며 왕자님의 건강을 보살피라고 했다. 전갈에 물렸을 때는 그 자리에 풀뿌리 고약을 붙이고 약초를 삶아 마시게 하면 해독이 된다는 등 사용 방법도 자세히 일러주었다.

닌은 물웅덩이 저쪽으로 걸어갔다. 어두워지기 전에 벼를 찾아봐야 했다. 할머니가 일러주었다.

"물가 주변에는 야생 벼와 보리가 있다. 벼를 찾아라. 그 벼를 물에 넣고 끓이면 진물이 우러난다. 그것을 아침마다 먹여라. 그럼 사막의 갈증을 막아줄 것이다."

벼과의 풀은 빼빼마른 아카시아 나무 뒤쪽에 군락을 이루고 있었다. 수염이 긴 것이 보리였으나 할머니가 일러준 벼는 찾을 수가 없었다. 사막의 야생 벼는 알갱이가 아주 작고 그런 알갱이가 이삭마다 주렁주렁 달려 있다고 했는데 여기서는 자라지 않는 모양이었다.

7

 기병들이 촌장집 앞을 에워쌌다. 당황한 촌장이 제후를 몰아붙였다.
 "매제가 나가서 해결하게."
 해결은커녕 당장 죽임을 당할 것이었다. 장군이 어떤 사람인가. 왕자의 친구 담노까지 간단하게 처리해버렸다지 않은가. 제후가 애원조로 말했다.
 "처형이 나가서 나는 여기 없다고 말해주시오. 우선 시간을 벌어놓고 해결 방법을 생각해야 할 것 같습니다."
 "그런다고 간단히 물러갈 것 같은가? 어서 나가 우리 집 앞에서 철수해달라고 해주게."
 촌장은 제후와 손발을 맞춘 것이 후회막급이었다. 자신은 분명히 말했다. 그런 방식으로 왕자를 몰아대면 자멸할 수도 있다고. 그러자 제후는 신검이 모든 걸 해결한다고 말했다.
 "어서 나가보게. 타지방 기병들이 포위하고 있으니 주민들은 전쟁이 난 줄 알 것이 아닌가."

제후는 자기 가슴을 치고 싶었다. 무슨 귀신이 씌었다고 장군의 저런 대응을 계산하지 못했더란 말인가. 그는 장군과의 대면을 극구 피할 작정이었고, 만나지더라도 엔릴이 멜루하에 금을 가지러 갔다가 석 달 후면 돌아올 것이라고 둘러댈 참이었다. 군사들 입과 군량을 해결하느라 정신들이 없었으니 잘된 일이라고 할 줄 알았는데 두두를 닦달질하고 두두는 또 애비를 원수처럼 몰아대고 있지 않은가.

장군의 마지막 경고가 들려왔다.

"열을 셀 때까지 나오지 않으면 불을 지를 것이다!"

촌장이 말했다.

"신검을 가지고 나가 자초지종을 말하게. 그래서 용서를 구하게. 그 길밖에 없네."

"지금은 신검을 보면 더욱 분노할 것입니다. 시간을 좀 벌어주시오. 해결할 방법을 찾겠으니 제발 이 시간만 모면토록 해주시오."

두두 할머니가 몸을 일으켰다.

"내가 나서보겠네."

할머니는 머리를 쓰다듬고 옷깃을 여민 뒤 집 밖으로 나갔다. 그리고 장군에게 정중하게 말했다.

"제후는 오늘 저녁에 도착할 것입니다. 그때까지 회관에서 기다려주시면 어떻겠습니까? 그래 주시면 제가 원로회에 말해서 군사들 식사를 해결해드리겠습니다."

장군은 두두의 외할머니임을 즉각 알아차렸다. 제후를 빼돌릴 생각이라면 오늘 저녁에 온다는 말은 하지 않았을 것이다. 조사한 바에 따르면 이 마을의 민병대는 1백 명으로 공무를 겸한다고 했다. 그 정도에 반격을 당할 리 없다 해도 숙식을 먼저 제안한 것이 미심쩍지 않은가. 자신의 판단에 공포증을 가진 장군은 노인의 눈빛이 순수해 보였음에도 거칠게 반문했다.

"무슨 뜻으로 그런 제안을 하는 것이오?"

"사람 일이란 알 수 없기 때문입니다. 내 사위 제후는 오늘쯤 오겠다고 했으나 도착해봐야 알 수 있고, 군사들도 쉴 곳이 있어야 하기에 말입니다."

"우리가 여기에 온 목적은 왕자님을 찾기 위해서입니다."

"알고 있습니다."

"행방을 알고 있단 말입니까?"

"제 사위가 그 때문에 나갔으니 돌아오면 자초지종을 말씀 올릴 것입니다."

교법사는 자신의 투시력으로 집 안을 살펴보았다. 아주 어두운 곳에서 신검이 잠자는 것이 보였다. 주인의 기운으로 힘을 발휘하는 신검은 교법사가 기척을 알려도 스스로 일어나지 못했다. 제후도 거기 있었다. 빠져나갈 궁리로 전전긍긍하고 있는데도 노인이 거짓말을 했고 교법사는 노인의 거짓말을 곡물 속의 뉘처럼 골라내 진의를 측정했다. 거짓말에서 상생의 지혜를 찾아낸 교법사는 장군에게 일단 노인의 말을 받아들이라고 조언했다.

장군이 물었다.

"회관은 어디요?"

"바로 저기입니다."

할머니는 회관으로 기병들을 안내했다.

밤이 시작될 때 신검이 움직이는 것이 감지되어 교법사는 노인의 집 앞으로 가보았다. 촌장이 나오고 있었다. 촌장은 신검을 두 손으로 떠받들고 회관으로 향했다.

교법사가 되돌아와 장군에게 신검을 모실 준비를 하라고 일렀다.

"왕자님이 오십니까?"

"아니오. 우선 신검이라도 받아야 하니 의관을 바로 하고 계시오."

촌장이 들어왔다. 장군은 의자에 앉아 있었는데 엔릴이 재판을 받던 그 자리였다. 두려움이 엄습했으나 노모의 말을 명심했다.

"절대로 변명하지 마라. 오직 사건 과정만 알려주되 자연스럽게 말해야 한다."

신검을 본 장군이 벌떡 몸을 일으켰다. 그는 두 손으로 신검을 받아 교법사에게 넘기고 촌장에게 물었다.

"당신이 무슨 연유로 신검을 가지고 있었는지 말해보시오."

촌장은 노모의 당부대로 사건의 요지만 말했다. 장군이 벽력같이 소리쳤다.

"우리 왕자님께서 당신 조카를 강간했다?"

"아마 아닐 것입니다. 두 사람이 개울에서 놀았던 것뿐인데 주민들이 원로회에 고발했던 것이지요. 이 마을에선 남녀 문제를 가장 엄중히 다루는지라 제가 손쓸 틈도 없이 피소되신 것입니다."

"마을 촌장이 손쓸 틈이 없었다? 당신이 이 일을 꾸민 것 같은데? 제후가 사주합디까?"

촌장은 찔끔했지만 흔들리지 않고 대답했다.

"저도 같은 민족입니다. 설마 왕자님을 해롭게 하려고 일을 꾸몄겠습니까?"

"왕자님과 놀았다는 처녀는 어디 있소?"

"유배지로 따라갔습니다."

"유배지가 어디요?"

"아주 먼 곳입니다. 하지만 내 아들 우투가 갔으니 며칠 후면 돌아올 것입니다."

촌장은 우투가 왕자를 따라갔다고 했을 때 불같이 화를 냈던 것도 잊고 이제 그 아들을 내세우고 있었다.

장군이 물었다.

"두두도 제후와 함께 나갔소?"

두두를 다시 불렀을 때 그 아이는 제 아버지를 찾으러 갔다고 했다. 아이의 외할머니도 제후가 왕자 때문에 나갔다고 했으면 이 일은 두 부자가 꾸민 것이 분명하다.

교법사가 갑자기 긴장을 했다. 힘센 무엇이 다가오는지 영파가 심하게 흔들렸다.

"천둥이가 오고 있습니다!"

회관 앞에 천둥이가 서 있었다. 온몸에 상처투성이인데 눈빛만 형형했다.

8

　햇빛과 복사열에 말들도 힘들어 헉헉대는데 두두란 놈은 지치지도 않고 지 애비를 질타했다. 왜 이런 일을 만들었느냐, 왕자님은 떠날 생각이 없었다는데 멀고 먼 멜루하로 보낸 까닭이 무엇이냐…. 제후는 알아듣게 설명해주었음에도 잠시 후면 다시 똑같은 말을 반복하는 것이었다. 자기 배 속에서 나온 자식이 그토록 집요하다는 것이 징그럽기까지 했다.
　"말하지 않았느냐. 멜루하에는 엔키 공이 있다고."
　엔키는 부유한 왕국 멜루하의 공주와 결혼한 딜문 출신의 예인이었다. 그는 춤과 비파를 타는 명인으로 10여 년 전 에리두의 국제 음악제에 참가했다가 공주를 만나 결혼했는데 그곳 왕으로부터 엄청난 재산과 광산을 물려받았다. 그는 또 교역선을 가지고 세계 곳곳을 다니며 상아 뼈바늘, 뼈북, 영롱한 보석 등 자기 고장의 특산물을 내다 팔면서 무기를 사들였는데 언젠가는 반드시 예술의 도시 에리두를 만들기 위해서라고 했다.

제후가 야금장 설립을 착안했을 때 먼저 떠올린 것이 엔키의 광산이었다. 오만의 원석은 이미 다른 도시들이 장악해서 비집고 들 틈이 없더라는 말을 들었을 때 그는 멜루하로 달려갔다.

엔키는 고개를 저었다. 자기 광산에서는 금만 캔다, 설령 청동 원석이 있다 해도 부두까지 너무 멀고 운송할 방법도 없다는 것이었다.

"어쨌든 야금장 건설은 좋은 생각이오. 계속 추진하십시오. 나도 자금을 대겠소."

엔키는 금 한 자루를 내놓으며 엔릴 왕자를 만나고 싶다, 유람 삼아 멜루하에 보내주면 잘 대접하겠다고 했다.

뒤에서 말발굽 소리가 들려왔다. 말 한 마리가 앞서고 기병들이 뒤를 따랐다. 모래먼지를 일으키며 달려오는 선두 말에는 사람이 타고 있지 않았다. 두두가 소리쳤다.

"처, 천둥이예요!"

온몸이 붉은 그 말은 천둥이가 틀림없었고 뒤를 따르는 사람은 장군이었다. 지금 그들에게 들키면 큰 낭패임에도 철없는 두두가 팔을 휘저어대며 천둥이를 불렀다. 다행인지 불행인지 기병들은 그냥 지나쳐갔고 두두는 울기 시작했다.

9

 모래언덕마다 고운 주름이 져 있고 허공으로는 미지근한 바람이 흘러 다녔다. 엔릴은 말고삐도 잡지 않고 언덕을 오르고 있었다. 매우 지친 걸음이었다. 더 이상 시간을 끌다가는 무슨 일이 발생할지 알 수 없었다. 우투가 호송원장 곁으로 갔다.
 "나는 결혼식 때 쓸 물품을 구하러 멜루하에 간다고 했소. 당신들의 나귀가 너무 시간을 끌고 있으니 답답해서 미칠 지경이오. 배도 열흘에 한 번씩 있다는데 이대로 가다간 몇 달이나 지체하겠소."
 "그래 어쩌란 말이오?"
 "죄인을 우리에게 맡기시오. 말에 태워 가면 시간을 앞당길 수 있다는 말이오."
 그때 말 울음소리가 들려왔다. 천둥이였다. 두두에게 이끌려가던 중 천둥이는 뭔가 이상한 것을 깨달았다. 마구간에 불이 났다 해서 자기를 다른 사람에게 맡길 주인이 아니었다. 천둥이는 다시 니푸르로 돌아갔다. 방품림에 도착했을 때 엔릴이 강 건너에서 나귀를 타고 있었다. 주인을 호송하는 사람이 다섯, 모두 창을 들고 있었다. 천둥이는 별읍장이 하던 말을 떠올렸다.

"목숨을 다해 주인을 섬겨야 한다."

그것이 천리마의 운명이자 사명이었다. 천둥이는 강을 건넜다. 주인에게 장군을 데려오겠다고 알린 뒤 딜문으로 향하다 어느 마을의 청년들에게 잡히고 말았다. 주로 야생 짐승을 노리는 청년들이었다. 천둥이가 온몸이 묶인 채 우리에 갇혀 있을 때 멀리서 익숙한 말 냄새가 풍겨왔다. 호시에서부터 함께 왔던 기병들의 말이었다. 천둥이는 이빨로 고삐를 끊고 니푸르로 간 것이었다.

"천둥아!"

엔릴이 달려가 천둥이를 얼싸안았다.

8장
새로운 땅 새로운 사람들

다른 세상을 가져라.
그 세상을 새롭게 열어 너의 새 씨앗을 심어라.
새로운 열매가 탄생할 것이다.

1

 엔릴이 사막으로 끌려가는 동안 가장 고통스러웠던 것은 자기 임무를 완수하지 못했다는 것이었다. 태왕의 기대는 소호를 살리는 것이었고 엔릴은 반드시 그 기대에 부흥하고 싶었다. 하지만 자신은 엉뚱한 곳에서 시간만 낭비하고 있었다. 우투와 닌이 미안하다고 그처럼 빌어대도 대답하지 않았던 것도 그런 식으로 시간을 죽이는 게 싫어서였다.
 딜문으로 돌아오자마자 엔릴은 서둘렀다. 증원군이 어디쯤 오고 있는지 알아보라고 연락병을 보내는가 하면 확실한 점령지 탐색을 위해 우투를 불러 참모 회의에 참석시켰다.
 우투가 진지한 태도로 설명을 했다.
 "내륙의 중상부에 있는 에슈눈나와 카파제(바그다드 근처)부터 더듬어 가자면 그곳은 디얄라 강을 끼고 있고, 목축과 농업이 주 경제원이지만 아직도 돌과 점토 낫으로 농사를 짓는 부락이 대부분입니다. 청동 생산지는 시파르부터 시작되는데 그 도시는 2백 리쯤 아래쪽에 있습니다."
 5년 전까지만 해도 시파르는 농업과 목축이 전부인 촌락에 과두 체제였다. 이 체제에 불만을 가진 한 젊은이가 과두 수뇌들을 몰아내고 유일 군주로 등극하면서 촌락을 도시로 바꾸기 시작했고 그 첫 사업이 에리두와 우드바이로부터 기술을 도입해 도기와 청동 제품을 생산한 것이었다.

장군이 엔릴에게 말했다.

"거리가 가장 가깝다는 것이 최적의 조건인 것 같습니다."

엔릴이 우투에게 물었다.

"군사는 얼마나 되오?"

"2천쯤 된다고 했습니다. 사막의 야만인들이 자주 침략하는 데다 종종 반란까지 발생해 용병을 기용하고 있는데 딜문 사람도 셋 있습니다. 그중 한 명은 내 친구인데 준교관이고 두 명은 30세 전후로 용병술이 뛰어나 거기서도 대접받고 있다 했습니다."

"그들을 통해 정탐할 수 있겠소?"

"가능합니다."

"다음은 어디요?"

"키시와 젬데트 나스르가 서로 이웃하고 있는데 두 곳 다 아직 촌락입니다. 또 젬데트 나스르엔 동족의 마을도 있지요. 10가호쯤 되는데 그들은 오래전에 딜문에서 내려와 정착한 사람들이고 저의 아내 될 사람도 그곳에 삽니다. 도시는 아니지만 부유한 촌락입니다."

"촌락이라면 군주 대신 수장이 통치합니까?"

"젬데트 나스르엔 수장도 없습니다. 부락마다 촌장이 있는데 그 촌장 또한 개명 촌장입니다."

"그건 또 무슨 명칭이오?"

"공공 사업을 좋아하거나 대중의 생활을 안정시키는 데 큰 뜻이 있는 촌장을 말합니다. 그러니까 주로 지혜롭거나 부유한 자가 그 직을 맡게 되지요. 제 장인 될 분도 촌장이시고요."

"한 촌락에 촌장이 여럿이라면 전체 운영은 누가 하오?"

"서로 협력해서 합니다. 부락마다 연합이 잘되어서 한 부락이 침략을 당하면 전체 부락이 뭉쳐 대응합니다."

"종족이 각각 다른데도 그러하오?"

"대의는 철통같이 지킵니다."

젬데트 나스르는 이미 환족 마을이 있어 정복할 필요가 없고, 여신을 모시던 키시는 수비력이 약해서 치고 들기는 쉽지만 그곳을 장악하는 동안 시파르가 협공해올 가능성도 있다.

'먼저 강한 시파르부터 쳐버린다면 이웃 도시나 촌락에서 대항하거나 협공할 생각을 하지 못할 것이다.'

엔릴이 시파르로 결정한 후 우투에게 지시했다.

"우투, 숙영지부터 물색하시오. 기병과 보병 전원이 며칠간 안전하게 머물 수 있는 곳이어야 하오."

"물색이 끝나면 시파르 용병들도 만나야 합니까?"

"아직 아니오. 지금 급한 것은 숙영지요. 장소가 정해지면 즉시 돌아오시오."

우투가 몸을 일으켰다. 장군은 막구를 불러 우투의 길벗으로 동행시켰다.

적당한 장소는 두 곳이었다. 강 건너 벌판과 강 안쪽 갈대 지대였다.

강 건너 동쪽은 내륙 도시에서는 경계하지 않을 것이라는 이점이, 강 안쪽은 거리는 당길 수 있지만 나루가 가깝다는 단점이 있었다.

"좀 더 올라가보세."

우투가 막구에게 말했다. 그는 막구가 마음에 들었다. 호기심이 많아 무엇이든 알려고 해서 첫날부터 이 지방 언어를 가르치고 있었다.

"여기가 괜찮아 보이는데요?"

20여 리쯤 상부였다. 인적이 없는 데다 강변과도 떨어졌으며 큼직한 텔까지 있어 안성맞춤이었다.

"이제 돌아갈 일만 남았는데, 막구, 우리 시파르 시내도 들러볼까?"

"좋지요!"

막구는 자기 소망이 왕자의 경호원이 되는 것이라고 했다. 장군과 은 대장이 있지만 나이가 들어 물러날 것이고 그때까지 기다릴 자신도 있다, 왕자가 자기를 구해준 순간 그런 결심을 하게 되었다고 했다.

"저기가 시파르야. 시장부터 가보세."

시파르는 매우 혼란스러운 도시였다. 촌락이 도시화되는 과정에 농·목축업을 하던 사람들이 대거 중심지로 몰려들었고 일거리를 찾지 못한 그들은 시장 거리를 배회하거나 도적질을 일삼았다. 더러는 패거리를 만들어 야금장을 습격해 물건을 훔치거나 성안으로 가는 양을 탈취하기도 했다.

군주는 민병대 출신이었다. 친위나 장교는 아니라 해도 군력의 쓰임새를 잘 알고 있었다. 그는 연병장을 확대하고 유휴 인력을 모아들여 단기 훈련을 시킨 뒤 세리로 활용했다. 시장 장사는 일일 세금, 가정집은 보름에 한 번씩 세금을 걷어 들였다. 불응할 땐 완력으로 가재도구나 물건, 양을 가져갔으며 그도 없을 땐 액수만큼 노동으로 대신해야 했다.

우투와 막구가 시장으로 들어설 때 상인들이 좌판 물건을 쓸어 담아 달아나고 있었다. 군인들이 세금을 걷기 시작했기 때문이었다.

"저녁에 시장이 다시 설 것이네. 우린 다른 곳으로 가보세."

강에서는 남자들이 큰 나무를 끌어 올리고 있었다. 북쪽에서 수입한 나무였다. 양쪽 다섯 명의 남자가 밧줄로 나무를 묶어 강둑으로 올렸고 힘에 겨워 발을 버둥거리면 군사들이 채찍질을 했다.

나무를 옮겨 간 곳은 야금장이었다. 영세 지방에서는 역청 덩이를 쓰기도 하지만 건조하는 과정에서 휘발해버려 화력이 세지 않자 군주가 생산력을 높이려고 비싼 나무를 사들이고 있는 것이었다.

밤이었다. 우투는 막구와 함께 유일하게 흥청거린다는 야금장 지대의 술집으로 갔다. 횃불의 그을음과 야금장이들의 잡담 소리가 실내를 채우고 있었다. 우투와 막구는 맥주를 마시며 옆자리 사람들의 이야기를 들었다. 털북숭이 사내가 자기 가슴의 털을 내보이며 말했다.

"여자들은 말이지 안아주면 짐승 같다고 싫어하지만 말이야, 우리 동네 의원 말로는 털이 많으면 정력도 세다고 했어. 죽는 순간까지 그게 안 서는 걱정은 없다고 말이야."

"나는 털이 없어도 그게 시시때때로 서서 고민인데?"

그때 문 앞이 와자해지면서 한 떼거리의 사람들이 들어와 그들과 합류했다. 가마에 불을 떼는 화부들이었다.

"원자재가 도착했나? 장작 냄새가 나는 걸 보니 이미 불을 올린 것 같은데?"

"군주가 망루에 올라가 가마에 오르는 연기를 세고 있다니 별수 있어? 그냥 불을 떼는 거지."

그들은 술잔을 급히 비우고 어디론가 함께 몰려 나갔다. 우투가 술 한 잔을 더 주문하며 남은 사람에게 물었다.

"방금 전 그 사람들 어디로 가는 거요?"

"아랫도리가 출출해서 가는 곳. 손님도 가고 싶소? 주점 뒤쪽에 가보시오. 예쁜 여자들 많소이다."

매춘부한테로 간 것이었다.

2

　제후의 머릿속은 저마다 다른 벌레들이 들끓어대는 듯했다. 엔릴이 귀환 이후 자기에게 별다른 대응을 하지 않는 것은 다행이었으나 촌장과 우투를 기용하면서도 자기는 철저히 따돌리고 있었다. 추진하던 야금소도 중단한 처지이니 이들이 도시 하나를 차지하면 딜문도 자신과 함께 몰락하고 말 것이다.
　'그럴 순 없어! 나 제후가 누군데 그처럼 간단히 사라져?'
　그는 지휘부를 찾아가 자신의 가치를 설파했다. 도시마다 동족을 심어두어 수시로 그곳 동태를 파악하고 있다, 자신이 도울 일은 아주 많다, 무엇이든 맡겨주면 온 힘을 다하겠다고 충심으로 말했음에도 참모들은 수작 떨지 말라는 표정이었다.
　'그렇다고 이대로 주저앉을 수는 없지 않은가.'
　그는 최후의 수단을 가지고 다시 집무실로 찾아갔다.

　지휘부가 군 장비 제작에 대한 현황을 점검하고 있을 때 보초가 들어와 제후가 면회를 요청한다고 알렸다. 은대장이 엔릴에게 말했다.

"자기가 도울 일이 없느냐고 자꾸 물어대는데 군량 조달이나 정탐을 위해서 제후를 이용하면 어떨까요? 이제 농간을 부릴 처지가 아니니 조종만 잘하면 그자의 이점을 깡그리 빼먹을 수도 있을 것 같은데 말입니다."

엔릴이 보초에게 말했다.

"들어오라 하게."

제후가 들어왔다. 그의 얼굴은 두려움 반 기대 반으로 마치 각판의 가면을 쓴 듯했다. 엔릴이 물었다.

"용건이 뭐요?"

엔릴의 목소리는 싸늘했다. 하지만 들어왔으니 말은 해보아야 한다.

"저에겐 멜루하의 엔키 공이 준 금이 있습니다. 왕자님 말씀을 드렸더니 고맙다고 전해드리라고 했습니다. 요즈음 필요하실 텐데 가져올까요?"

"그건 제후가 받은 것이니 당신이 알아서 처리하시구려."

"그럼 이번 출행에 저도 합류해도 되옵니까?"

"아니오. 딜문도 우리에겐 아주 중요하오. 제후께선 딜문을 지키고 있으시오."

"그럼 두두는 어떻게 합니까? 녀석은 동참한다고 훈련까지 받고 있는데 전쟁터에 가기엔 너무 어리지 않습니까?"

"두두한테 전투가 끝나면 부를 테니 그때까지 절대로 나서지 말라고 하시오."

들어올 때와는 딴판으로 제후의 얼굴이 밝아졌다. 엔릴은 분명이 딜문이 아주 중요하다고 했고, 아들 녀석도 붙잡아둘 수 있으니 그 이상 잘된 일이 어디에 있는가. 봉물도 자기 손에 있으니 계속해서 협상의 도구로 이용할 수 있다.

  제후는 오리궁둥이를 빼고 집무실을 나갔다.

3

태음력 시월 말이었다. 새벽같이 일어난 군사들은 오스스 떨거나 기지개들을 켜면서 남은 잠을 털어냈다. 어제 종일 행군해온 뒤 그대로 야숙을 했던 탓에 한기가 더 깊었으나 행군을 시작하면 그도 달아날 것이다.

동이 터왔다. 군사들이 대열을 정비하고 상군과 지도부가 그들을 지휘했다. 천 명의 보병이 앞줄에 정렬하자 그들 뒤로 박격기 석 대가, 또 그 뒤를 이어 남은 군사들이 줄지어 섰다. 기병은 각각 1백씩 나뉘어 사방을 에워쌌다.

엔릴의 출전 호령에 이어 북과 나팔 소리가 장엄하게 울려 퍼졌다. 군사들이 첫발을 내딛었다. 묵직한 박격기도 삐걱 하고 움직였다. 그 박격기는 애초 비석을 날리는 것이었으나 이곳에는 돌이 흔치 않아 통나무 박격기로 바꾼 것이었다.

장군이 뒤를 돌아보았다. 대열은 마치 거푸집을 씌운 듯 한 치의 흐트러짐도 없이 움직였다. 도시 외곽까지는 그렇게 행군하다가 적당한 지점에서 좌·우군이 나누어질 것이다. 연병장과 군주의 성이 한 마장이나 떨어져 있어 장군과 엔릴은 성을, 은대장은 연병장을 맡아 동시에 친다는 작전이었다.

도시 외곽에 도착했을 때 막구가 알렸다.

"여기서 좌·우군이 갈라져야 합니다."

우투가 성에 침투해 있어 안내 대행을 맡은 것이었다.

연병장 막사는 흙벽돌로 지은 긴 건물이 두 채였고 건물 중앙은 현관이고 양옆으로 창이 세 개씩 뚫려 있었다. 무기고는 뒤편에 있다고 했다. 은대장은 우투의 보고를 되새겼다.

"군사는 세 종류로 징수 담당자와 일반 군인, 신병이 있습니다. 군장은 지금 병영에 없다고 합니다. 특수병들을 이끌고 삼나무 원정을 떠났다는데 언제 돌아올지 모른답니다. 군장은 자리를 비우는 것이 불안했던지 떠나기 전에 대대적으로 신병을 모집해 훈련시키도록 했고 요즘 연병장은 훈련받는 소리로 시끄럽다고 했습니다."

연병장에는 훈련병들이 갈대로 만든 허수아비를 상대로 창술을 연마하고 있었다. 징수 담당들은 나가고 장교들은 건물 안에 있을 것이다.

은대장이 기병장에게 지시했다.

"보병 3백은 연병장 밖을 경계하고 나머지는 건물을 에워싸고 기병들은 훈련병들을 구석으로 몰도록 하라."

기병들이 연병장으로 뛰어들기도 전에 훈련병들이 건물 뒤쪽으로 재빨리 달아났다. 마치 미리 알고 있었다는 태세였다.

"뒤쪽은 무기고다. 빨리 차단하라!"

무기고는 텅 비어 있었고 훈련병들도 보이지 않았다. 모두 건물 안으로 몸을 피했다는 것이다. 건물 안으로? 벽만 뚫으면 어항 속 물고기처럼 속속 잡아낼 수 있다. 은대장이 명령을 내렸다.

"박격기 출동하라!"

보병들이 박격기를 밀어 갈 때 오른쪽 건물에서 뭔가 쉭쉭 소리를 내며 날아왔다. 촉이 굵은 화살이었다. 네 군데의 창에서 쏟아져 나오는 화살은 박격기나 보병이 아닌 기병을 겨냥했다. 말 열 마리가 삽시에 쓰러졌다. 장이 꿰인 기병도 있었다. 대장은 바닥에 떨어져 놀란 채 죽어가는 기병의 눈을 보았다. 그 옆에는 말들이 포개져 피를 뿜고 있었다. 대장이 외쳤다.

"후퇴하라!"

화살이 박격기 쪽으로 방향을 틀었다. 대원들이 쓰러져갔다.

"방패를 사용하라!"

모두 안전거리로 빠져나왔을 때 은대장이 다시 명령했다.

"기병과 궁수, 보병, 반을 나누어 건물 뒷문을 차단하고 박격기는 건물 옆 벽으로 가라!"

건물 옆벽에는 창문이 없어 화살의 공격으로부터 안전했다.

보병들이 방패를 세우고 박격기를 움직여 갈 때였다. 건물 앞 출구가 열리면서 노끈에 묶인 남자 둘이 그 앞에 세워졌다. 동족 용병이었다.

"가까이 오면 이들을 죽일 것이다!"

그들은 우투에게 많은 정보를 준 사람들이었다. 그대로 죽게 할 수는 없었다. 은대장이 말했다.

"좋다. 더 이상 접근하지 않겠다. 대신 물러나지도 않을 것이다. 한 달이고 두 달이고 여기서 버틸 것이니 항복하라. 너희들은 어차피 독 안에 든 쥐다. 항복하면 모두 살려줄 테니 시간 끌지 말라."

은대장은 동족들이 통역해주기를 바랐다. 그것이 그들의 생명을 연장시키는 방법이기도 했다. 동족들이 안으로 끌려 들어갔다.

기병과 보병 모두 바닥에 앉아 시간을 죽이고 있을 때였다. 세 명의 기병이 건물 옆 벽에서 인간 사다리를 만들고 있었다. 맨 위에서 지붕으로 오르는 기병은 막구였다. 지켜보는 군사들이 숨을 죽이는데 막구는 손까지 흔들어준 뒤 자기 윗도리를 벗어 불을 붙이고 군데군데 불을 놓았다. 바짝 마른 갈대 이엉이 삽시에 타올랐다.

군사들이 함성을 질렀다. 은대장은 다급하게 명령했다.

"건물 뒤를 차단하고 저들을 엄호하라!"

그때 앞문으로 동족 용병들이 던져졌다. 처형당한 것이었다. 대장이 부르르 떨며 명령했다.

"건물을 포위하고, 나오는 놈은 모두 죽여라!"

불길이 온 지붕으로 번져갔다. 잘 마른 지붕의 나무가 갈대 이엉과 함께 바닥으로 내려앉았고 적들은 소리를 지르면서 튀어나왔다. 군사들이 문 옆에 붙어 튀어나오는 사람마다 장검으로 처리했고 꽁무니에 불을 달고 나오는 사람은 그냥 내버려두었다. 살이 타는 고통에 펄쩍펄쩍 뛰던 적들이 단말마의 비명을 지르며 쓰러져갔다.

전투가 끝난 것은 오후 3시경이었다. 이쪽 손실도 생각보다 컸다.

엔릴의 부대가 성 앞에 도착했을 때는 성문이 활짝 열려 있었다. 문지기도 없었다. 성안엔 연못 공사가 한창이라 인부들만 흙을 져 나르느라 들락거릴 뿐이었다. 군주는 연못 치장에 쓸 돌을 가져오기 위해 자그로스 산 쪽으로 갔고 오늘쯤 돌아온다는 것이 우투가 수집해 온 정보였다.

엔릴은 보병 1소대를 감시병으로 남기고 연못 안쪽으로 들어갔다. 변복을 한 우투가 궁전을 가리켰다. 정면에 큰 돌기둥이 세워져 있고 지붕은 청동 기왓장으로 씌운 것이 크진 않지만 화려했고, 건물 둘레로는 잘 가꾸어진 정원을 배치한 것이 군주가 기를 쓰고 나타내려는 고급 취향이었다. 시민들이 모두 굶어죽어도 금관 쓰고 시찰할 자라고 사람들은 비웃었다.

우투가 살펴본 바에 따르면 변두리 서민들은 먹을 것과 바꾸려고 연장은 물론 절구통까지 들고 나왔고, 도시로 온 이농민들은 입은 옷까지 다 바꾸어 먹고 벌거벗은 채 시장 뒤편에서 죽어갔다. 시장 상인들은 파장 뒤 술집으로 모여들어 이행할 수 없는 반란이나 모의하다가 빈 주머니를 차고 집으로 돌아갔다. 가장 안정된 직업을 가졌다는 야금장이들조차 몇 달째 월급을 받지 못해 청동 쪼가리를 훔쳤다.

장군이 우투에게 물었다.

"근위병들 숙소는?"

"궁전 뒤편입니다."

"근위병 회식은 몇 시쯤 시작할 것인가?"

"시작했습니다."

어제 우투의 아버지가 소 한 마리를 넣어주었다. 명목상으로는 이곳에서 나는 청동을 전매하고 싶다, 군주에게 말을 잘해달라는 것이었다. 부단장은 이런 청탁은 처음인 데다 단장은 군주와 함께 출타 중이니 이 기회에 부하들에게 생색이나 내자 싶어 오늘 그 소를 잡았다. 성으로 차출된 우투의 장교 친구가 이 말을 전해주었다.

군사는 둘로 나누어졌다. 장군은 근위병을, 엔릴은 궁전 안을 맡았다. 교법사, 우투, 정예병, 선인들이 엔릴을 따랐다.

군주는 안전 개념이 전혀 없거나 아무도 자기를 해칠 사람이 없다고 굳게 믿고 있는 게 분명했다. 궁전에도 문지기가 없었다.

"함정일 수도 있으니 발소리를 죽이시오."

그때 회랑 안쪽에서 아이들이 떠드는 소리가 들려왔다. 엔릴은 교법사를 쳐다보았다. 교법사는 괜찮다고 고개를 끄덕인 뒤 먼저 그쪽으로 다가가 문을 열어주었다. 치장을 잘한 남자아이와 계집아이가 서로 잡으려고 긴 옷자락을 펄럭이며 뛰어다녔다. 사람들이 다가가도 쳐다보지도 않았다.

교법사가 기척을 알리자 아이들은 이상한 듯 고개를 갸웃거리다가 옆문으로 달아났다.

"군주의 아내는 머리를 빗고 있을 것입니다. 굳이 제재할 필요가 없으니 감시병만 두지요."

몇 개의 방을 지나갔을 때 주방 쪽에서 떠들썩한 소리가 들려왔다. 교법사가 공기를 확대해 안을 투시해 보았다. 음식을 만들거나 과일을 옮기거나 술을 거르는 사람들로 저마다 분주하게 움직였다. 오늘은 군주의 생일, 남편이 없어도 아내가 잔치 준비를 시킨 것이다.

"궁궐 안은 나중에 접수해도 되겠습니다. 이제 장군과 합류하시지요."

장군은 식당을 포위했으나 한동안 나오는 사람이 없었다.

"문을 열라!"

부하들이 문을 활짝 열었다. 근위병들은 음식상 앞에 둘러앉아 먹고 마시느라 정신들이 없었다. 술 항아리도 여기저기 놓였고 얼굴들이 벌겋게 익은 것이 마시기 시작한 지 한참 된 모양이었다.

장군이 명령했다.

"저들을 에워싸고 모두 묶어라."

웃고 떠들던 근위병들이 사태를 알아차렸으나 이미 늦었다. 포식하는 날이라 무기도 지참하지 않았으니 저항해볼 길도 없었다. 기병들이 다가들어 묶기 시작하자 대장인 듯한 털보가 벌떡 일어나며 "무기!" 하고 소리치더니 그대로 주저앉고 말았다. 너무 취해버린 것이다.

그때였다. 안쪽에 있던 한 젊은 근위병이 방금 문으로 들어서는 엔릴을 보았다. 악마가 그의 귀에 대고 "당장 죽어도 한 놈은 처리해야 근위병이지." 하고 속삭였다. 자기만큼 젊은 데다 무기도 들지 않았다는 것이 적당했다. 그는 고기를 썰던 칼을 집어 들고 벌떡 일어났다. 그때 표창 하나가 먼저 날아와 그의 어깻죽지에 박혔다. 칼이 음식상에 힘없이 떨어지고 그는 풀썩 주저앉았다.

갑작스러운 일에 모두 놀라 입만 떡 벌이고 있는데 근위병을 향해 뚜벅뚜벅 걸어가는 사람은 다름 아닌 책임선인이었다. 그는 적병의 살에 박힌 표창을 한 바퀴 돌려 뽑아냈다. 근위병은 고통에 못 이겨 소리를 쳤고 선인은 상대의 옷에 피까지 쓱쓱 문지른 뒤 자기 주머니에 넣고 돌아섰다.

"저놈부터 묶어라!"

장군이 명령했다. 본보기로 목을 칠 수도 있었으나 그럴 필요까지는 없었다.

"모든 근위병은 여기 이대로 감금한다. 잘 감시하라."

장군은 동족 용병을 찾아보았다. 연병장 장교라 옷차림이 다르다고 했다. 혼자서 잿빛 토가를 입은 군인이 한쪽 구석에서 고개를 숙이고 있었다. 지금은 자기 소행이 노출되고 싶지 않으니 모른 척해달라는 태도였다.

장군과 교법사는 엔릴을 앞세워 군주의 집무실로 들어섰다. 아까 아이들이 뛰놀던 그 방이었다. 주인이 부재중임에도 집무실은 잘 정돈되어 있었고 권좌는 중앙에 놓였으며 한쪽 옆에는 의자가 가지런히 배치되어 있었다. 장군이 권좌의 팔걸이를 만져보았다. 흰 상아로 되어 있어 매끄럽고 또 우아했다. 그는 권좌를 앞으로 끌어다 놓고 등걸을 잡으며 엔릴에게 권했다.

"어서 앉으십시오. 이젠 왕자님 자리입니다."

"예, 그러합니다."

선인들도 복창을 했다. 엔릴이 대답했다.

"군주를 확인할 때까지 저 자리는 비워두시오."

교법사는 별안간 허리를 세웠다. 시장 쪽에서 이상스러운 기운이 전해져왔다. 그는 장군에게 눈치를 보낸 뒤 궐 밖으로 나갔다.

두두는 멀찍이서 연병장 전투를 지켜보았다. 자신에겐 합류가 금지되어 있었지만 궁금해서 견딜 수가 없었다. 초장부터 기병들이 당하고 있었다. 나귀밖에 본 적이 없는 촌스러운 것들이 잘생긴 우리 말들을 여지없이 쓰러뜨리고 있었다. 은대장의 외침도 들려왔다. 자신에게 까다롭던 사람이라 곱진 않았는데 부하들이 쓰러질 때마다 그의 목소리에 피가 묻어 나오는 것 같았다.

두두는 니푸르로 달려갔다. 부상병들에겐 할머니의 약이 필요할 것이었다.

교법사는 시장으로 들어섰다. 사람들이 군데군데 모여 수군거리거나 소리를 질렀다. '침략자를 무찌르자, 궐로 가자, 연병장으로 가자'는 말이 중구난방으로 날아다녔다.

엔릴은 이들에게 교화 정책을 펼칠 참이었다. 〈천부경〉과 〈삼일신고〉를 가르쳐 도시민의 수준을 높이고 소호의 법령과 풍습을 따르게 하겠다고도 했다. 그 말을 듣고 시민들의 성향을 살펴본 결과 엔릴의 생각이 쉽게 흡수될 것 같지 않았다. 우선 글이 없었고 성향도 매우 달랐다.

어느 종족에게도 현자는 있었으나 시파르에는 그조차 없었다. 깨우친 사람은 폭정에 견딜 수 없어 이주를 했고 남은 주민들의 의식은 매우 하급이었다. 대다수의 양심과 도덕의식이 넝마가 되어 있어 좋은 법령이라 해도 받아들일 바탕이 없었고 생활 방식 또한 서로 속이고 등치는 일이 상식으로 통했다. 나눠 먹어야 할 콩 한 조각이 이 사람에서 저 사람에게로 넘나들다가 결국은 군주의 자루에 담기는 일도 허다했다.

염소를 잃은 사람이 관리에게 자기 염소의 특징과 훔쳐 간 사람을 고발하면 훔친 사람은 한쪽 뿔을 잘라 원주인의 것이 아님을 주장했고 관리는 말썽 많은 그 염소를 관으로 넘겨버리는 것으로 판결을 종료했다. 정직한 소통이 사라진 시민 사회는 부가 주어져도 썩거나 한쪽으로 기울 뿐이었다.

교법사는 하늘을 보았다. 엔릴의 이상이 하늘이라면 현실은 땅이었다. 지금으로선 거리를 좁힐 수 있는 방법을 어디에서 찾아야 할지 아득했다.

기의 파장이 떨려왔다. 연병장 쪽이었다. 연병장 앞을 지키던 군사들이 역습을 당하고 있었다. 징수원과 관리들, 국가의 녹을 먹던 사람들이 곡괭이와 낫을 들고 떼거리로 몰려가 뒤를 쳤다. 불타는 지붕을 바라보던 순간 그렇게 당한 것이었다.

아군들의 반격으로 적들은 물러갔고 그 자리엔 화살을 맞은 적은 물론 아군의 시체도 여럿이었다.

밤이었다. 의원선인이 엔릴을 현장으로 안내하며 말했다.

"불에 탄 적병들의 신음 소리가 다른 환자들까지 자극하고 있습니다. 모두 몇 시간 내로 죽을 사람들인데 지금 그만 숨통을 눌러버릴까요?"

놀라는 엔릴을 보고 은대장이 의원을 나무랐다. 의원이 바쁘게 말을 돌렸다.

"죄송합니다. 사실 적들인데 상관할 일이 아니지요. 이제 부상자들을 보시지요. 그들은 건물 안에 있습니다."

"아니오. 적병들 상태부터 봅시다."

못 잡아도 3백은 넘어 보이는 시신들이 누워 있었다. 대부분은 불에 타서 죽은 듯했고 어떤 육신은 오징어처럼 말려 있거나 살이 녹아 어육이 되어 있기도 했다. 또 한 시신에서는 누군가가 불붙은 아랫도리를 벗겨주었던지 가엾은 성기가 불에 그을린 산누에처럼 살에 오그라 붙어 있었다. 살아생전에 그것으로 아이를 만들었다고는 도저히 상상할 수 없는 그 처참한 인간의 말로에서 엔릴은 심한 충격을 받았다.

'인간이, 인간의 육신이 이렇게 망가질 수도 있는가?'

그가 고개를 돌리면 그 옆에는 더 참혹하게 일그러진 사람이 죽지도 못하고 앓아댔다. 팔과 늑골이 불에 타 그 살이 한데 엉긴 군사는 그래도 귀가 살아 있었던지 그가 지나갈 때 고개를 돌렸고 그 눈에서 눈물이 흘러내렸다.

엔릴이 발길을 돌리며 말했다.

"우리 부상자들은 어떤지 가봅시다."

아군 부상자들도 중태가 많았다. 화살이 허벅지나 살 거죽을, 그러니까 뼈를 관통하지 않은 군사가 20명이었고, 나머지는 중상이었다. 살만 다친 부상자는 그래도 살릴 수가 있지만 늑골이나 복부 등을 맞아 중태인 사람은 손을 써볼 수가 없었다.

할머니가 다가와 엔릴에게 알렸다.

"소금물을 끓여 소독하고 땅 두릅과 몰약을 붙이면 나을 수 있는 사람들도 있습니다."

닌을 도와 붕대를 감던 두두가 저만치 구석에서 손을 흔들었다. 할머니가 계속했다.

"성에는 의약품이 있을 것입니다. 모든 환자를 성으로 옮겨 치료를 해야 할 것입니다."

니푸르에서 가져온 의약품은 거의 동이 났다. 성에는 몰약은 물론 계피도 있을 것이다. 계피는 향이나 미약으로도 쓰지만 진정 효과가 있어 고통이 심한 환자에게 필요했다.

엔릴이 은대장에게 지시했다.
"니푸르 의원님 말씀대로 하시오."
엔릴은 등을 돌려 나왔다. 그의 머리에 수만 개의 물음표가 떠다녀 그 누구의 중요성도 보이지 않았다.

새벽이었다. 할머니는 소금물을 끓여 중환자의 상처를 씻고, 닌은 계피 물을 먹였으며, 두두는 할머니가 지시한 대로 나무껍질과 풀뿌리를 적당히 섞어 절구에 찧고 있었다.
시간이 지나면서 끙끙 앓던 부상자들도 하나둘 잠이 들기 시작했다. 두두도 앉은 채 졸고 있기에 닌이 다가가 손에 들린 절굿공이를 빼내고 자리에 뉘어주었다.
"할머니도 좀 쉬세요. 제가 지킬게요."
"너나 눈을 좀 붙여두어라."
닌은 정신을 환기시키기 위해 밖으로 나갔다. 바람이 온몸으로 스며들었다. 닌은 가슴을 여미고 하늘을 올려다보았다. 자리를 옮겨가는 별들에게서 등을 돌려 떠나던 엔릴의 모습이 보였다.
'단 한마디면 충분했는데…. 닌, 잘 있었소, 그 말이면 되는데….'
단단히 굳어 있던 엔릴의 표정도 떠올랐다.
'왕자님은 아직도 나를 용서하지 못한 것일까?'
별똥별 하나가 떨어지면서 말해주었다.
"아니란다. 사람이 많이 죽어 그는 매우 놀랐고 전신이 놀라움으로 가득 차서 널 보지 못한 거란다."
닌은 조용히 환자들 곁으로 돌아갔다.

4

 장군은 기병 50명을 선발해 군주가 회항한다는 나루로 향했다. 70여 리쯤 떨어진 티그리스 강이었다. 나루에는 배도 사람도 없었다.
 "강 건너를 보십시오. 뗏목이 보입니다."
 뗏목 두 척이 강 건너에 정박해 있었다. 뗏목이 있다는 것은 군주가 가까이 오고 있다는 뜻이었다. 장군은 아래위 쪽으로 나누어 매복하라고 지시했다.
 "군주가 이쪽에 도착할 때 생포한다."
 우투가 아래쪽에, 장군은 위쪽에 자리를 잡았다. 갈대가 우거진 곳에 쭈그리고 앉았을 때 강 저쪽에서 상앗대를 든 남자 둘이 뗏목으로 내려오고 있었다.
 "말들이 예민하다. 두 손으로 말 입을 봉해라."
 사공의 뒤를 이어 수레 석 대가 언덕으로 내려왔다. 군주와 근위대장이 먼저 뗏목에 오르고 수레 한 대가 뒤를 따랐다. 뗏목이 움직이기 시작했다. 군주는 나귀에 기대어 저물어가는 하늘을 쳐다보았다. 뗏목이 닿고 군주가 내렸다.

장군이 먼저 달려 나갔다. 나귀에 오르던 군주가 놀라 뒷걸음질 쳤다. 근위대장이 칼을 뽑자 우투의 궁수가 근위대장을 쏘았다.

놀란 군주는 벌린 입을 다물지도 못한 채 적들을 살폈다. 셈족이나 아슈르, 아라비아 쪽이 아니었다. 복장은 한 번도 본 적이 없는 갑옷이었고 전원이 말을 탄 것이 소문으로만 들었던 북방 침략자들 같았다.

장군이 군주를 묶어 잘생긴 말에 태웠다. 군주는 그 경황에도 이처럼 멋진 말은 어디서 구했을까, 그런 생각을 했다.

군주는 오랏줄에 묶인 채 자신의 집무실로 들어섰다. 갑옷을 입은 병사들이 양옆으로 도열했다. 자신의 빈 권좌가 가운데 놓여 있었다.

'저 자리를 두고 나와 협상을 하자는 것인가?'

교법사는 군주의 폭정을 열거한 양피지를 엔릴에게 건넸다. 엔릴은 그걸 받아 손에 쥐고 책임선인부터 불렀다.

"군주의 가족들을 데려오시오."

그리고 장군에게 군주의 오랏줄을 풀어주라고 명했다. 장군은 이해할 수 없었지만 묵묵히 오랏줄을 풀어주었다. 그때 문밖에서 책임선인이 알렸다.

"데리고 왔습니다."

"안으로 들여보내시오."

남매가 먼저 달려와 군주를 안았고 뒤이어 부인이 들어왔다. 부인은 희망과 절망이 엉켜 아무 생각도 해낼 수가 없다는 얼굴로 지아비에게 다가갔다.

엔릴이 말했다.

"가족을 데리고 여기를 떠나시오."

장군이 말했다.

"살려주면 사방으로 돌아다니며 연합군을 얻어 올 것입니다. 그렇게 되면 우린 필요 없는 전쟁을 다시 치러야 합니다. 죽이는 일이 싫으시다면 감옥에 넣도록 하십시오. 그래야 민심도 안정됩니다."

"장군, 군주에게 동요될 민심이 있다면 이 성은 아직 그의 것이오. 또한 연합군을 얻어 온다면 우리는 아직 이 땅에 머물 운이 아닌 것이오. 그들을 곱게 보내주시오."

군주 가족이 궐문을 나갈 때 엔릴이 장군에게 지시했다.

"오늘 밤에는 근위병들을 풀어주시오."

장군의 얼굴이 굳어지자 교법사가 앞으로 나서며 말했다.

"며칠 더 굶겼다가 풀어주는 것이 안전할 것입니다."

5

닌의 마음에 돌풍이 일기 시작했다. 전에도 가끔 그런 일이 있었으나 스스로 가라앉힐 수 있었다. 하지만 이번엔 완전히 새로운 색깔로 타올라 걷잡을 수가 없었다. 그 불길은 부상자들과 함께 궁정으로 옮긴 이후부터 시작되었다.

'천신님, 저는 그이와 한지붕 아래 있사옵니다만, 그이가 어느 방에 계신지 알지 못합니다. 군주의 내실인가요? 아니면 그 옆방인가요? 제가 가기만 하면 그이 얼굴을 볼 수 있나요?'

조급증이 가슴속에서 폭죽처럼 터졌다. 더 참을 수 없어진 닌은 벌떡 일어나 할머니 곁으로 다가갔다. 할머니는 중상자에게 손이 잡혀 있었으나 닌은 그것도 보지 못한 채 보챘다.

"할머니 이제 그만 쉬러 가지 않으실래요?"

"닌아, 보아라. 이 부상자는 지금 죽어가고 있단다. 그러면서도 한사코 나를 붙잡고 있지 않니. 날이 밝을 때까지 우리 모두 이 방을 떠나서는 안 된다. 정 피곤하면 저 벽에 기대어서 눈만 잠깐 붙이려무나."

닌은 할머니 말을 거역할 수가 없었다기보다도 자신에게 주어진 임무는 부상자를 돌보는 일이라는 것을 깨달았다. 닌은 마음을 가다듬고 한 중상자 옆으로 다가갔다. 그는 잠이 들어 있었다. 닌은 그 옆에 기대어 앉아 기도를 드렸다.

'천신님, 부상자들을 죽지 않게 해주세요. 왕자님은 할머니 손을 잡고 부탁했습니다. 이들은 반드시 살아야 합니다. 살릴 수만 있다면 무슨 방법이라도 써주세요….'

닌은 환자 옆에서 밤을 새웠다. 한숨도 잘 수가 없었다. 부상자들에 대한 걱정은 사라지고 오직 왕자를 만나고 싶은 갈망만이 다시금 뜨겁게 심장을 달구었다. 그에게로 가볼 수도 없는데 이 그리움은 어찌 이처럼 견딜 수 없도록 타오르기만 한단 말인가.

아침이 밝아왔다. 밤사이 부상자들이 전부 죽었다고 했다. 늑골을 찔린 부상자와 할머니 손을 잡고 있던 그 군사도 죽었다. 닌은 잠들지 않았는데, 그들 때문에 머물러 있었는데 결국 부상자들은 닌에게는 알리지도 않고 조용히 저세상으로 떠나버렸다.

닌은 슬프고 미안해서 엔릴 방으로 찾아갔다. 그 방에는 고급 양털로 씌운 침대와 청동으로 만든 코끼리, 그 옆으로 커다란 채색무늬 항아리 등이 즐비했다. 닌이 방문을 열었을 때 엔릴은 안쪽 침대에서 잠들어 있었다. 닌은 가만가만 다가가 그의 얼굴을 내려다보았다.

닌은 흠칫 놀라 곧 뒤로 물러났다. 왕자님이 틀림없는데 얼굴이 고통으로 일그러져 마치 다른 사람이 누워 있는 듯했다. 다시 내려다보았으나 역시 전날의 그 얼굴이 아니었다. 뒤틀린 쇠붙이를 조각조각 이어 붙인 듯 한쪽 뺨이 실룩이기까지 했다.

'대체 내 님의 얼굴이 왜 이렇게 변했는가? 고통스러운 사막을 갈 때도, 해와 더운 바람에 모든 수분을 빼앗겨 입술에 허연 소금이 피어났을 때도 이마만은 투명하게 빛이 났는데, 오늘은 그 이마조차도 찌그러진 청동거울 같다니….'

닌은 한 발짝 물러나서 다시 바라보았다.

'대체 무슨 일인가?'

그의 얼굴이 점점 더 일그러지기만 했다.

'나의 왕자께서 어찌하여 저토록 고통스러운 얼굴인가? 악몽이라도 꾸시는가? 이제 통치자가 되었는데 왜 악몽이 찾아드는가? 악몽을 꾼다면 어서 빨리 깨워야 한다. 왕자님, 나의 님이시여, 눈을 뜨세요. 눈을 뜨고 저 해님을 보세요.'

엔릴이 몸을 움직였다.

'그래요, 어서 꿈에서 나오세요. 그리고 현실을 보세요. 당신은 통치자, 이 내륙에 최초로 나라를 세운 우리 겨레의 왕, 위대하고 위대하다고 해님이 알려주고 있어요. 그래요, 어서어서 나오셔서 이 찬란한 아침을 안으세요….'

할머니가 깨웠다.

"닌아, 너 어디 아프냐?"

꿈이었다.

6

시파르 도시의 살림은 매우 기형적으로 기울어져가던 중이었다. 청동 제품은 팔리지 않아 창고마다 쌓이고 도자기는 둘 곳이 없어 생산마저 중단한 상태였다.

전 군주는 만들면 다 팔릴 줄 알고 사업을 추진했으나 그들이 만든 제품은 인기를 끌지 못했다. 동방에서 오는 대상들조차도 이곳에는 들르지 않았고 굳이 먼 우루크나 에리두로 갔다. 군주는 그 이유를 신생 국가라 그렇다, 시간이 지나면 나아진다고 생각했지만 까닭은 기술이 선진 수준에 이르지 못했기 때문이었다. 청동거울만 해도 그렇다. 우루크에서는 벌써 아연을 섞어 표면이 깨끗한 청동거울을 만드는데 그들이 만든 것은 푸른 쇠 이끼가 피어나 하루만 지나도 얼굴이 보이지 않았다.

엔릴은 그런 청동까지 모두 수거해 들여 쇳덩이로 녹인 뒤 별읍장에게로 보냈다. 재가공 기술은 호시에서도 뛰어나다고 했으니 별읍장은 그곳에서 선호하는 물건으로 만들어낼 것이었다.

엔릴은 회의장으로 들어섰다. 참모진, 우투와 촌장이 참석해 있었다.

"보고들 하시오."

장군이 먼저 입을 열었다.

"제가 돌아본 농토는 거의 황무지였습니다. 수년째 방치해두어 키 작은 가시나무만 여기저기에 무더기로 앉아 있었습니다."

"촌장이 본 것은 어떻소? 쌓여 있다던 도기는 쓸 만한 것들입디까?"

"사용하는 덴 문제가 없습니다만, 구식이라 상품 가치는 없었습니다."

주로 할라프와 가지 무늬 도기였는데 그것은 오래전에 유행하던 것이었다.

기병장이 급하게 들어와 보고했다.

"농민들이 몰려왔습니다. 엄청난 숫자입니다."

"농민들이? 까닭이 뭐라던가?"

"곡식을 달라고 했습니다. 아니면 성안의 창고를 습격하겠다는 것입니다."

"일단 막고 있게. 결정이 내려지면 알려주겠네."

장군은 기병장을 돌려보낸 뒤 장내를 돌아보며 말했다.

"이제 우리도 결정을 내려야 할 때입니다."

"어떤 결정을 말이오?"

장군은 시파르에 오만 정이 떨어져가는 중이었다. 물질을 얻고자 정복한 도시가 몰락의 문턱에 있었다. 도시화되면서 거의 모든 농토가 버려졌고 초지가 없어 목축업도 급격히 줄어 곡물은 물론 양유까지도 수입한다는 말을 들었을 땐 하루빨리 떠나는 게 상수란 생각도 들었다.

"이쯤에서 철수를 하자는 것입니다. 국고로 남은 곡식과 가축도 얼마

되지 않습니다. 방법을 취하지 않으면 한 달도 버티기 힘듭니다."

은대장이 나섰다.

"우리는 이미 가질 것을 다 가졌습니다. 그 정도면 소호의 살림 밑천은 챙겼으니 이쯤에서 철수하는 것이 좋을 듯합니다."

엔릴은 교법사를 찾았다. 그는 명상할 텔을 찾아 새벽에 나가고 이 자리에 없었다.

"촌장, 당신의 생각을 듣고 싶소. 기탄없이 말해주구려."

"저는 이 땅에 우리 겨레의 나라가 세워지기를 간절히 바라온 사람입니다만, 지도부의 결정에 따르겠습니다."

엔릴은 생각했다. 참모들 말처럼 철수를 한다면 창고의 곡식은 시민들에게 돌아갈 것이다. 하지만 얼마나 버틸 것인가. 머잖아 다시 굶주릴 것이 아닌가. 자신들이 착복한 청동이 곡식처럼 직접 시민들의 입을 해결하는 것이 아니라 해도 그들은 우리에게 모두 빼앗긴 탓에 굶어죽은 것이라고 할 것이다. 그건 홍익사상을 가진 민족이 할 일이 아니다. 평화와 인간을 추구하면서도 전쟁을 했다면, 그리고 주린 시민들이 반란을 일으켰다면 우리는 당연히 그들을 도와야 한다. 여기에 천신의 하늘까지 세워두었으니 그들도 천신의 자식이다.

엔릴이 말했다.

"촌장, 곡식을 구입할 방법이 없겠소?"

"있습니다. 우선 도기를 싣고 인근 마을을 돌며 팔아볼 수 있습니다. 구식이라 사지 않겠다고 하면 자선 상품으로 내놓으면서 구호 곡물을 걷는 것입니다. 전에도 한번 그런 일이 있었어요. 홍수로 겨레의 집과 농토가 쓸려 갔을 때 우리가 시작했는데 이민족들도 흔쾌히 돕더군요.

그래도 물품이 남으면 그릇이 귀한 야만 토족 마을을 돌며 곡식이나 짐승과 바꿀 수도 있을 것입니다."

"그럼 촌장이 나가서 시민들에게 공표해주시오."

"공표라니오?"

엔릴이 공표 내용을 늘어놓았다.

"양과 곡식을 수입해 올 것이며 그것을 나눠줄 생각이다. 시민들은 일상으로 돌아가서 하던 일을 계속하라. 새 군주는 모든 백성을 보호한다. 이제 시파르는 새 도시가 되었다. 그 기념으로 군주는 6개월간 세금을 감면한다. 많은 양과 염소를 가진 자에게도 일체 세금을 부여하지 않는다. 대신 양과 염소 수를 늘리는 데 주력하라. 그 수를 배로 늘린 자에겐 포상이 있을 것이다. 자, 어서 나가서 말하시오."

참모들은 자신들이 이제부터 무슨 일을 해야 하는지 알아차렸다.

궁전 살림을 맡게 된 책임선인은 밤잠도 자지 않고 일을 했다. 그는 의원 할머니의 도움을 받아 정원사, 마부 등 전문인들과 임금 계약을 맺었다. 가능한 한 기존 인력을 그대로 쓴다는 것이 지휘부 방침이었다. 하지만 주방과 약제실만은 남에게 맡길 수 없다 하여 노인은 자신의 딸이자 닌의 어머니를 주방 책임자로 두고 본인은 약제실을 전담했다. 닌의 어머니는 딜문과 니푸르에서 사람들을 뽑아 와 궐내 식당 일을 말끔히 처리해내고 있었다.

책임선인은 자신이 작성한 서류를 한군데로 접어둔 뒤 몸을 일으켰다. 오늘 저녁에는 계수식이 있다. 정식으로 하자면 왕의 등극식부터 치러야 하나 엔릴이 혼례를 미루고 있어 간단한 절차부터 치르기로 한 것이다.

책임선인은 집무실로 갔다. 지휘부가 막 회의를 열고 있었다.

장군이 그간 진행해온 일에 대해 설명하기 시작했다.

"먼저 농업과 목축에 관해서 보고드리겠습니다. 곡물은 백성들의 생명을 이어주는 기본입니다. 천신의 자손인 우리가 와서 배불리 먹었다는 말을 듣도록 노는 땅 없이 씨를 뿌릴 계획입니다. 그리고 청동 생산에도 주력하기로 했습니다. 우바이드 야금장이는 합금술이 뛰어나 쇠이끼가 끼지 않는 장검이나 청동거울을 만들어낼 수 있다고 하니 모셔올 방도를 취해보겠습니다."

엔릴이 물었다.

"올해 농사를 지을 수 있습니까?"

"쓸 만한 땅에는 파종을 독려하고 있습니다. 오래 방치된 농토는 내년 봄부터 적극적으로 가꾸도록 하겠습니다."

엔릴이 교법사를 지목했다.

"교법사께서 하실 말씀이 있으시지요?"

"예, 저는 우리 내부 이야기를 좀 하겠습니다."

그는 두 손바닥을 합치고 이야기를 계속했다.

"본능에는 본래 아我만 있어 염치가 없습니다. 이성에는 타와 아가 함께 있어 염치가 있지요. 우리의 홍익은 본능을 염치 있게 쓰되 좋은 것을 나누라는 사상입니다. 시파르 주민들이야 본래 아가 성하지만 그건 우리 군사들도 다르지 않습니다. 솔직히 말씀드려 현재 그들의 생각은 7, 8할이 본능에 좌우되고 있습니다. 원인이야 분명하지요. 젊은 데다 가족과 오래 떨어져 있어서 그렇습니다."

장군이 물었다.

"군인들 사이에 무슨 문제가 있습니까?"

"지금은 아닙니다만, 봄기운이 실려 오면 집단적인 강간 사건이 일어날 수 있습니다. 그때 목격자가 살해를 당할 수도 있습니다."

엔릴이 언성을 높였다.

"전투도 아닌 성욕으로 살인을 해요? 그런 일은 절대로 안 됩니다!"

장군이 물었다.

"방법은 있습니까?"

"예, 있습니다. 봄이 시작될 때 조치를 취해 그들의 본능을 잠재우도록 하겠습니다."

엔릴이 장내를 돌아보며 말했다.

"이야기는 거의 끝난 것 같습니다. 이제 회의를 마쳐도 되겠습니까?"

책임선인이 나섰다.

"아닙니다. 가장 중요한 것이 남았습니다. 오늘은 계수식입니다."

엔릴이 고개를 저었다.

"그 일은 당분간 미루어주십시오. 마음이 정해지면 알려드리겠소. 그 날까지 오직 시파르 부흥에만 열중하고 싶으니 내 생각에 따라주길 바라오. 이상이오."

7

보리와 밀 씨를 무상으로 공급하자 전 시민들이 농토를 개간하기 시작했다. 군인들도 동원되어 수로를 파고 밭을 갈고 씨를 뿌려 시파르의 전 농토가 예쁘게 단장되었다.

하지만 이 겨울에 비가 오지 않았다. 강도 바닥을 보여 식수조차 고갈되어갔다.

봄에는 만년설이 녹아 강이 범람했다. 이 시기의 많은 물은 뿌리를 썩게 하는데도 사람들은 수로를 막을 정신이 없었다. 도시에 기근이 몰아닥쳤기 때문이다. 당국에서도 더 이상 대처할 수가 없었다.

음력 4월이었다. 교법사는 샛강 변 노예 시장으로 나갔다. 굶주린 부모들이 자기 아이들을 데리고 나왔다. 팔아서 곡식을 사기 위해서거나 굶겨 죽이지 않으려는 처사였다.

타지방에서 거룻배를 타고 온 상인들이 노예들을 살폈다. 이빨이나 몸집을 보던 것은 옛날 이야기였다. 물배를 채워 배만 올챙이 같은 아이들은 빵 하나면 살 수가 있었다. 소년들은 며칠만 잘 먹이면 농가에 비싼 값으로 팔 수 있으므로 서로 사 가려고 다투었다. 수확기가 다가온 것이다. 여자아이는 열 살까지는 공짜였다. 죽일 수가 없어 데리고 나온 것인데 그런 아이들은 포주 집에 보내졌다. 그곳에서 잔심부름을 시키다가 나이가 차면 매춘을 시켰다.

파장이 되었다. 거룻배들도 모두 떠나가고 가족을 팔거나 팔리지 않은 사람들도 주섬주섬 일어났.

해가 기울어져갈 때 교법사는 들녘을 가로질러 갔다. 황무지 저쪽에는 사람들의 뼈가 나뒹굴었다. 사람이 사람을 잡아먹은 흔적이었다. 이 지독한 재앙은 집단 강간 사건 뒤에 오게 되어 있었는데 어찌 이것이 먼저 왔단 말인가. 교법사는 자신도 모르게 고개를 돌려버렸다. 그러자 집으로 돌아가는 사람들이 눈에 들어왔다. 이대로 기아가 계속되면 아내가 남편을, 남편이 아내를 잡아먹고 말 것이다.

그는 절망적인 심정으로 천신에게 간원했다.

"오늘만이라도 저들이 무사히 넘기도록 기운을 주소서."

보이지 않는 번개가 허공으로 날아와 사람들 사이로 흘러 다녔다. 그의 기도를 들어주기라도 한 듯 기운이 빠져 어깨가 축 늘어졌던 사람들이 허리를 꼿꼿이 폈다. 그러나 일시적으로 그들을 일으켜 세운 그 기운은 그들이 잠자리에 들자마자 사라져버릴 것이다. 살기 위해 스스로 음식을 구해야 한다는 것은 천신이 인간에게 부여한 원칙이므로 천신 역시 그 이상의 것을 베풀어줄 수 없었던 것이다.

노인은 두두와 함께 왕진을 떠났다. 부상자들이 거의 다 나았을 때, 교법사가 소호에서는 봄과 여름에 돌림병이 많은데 이 지방은 어떠냐고 물었다. 그 말은 돌림병이 올지도 모르니 준비를 하라는 뜻이기도 했다. 노인은 궐내 약제실은 의원선인이게 넘기고 자신은 원주민 의원들을 규합했다. 실력이 모자라는 사람은 가르쳐가면서 치료사로 육성했는데 돌림병보다 먼저 찾아온 것이 기근이었다.

굶주림은 치료사라고 피해 가지 않았지만 노인은 자기 조직을 해체하지 않았다. 부잣집 곳간은 아직 끄떡없었고 왕진비를 배로 받아 협회를 이끌었다.

"어서 오십시오."

저택 앞에 안주인이 기다리고 있었다. 노인은 흰 아마 천으로 머리와 얼굴을 가리고 있어 중성적 인상이 강했다.

"남편은 방 안에 있습니다."

두두가 마당에 널린 것을 보고 노인에게 속삭였다. 돌도끼, 점토 낫, 굽지 않은 토기, 달의 신이라고 빚어 만든 둥근 점토 덩이, 토우 등이 죽 널려 있었다.

"곡식을 달라고 저런 허섭스레기를 가져왔지 뭡니까? 내칠 수 없어 받아둔 것이랍니다."

값이 나가는 것은 따로 챙겼을 것이다. 소문에 곡식을 비축하지 못한 부자들은 금붙이로도 곡식과 바꾸어 간다고 했다. 근래는 보리가 금값이어서 은붙이나 청동 쪼가리로는 겨우 한 되 바꾸어 갈 수 있었다. 할머니는 집에서 모시던 신까지 내왔다는 것에 절망을 느끼며 두두에게 말했다.

"너는 여기서 기다려라."

환자는 목에 가래가 걸려 숨을 제대로 쉬지 못했다. 말문까지 닫은 것이 심한 중풍이었다. 이 밤을 넘기지 못할 것 같았다. 노인은 먼저 백단 향을 피운 뒤 더운물을 가져오게 해 사프란 꽃술을 우렸다. 그 물을 약 숟가락으로 천천히 환자 입에 떠 넣었다. 수명이 연장될 병도 아니니 치료비라도 깎이지 않으려면 시간을 끄는 게 유리했다.

환자의 숨결이 부드러워졌을 때 노인은 왕진 보자기를 쌌다. 안주인이 치료비라고 금반지 하나를 내밀었다.

"중병이십니다. 조치는 취했습니다만, 결과는 확답해드릴 수가 없습니다."

안주인이 물었다.

"내일 또 와주시겠지요?"

"그러겠습니다."

저택에서 나와 그릇 공장을 지날 때 뒤쪽에서 한 떼거리의 부랑자들이 튀어나왔다. 두두가 말했다.

"할머니 달아나요. 저들이 우리가 가진 것을 뺏으려고 그래요!"

노인이 멈춰 서며 말했다.

"두두야, 동요하면 당할 수도 있다. 의연하게 굴어라."

부랑자들이 다가들자 노인이 먼저 물었다.

"우리에게 노리는 게 뭔가?"

"가진 것을 다 내놓으시오. 우린 열흘째 아무것도 먹지 못했어요."

사람이 사람을 잡아먹었다는 소문이 사방에서 들려오고 있었다. 젊은 부부가 아기를 먹었다는 소문도 몇 건이 되었고, 어느 늙은이는 젊은 자식들에게 자기 살을 먹이려고 스스로 혀를 깨물어 죽었다고 했다.

니푸르에 독한 흉년이 들었을 때도 그런 일이 있었고, 남편 이야기에 따르면 환족도 오래 굶으면 자신의 허벅지나 상대의 엉덩이 살이라도 베어 먹는다고 했다. 살길도 생명이 있어야만 찾아지는 것이었다.

"여기서 기다리고들 있으시오."

노인은 저택으로 되돌아가 안주인을 불러냈다.

"아무래도 미심쩍구려. 환자를 한 번 더 봅시다."

환자의 이마에 검붉은 반점이 나타나 있었다. 속에서 핏줄이 터져 고여 있는 흔적이었다. 노인이 안주인에게 말했다.

"혹시나 했더니 사실입니다. 역병입니다. 두세 시간쯤 후에 숨을 거둘 것입니다. 그때 즉시 눈, 코, 입을 막으십시오. 헝겊으로 얼굴을 단단히 감싼 뒤 인적 없는 들에 갖다 버리십시오. 한시라도 빨리 그래야 합니다. 아니면 역병이 식구들 몸으로 옮겨갈 것입니다."

안주인은 얼굴에 경련을 일으켰다. 노인은 저택을 나와 그릇 공장 뒤로 갔다.

"오늘 밤 저택에서 짐승을 들고 나올 것이오. 주인 대신 죽은 것인데 들판에 버리라 했으니 그 처리는 알아서들 하시구려."

노인은 그 자리를 떠나며 '자연에게 돌아갈 살덩이, 사람에게 주는 것뿐'이라고 자신을 위안했다.

저만치서 장모가 두두와 함께 오고 있었다. 기다리고 있던 제후가 달려가 그들을 맞았다. 자식도 장모도 매우 놀라는 눈치였다. 장모가 먼저 물었다.

"자네에겐 시파르 출입이 금지된 것으로 아는데?"

"예, 하지만 아주 중요한 일이 있어서 왔습니다."

"그게 뭔가?"

"참성단을 짓다 중단했다면서요? 그걸 제가 완수하고 싶으니 장모님께서 허락을 받아주십시오."

두두가 불같이 화를 냈다.

"안 돼요! 또 무슨 일을 꾸미시려고 그러세요? 이번에는 절대로 안 될 테니 돌아가세요. 아니면 제가 가서 고발할 거예요!"

제후는 아들의 귀싸대기라도 후려치고 싶었지만 참아야 했다.

"미안하다. 전번에도 잘하려다가 그렇게 되었다만 용서해라. 하지만 이번에는 그때와 다르다. 천신께서 꿈에 일러주신 일이다."

노인이 물었다.

"천신께서?"

"예. 꿈에 나타나시어 저를 호되게 꾸짖으셨습니다. 저의 잘못까지 조목조목 열거하시면서 마지막으로 용서할 기회를 준다, 왕자님이 참성단을 쌓다 중단했으니 네가 완성을 도우라 하셨습니다."

참성단은 기본 단만 쌓은 뒤 중단된 상태였다. 벽돌을 만들던 보병들을 식량 구입과 탁군으로 돌린 까닭인데 그 사실을 멀리 있는 사위가 알고 있다면 천신이 일러주신 게 분명하다.

"시파르에서 지금 시급한 문제는 식량인데 왜 참성단부터 지으라 하시더냐?"

"왕자님과 참성단은 한몸과 같습니다. 소호를 떠나오실 때도 참성단에서 천신의 지시를 받았습니다. 참성단은 왕자님이 천신을 만나는 장소이니 하루빨리 완성시켜야 합니다."

"그래, 어떻게 완성하겠다는 것인가?"

"저는 재산을 털어 식량을 구입하겠습니다. 여기서는 일꾼만 내준다면 한 달 내로 완수할 수 있습니다."

"동원 일꾼이 한둘이 아닐 텐데 그 입을 다 해결할 수 있단 말이지?"

"예, 금이 있습니다."

"지금 가져왔는가?"

"나루에 마차를 두고 왔습니다. 저를 체포하지만 않는다면 당장 가져올 수 있습니다."

"가져오게. 그사이 내가 허락을 받아놓겠네."

제후가 두두를 보고 물었다.

"함께 가겠니?"

"아니오. 혼자 가세요."

제후는 말에 올라 급하게 달렸다.

8

 이글거리는 태양이 사막을 짓눌렀다. 엔릴이 그 속을 걸어가고 있었다. 입술이 쩍쩍 갈라지고 눈의 물기도 말라 시야마저 온통 희부옇게 보였다. 천둥이가 자기 등에 태워보려고 애를 썼으나 주인은 신만 찾았다.
 "천신이여! 저는 이 땅에 천신의 하늘을 열었습니다. 참성단을 세워 주민들이 천신의 은혜를 받도록 하려 했습니다. 신의 지침인 활인과 홍익, 상생을 가르치려 했습니다. 한데 어이하여 사람이 사람을 잡아먹는 흉악한 일만 일어나고 있나이까?"
 기근과 죽음이 시파르를 휩쓸고 가자 그는 견딜 수 없는 자괴감에 빠져들었다. 며칠 전부터는 악몽까지 겹쳐졌다. 지난해 전투 때 불에 탄 적병들의 신음 소리가 들려왔고 까맣게 그을린 병사의 성기가 널려 있었으며 그것을 묻으려고 땅을 파면 악마의 대답이 튀어나왔다.
 "네가 그들을 잡아먹은 것이다!"
 어젯밤 꿈에는 하늘에서 시체가 비처럼 쏟아져 내렸다. 그가 시체들을 묻으려고 땅을 파면 그 속에서 뼈다귀가 쏟아져 나왔다.

"신이여, 저는 환인의 자손입니다. 활인과 홍익을 실천해야 할 사명을 타고났습니다. 한데 어찌하여 저는 저의 새 백성들을 도탄에 빠뜨리고 있단 말이옵니까?"

신의 말씀이 들려왔다.

"그건 네 탓이 아니다. 네가 오기 전부터 그들에게 씌워진 숙명이다."

"이곳 시민들의 불행이 이미 정해진 것이라면, 저로서는 멈출 수 없는 일이라면 신이시여, 이제 그만 저를 소호로 돌아가게 해주십시오. 아버님께 생신 때까지 귀환하겠다고 약속을 드렸는데 벌써 두 해가 지났습니다."

"이곳 시민들은 이미 너의 백성이 되었다. 잘 보살필 생각은 않고 달아날 생각을 하느냐?"

"저희도 최선을 다했습니다. 우리가 가진 모든 재물을 내놓았으나 백성들은 구제되지 않았습니다."

"그것이 최선을 다했다는 것이냐? 세상에는 부유한 도시도, 기름진 땅도 많다. 그런 곳을 찾으면 백성을 구제할 수도 있는데 어찌 그런 생각은 하지 못한단 말이냐?"

"또 전쟁을 하라는 것이옵니까? 싫습니다. 돌아갈 것입니다. 이제 이곳은 진저리가 납니다."

"그래도 모르느냐? 너의 진정한 운명은 이 내륙에 있다. 아직 그 운명도 만나지 않았는데 떠나겠다고? 미래를 버려두고 과거의 껍데기로 돌아가겠다고?"

'과거의 껍데기? 술에 절어 사는 그런 인생?'

"하오면 신이시여, 제 운명을 만나면 저는 어떤 일을 하는 것입니까?"

"내가 보여줄 테니 날 따라오너라."

작은 태양이 엔릴의 앞에서 달렸다. 불새들이 있는 동굴을 지나가자 길잡이 태양은 사라지고 큰 강이 가로놓였다. 그가 물을 마시려고 엎드릴 때 강이 벽처럼 몸을 일으켰다. 강이 아닌 황색 비단이었다. 세상을 덮을 듯이 넓은 비단이 바람에 흐르듯 펼쳐졌고 다섯 마리 용이 차례로 내려와 그 위에 글을 쓰기 시작했다.

"새로운 세상을 가져라. 그 세상에 너의 새 씨앗을 심어라. 새로운 열매가 탄생할 것이다."

용들은 계속해서 글을 썼고 그는 바쁘게 따라 읽었다.

"어서 돌아가 그 세상을 찾아라."

그는 번쩍 눈을 떴다. 하늘에는 해가 아닌 달이 떠 있었다. 사막이었다. 그는 천둥이를 불렀다.

동이 터올 때였다. 멀리서 천둥이 울음소리가 들려왔다. 성문 보초가 목이 터져라 외쳐댔다.

"왕자님이 돌아오신다!"

그 보고가 번차례로 넘어갔고 집무실에서 머리를 싸매고 있던 장군과 책임선인 우투를 비롯해 모든 사람들이 벌떡벌떡 일어나 문밖으로 달려 나갔다. 엔릴이 벌써 말에서 내려 안으로 들어오고 있었다.

그는 곧장 집무실로 들어가 권좌에 앉았다. 얼굴은 하얗게 말라 있었으나 눈은 전에 없이 번쩍였고 꾹 다문 입술마저 사뭇 엄숙한 것이 무슨 신성한 일을 치르고 온 사람 같았다.

엔릴이 입을 열었다.

"자리에들 앉으시오."

걱정으로 숨도 쉬지 못하던 참모들이 조금씩 표정을 풀며 자리에 앉았다. 엔릴이 말했다.

"시파르에서는 나의 구상이 거의 물거품이 되었소. 백일 학교를 열어 시민들의 정신을 채우겠다는 계획도 육체적 빈곤 앞에 무너지고 말았소. 토착민들은 물과 안개 등 자기 신을 찾아 도둑질을 도와달라고 빌면서 천신을 모독했소. 가장 괴로운 것은 풍요를 약속했던 주민들에게 첫해부터 굶주림을 안겨준 것이오."

교법사는 시파르가 썩어가는 도시였으나 갈아엎으면 될 것으로 여겼다. 하지만 기운이 꺼져가는 곳에는 씨를 뿌려도 싹을 틔울 여력이 없었다. 엔릴이 궁전에서 사라졌을 때 그는 장군보다 더 깊은 자책을 했다. 왜 자신에겐 땅의 기운을 보는 능력이 없었던가. 스승 선사는 공기와 햇살, 바람과 물의 언어와 그들이 전하는 예언도 들었다. 사람이라면 한시도 떠날 수 없는 땅, 육신과도 같은 이 땅의 혈관조차 내 몸에 연결하지 못했는데 엔릴을 돕겠다고, 신족으로 가는 길을 경호하겠다고 따라왔단 말인가.

그때 그는 보았다. 엔릴은 사막에서 신과 대화를 하고 있었다. 백 리 바깥이었다! 전에는 능력이 미치지 못하던 거리였다!

엔릴이 계속했다.

"신께서 새 도시를 찾아 새 세상을 만들라 하셨소. 그래야만 시파르 시민들도 살릴 수 있다 하셨소. 당장 준비해주시길 바라오."

장군이 벌떡 일어나며 말했다.

"당장 준비하겠나이다."

9

 지역 탐색자들이 돌아와 보고를 시작했다. 풍년 지대를 돌아본 우투가 먼저 입을 열었다.
 "슈루파크Shuruppak는 보리, 밀, 채소, 모두가 대풍이었습니다. 들도 기름져 양과 염소들이 배불리 풀을 뜯고 있었습니다."
 장군이 물었다.
 "거리는 얼마쯤 되는가?"
 "약 5백 리쯤 아래쪽입니다. 그다음은 니푸르 동북쪽의 티그리스 강을 낀 도시 라라크Larak인데 슈루파크보다 크고 인구도 많았으며 그곳 군주는 원래 사제였던 자로 반란을 일으켜 권좌를 탈취했습니다. 그리고 에리두 위쪽에 있는 바드 티비라Bad-tibira는 해마다 과일이 대풍이고 말린 무화과가 그곳 특산물입니다."
 라라크, 사제가 반란을 일으켜 군주가 되었다? 엔릴의 정의감이 자극을 받았으나 티그리스 쪽이라는 게 그를 망설이게 했다. 그는 에리두 담당으로 보고를 넘겼다. 은대장, 두두, 천체선인이 그들이었다. 그가 먼저 물어보았다.

"날씨는 어떻습디까?"

"날씨는 그런대로 좋았습니다만, 지형은 이곳과 사뭇 달랐습니다. 첫째로 에리두는 바다를 낀 데다 내륙으로 큰 호수가 많았는데, 그것은 안개가 잦다는 증거이고 실제로도 그랬습니다."

천체선인이 대답했다. 그는 별의 운행, 달의 형태, 해의 색깔 등으로 미래의 날씨 변화를 예측할 수 있어 그 지역의 천체를 살펴볼 겸 동행한 것이었다.

두두가 끼어들었다.

"주로 아침저녁으로 안개가 많았습니다."

두두는 말하는 태도가 전과 달리 제법 어른스러웠다. 이번 탐색에 동참했던 게 두두에게는 성장의 기회가 되었다. 은대장이 나섰다.

"안개야 은폐에 도움이 되겠지요. 또한 바다가 가까울수록 사구나 갈대밭이 많아 군사를 은밀히 주둔시키기도 수월할 것입니다. 문제는 성벽인데 예상 밖으로 높았습니다. 해자도 있었는데 넓이가 대단해 웬만한 사다리로는 성벽조차 닿을 수 없을 것 같았습니다."

"성문으로 직접 치고 들면 어떻겠던가?"

장군이 물었다. 그는 애초부터 에리두를 마음에 두고 있었다. 이번에는 확실한 알곡의 땅을 가져야 한다는 초조감도 있었다. 은대장이 대답했다.

"성안에는 어떤 강적도 막아낼 수 있는 정예 군사 수백 명이 항상 상주한다고 했습니다. 성 자체도 여기처럼 궁전만 있는 게 아니라 귀족이나 부유층 가옥도 함께 있어 그 크기가 사방 10리는 되어 보였습니다."

장군이 약간 강압적으로 물었다.

"그 성이 철옹성이라도 된단 말인가? 성을 뚫을 방법이 아주 없다는 말인가?"

"문제는 너무 큰 도시라는 것입니다. 게다가 그들이 박힌 바위라면 우리는 굴러가는 돌멩이입니다. 다시 말해 자기 자리에서 막는 것과 뜨내기가 치고 드는 데는 그 힘의 강도가 다른 법입니다."

장군이 두두에게 물었다.

"두두, 네가 조사한 것을 말해보아라."

"예, 성 밖의 목부가 신선한 양젖을 공급하기 위해 매일 아침 성으로 들어가고, 성내 사람들은 또 외국 과일을 선호해서 배가 들어올 때는 과일을 운반하는 마차가 아무런 제지도 받지 않고 그냥 성문을 통과한다고 들었습니다."

장군이 엔릴에게 건의했다.

"왕자님, 에리두로 결정하시면 어떻겠습니까? 두두의 말처럼 첩자를 심을 방법도 있으니 먼저 정황을 파악하고 작전을 세우면 될 것입니다."

그때 문지기가 들어와 제후가 찾아왔다고 알렸다. 엔릴이 두두에게 말했다.

"두두야, 네 아버님께서 널 보고 싶어 오신 모양이다. 나가보거라."

제후가 몸소 들어서며 말했다.

"저는 왕자님을 뵈러 왔습니다."

"무슨 일인지 모르겠소만, 우린 지금 회의 중입니다."

제후가 구석의 빈 의자로 다가가며 말했다.

"그럼 저는 회의가 끝날 때까지 여기 앉아 기다리겠습니다."

장군이 말했다.

"기다릴 것 없고 지금 말해보시오."

"예. 엔키 공이 금을 보내왔습니다. 에리두 정복에 쓰라고요. 앞으로도 비용 걱정은 하지 않아도 된다는 말을 전해달라 했습니다."

"엔키 공이?"

"예. 그는 만반의 준비를 하고 있습니다. 용병 모집은 물론 자기 나라에서도 군사들이 올 거라면서 물자도 군사도 완벽하니 계획하신 일을 지체 없이 실행하시라 했습니다."

장군이 두두에게 물었다.

"네가 에리두 정탐에 대해 네 아버지께 알렸더냐?"

두두가 그런 적 없다고 펄쩍 뛰자 제후가 변명했다.

"저는 장모로부터 들었습니다. 마침 엔키 공도 와 있기에 그 말을 했더니 자기도 적극 돕고 싶다고 한….'

엔릴이 그의 말을 잘랐다.

"알겠으니 그만 나가보시오."

제후가 나가자 장군이 엔릴을 보며 고개를 저었다. 에리두는 제외하자는 신호였다.

10

엔릴의 군사들은 샛강 주변에 진지를 구축했다. 라라크에서 10여 리 떨어진 곳이었다.

라라크는 어업과 상업이 발달하고 주민들 간의 교류도 활발했으나 침략 조건은 별로 좋지 않았다. 도시는 두 개의 샛강 사이에 둥지를 틀었고 나루가 활성화되어 통행자가 많았다. 도시 주변은 텔 하나 없는 벌판이라 속전속결이 아니면 곧 노출되고 말 지대였다.

"우투가 돌아옵니다."

보초가 알렸다. 책임선인이 횃불을 밝혔다. 우투가 막사로 들어섰다. 은대장이 양피지와 숯을 당겨놓았다. 우투는 머릿속을 정돈한 후 숯을 잡았다.

그는 먼저 동쪽에 굵은 선을 아래로 그어 내렸다.

"이것이 티그리스 강입니다."

우투는 다시 동쪽에서 내륙 서쪽으로 두 개의 샛강을 그린 다음 그 안에 궁전과 신전 주택지 상점 거리를 표시했다.

"신전은 티그리스 강과 첫 번째 샛강 사이의 이것이고 궁전은 아래쪽 샛강 끝머리 이것입니다."

주택과 상점 거리는 중간에 있고 군사의 막사는 궁전 뒤쪽이었다.

"도시 분위기를 설명해보게."

"도시마다 시장과 상점 거리가 있었습니다. 번창의 규모로 사람들의 생활수준을 알고 다양성으로는 문화를 안다고 했습니다. 이곳 상점 거리는 길게 잇대어져 있는데 기름집과 신전에 바치는 향료 가게가 가장 많았습니다. 군주가 사제장을 겸하고 있다는 증거겠지요. 술집은 오후부터 흥청거렸습니다."

"군주에 대한 평판은?"

"전 군주는 악명 높은 패륜아였고 술과 색에 빠져 정사를 돌보지 않았으며 여자들에게 선심 쓰는 것을 좋아해 날마다 새로운 보석을 수입해 들였다고 했습니다. 국고는 일찍이 동이 났고, 그는 그것을 채우기 위해 주민들에게 재산 반분이라는 명목을 적용해 양 열 마리 가진 사람은 다섯 마리씩, 나루를 이용하는 데에도 양털을 한 자루씩이나 물게 했답니다. 그의 세금 착취가 극에 달하고 주민들의 불만이 곧 폭발할 지경일 때 사제가 반란을 일으킨 것이었습니다."

"그 사제가 지금의 군주란 말이지?"

"예. 새 군주는 '강의 신' 신전의 사제로 전부터 자주 궁정을 드나들었다고 합니다. 그래서 궁정 병사와도 친분을 쌓았는데 결국은 그들을 도모해 군주를 몰아내고 새 군주가 된 것이지요."

그 사제는 야망이 컸으나 그것을 숨길 줄도 아는 처세가였다. 궁정은 어떻게 지키고 주민의 환심은 어떻게 사야 하는지도 알고 있었다. 그는 먼저 세금을 대폭 삭감해 작은 양의 기름과 양털과 곡물, 염소만을 공물로 받았다. 무릇 새 군주가 등장할 때면 주민들의 환심을 사기 위해 잠깐 동안 그런 선정을 베풀기도 하는 것이 전례였음에도 워낙 시달려 오던 주민들이라 그 혜택에 그만 감복해버렸다.

"새 군주가 군대도 통솔한다고 했습니다. 그가 등극과 더불어 가장 먼저 창설한 것이 직업 군대이며 그 숫자가 5천이나 된답니다."

"이 주변에 침략해 올 만한 세력이 있나?"

"제 판단으로는 누군가가 자기처럼 또 반란을 일으킬까 봐 미리 그렇게 힘을 모으는 것 같았습니다. 그리고 농번기 때도 군력을 이용한답니다."

"군대를 민심 안정에 이용한다? 대단한 지략가군."

"술집이나 기름집에서도 모두가 새 군주를 칭송했습니다. 그들은 만약 새 군주에게 어떤 일이 일어나면 자기들이 창을 들고 군주를 지킬 것이라고 했습니다."

"음…."

"군주가 칭송받는 까닭엔 그의 전직도 한 보탬이 되는 것 같았습니다. 이 도시의 주신은 '강의 신'입니다. 그는 그 신전의 사제였고 주민들은 그를 주신의 화신으로 믿고 있습니다."

"신통력도 있다던가?"

우투는 술집에서 들은 늙은 사공들의 대화를 떠올렸다. 그들은 군주가 강물을 세우거나 안개와 비바람도 일으킬 수 있다고 했고, 강물이 일어날 때 바람도 뚝 하고 걸음을 멈추더라, 상앗대로 강물을 툭툭 쳤는데도 그 강물이 바로 눕지 않았다, 배를 밀었는데도 강물이 벽처럼

서 있더라, 우리 군주님이 어떤 분이신가, 하늘도 안개도 호령하는 분이 아니냐고 떠들어댔다.

"그들 말로는 대단하다고 했습니다."

싸워야 할 적은 세 갈래가 되는 셈이었다. 군사와 주민들, 그리고 군주에 대한 신화. 가장 까다로운 적은 신화를 신봉하고 지키려는 주민들의 용기일 것이다. 그랬다. 설령 전쟁을 해서 군인들을 이긴다 해도 마을 주민들이 전부 들고 일어나 입성을 막으면 결국 그 마을을 포기하거나 또는 빈 마을만 접수하게 될 수도 있다. 엔릴은 생각의 갈래를 이리저리 돌리다가 장군에게 물었다.

"장군의 생각은 어떠하오?"

"우리에게 다른 선택의 길이 없지 않습니까?"

"그렇소. 내일 아침 식사 후 출전이오."

장군은 전략을 세 가닥으로 잡았다. 첫째, 적군이 선전포고에 응해 오면 후퇴와 공격을 반복해 시간을 끌면서 그들의 용병술과 허점을 파악한 뒤 집중 공격을 한다는 것, 둘째는 은대장 부대를 미리 나루 위쪽으로 분산시켜 전투가 시작되면 후진을 치거나 만약 시민들이 몰려오면 은대장이 그들을 가로막아 적군과의 합류를 적극 저지한다는 것이었다.

장군이 가장 중점을 둔 전략은 주민과 군사들의 분리였다. 만약 주민들까지 밀려온다면 한꺼번에 그 많은 인원수를 쳐내기가 벅찰뿐더러 적병들 또한 용기를 얻고 그 저항의 힘이 배가될 수 있기 때문이었다.

해가 떠올랐다. 군사들이 식사를 끝내고 말에게 여물을 먹일 때였다.

망을 보던 병사가 다급하게 외쳤다.

"적이다! 적!"

적들이 새까맣게 몰려왔다. 마차를 선두로 군사들이 구름처럼 달려오는 것이었다. 작전 예상이 완전히 빗나가고 말았다. 장군이 외쳤다.

"무장하라! 무기만 들고 일단 후퇴하라!"

천막이나 기물을 거둘 시간이 없었다. 군사들은 무기만 챙겨 들고 후퇴하기 시작했고 갑옷을 착용하지 못한 기병들은 옷과 무기를 손에 든 채 말에 올랐다. 아직 5백 보도 피하지 못했는데 벌써 적들이 진영으로 뛰어들어 천막에 불을 지르고 기물을 뒤엎거나 파괴했으며 마차를 들어 엎었다.

장군은 자기 군사들을 돌아보았다. 모두 무장을 하고 정렬해 있었다. 적들은 기물 파괴에 정신이 팔려 더 이상 달려오지 않았다.

"반격하라!"

적병들도 즉시 응수해 마차를 전 속력으로 몰고 왔다. 선두 마차가 열 대였다. 한 마차에 네 명의 창기병이 창을 겨누어 들고 돌진해왔다.

"표창! 표창을 날려라!"

그들이 근거리로 달려들 때 표창 부대가 표창을 날렸다. 나귀들이 쓰러졌고 창기병들은 바깥으로 튕겨 나갔으나 후열 궁수 부대가 화살 반격을 시작했다.

"유격병은 돌진해서 화살 부대를 쏠어라!"

20명의 돌진 기병들이 적지로 뛰어들었다. 선두가 무너지고 있었다. 장군이 다시 외쳤다.

"2진 돌진하라! 3진도 합세하라!"

굉장히 위험한 작전 대응이었다. 자칫하면 기병과 말을 한꺼번에 잃을 수도 있었다. 그러나 방법이 없었다. 2진과 3진이 뛰어나갔다. 2진의 선두 여러 명도 쓰러졌다. 주인을 잃는 말들은 우왕좌왕했고 적들은 그런 말을 포획하려고 오랏줄을 날리기도 했으며 말이 용케 빠져나가면 집중적으로 창을 날려 기어이 말을 쓰러뜨렸다.

4진이 뛰쳐나갔다. 명령을 내리지 않았는데도 달려 나간 것은 명령보다 상황이 더 다급했기 때문이었다. 장군은 차라리 눈을 감고 싶었다. 4진이 무너지면 5진이 달려 나갈 것이고 그러면 기병들이 전멸할지도 몰랐다. 장군이 다시 외쳤다.

"보병들, 뭘 하는가! 진격하라!"

그때서야 보병들이 "와!" 하고 소리치며 달려 나갔다. 장군은 피 터지는 목소리로 "산병은 옆구리를 쳐라! 기병은 적장을 찾아 그 목을 베라!" 하고 외쳐댔다. 병사들이 일시에 흩어져 사방에서 조여들며 공격했다. 그러자 적들도 주춤했다.

"적들이 겁먹었다. 밀어붙여라!"

아군들이 더욱 다잡아 들어 창날을 휘둘렀다. 여기저기서 창 부딪히는 소리, 비명 소리가 진동을 했다. 적장은 후퇴 명령을 내렸고 적병들은 달아나기 시작했다. 올 때는 선두였으나 물러날 땐 후진이 된 적장은 그 다급한 와중에도 위신을 차리느라 엄포를 놓았다.

"좋다! 내일 다시 보자!"

적장의 당나귀가 막 등을 돌릴 때 표창 하나가 쌩 하고 날아가더니 적장의 등에 꽂혔다. 나귀 등에 쓰러진 적장이 일행과 함께 사라졌다.

아군의 주둔지는 쑥대밭이 되어 있었다. 죽은 말은 물론 아군들의 시신과 부상자들이 사방에 널렸고 마차와 천막은 낱낱이 파손되었으며 기름을 실었던 마차에서는 아직도 검은 연기가 피어올랐다.

장군은 시체가 널린 곳을 돌아보았다. 말과 함께 죽은 기병, 온몸이 창에 찔려 쓰러진 말, 말을 향해 손을 뻗고 있는 시신…. 그들이 떠나올 때 궁전 앞에 가족들이 몰려 나와 두 손을 흔들어주던 모습이 떠올랐다. 자식들은 자기 아버지가 어디로 가는지 알지 못한 채 말 탄 모습만 멋지다고 손뼉을 치기도 했다. 어린것들 중엔 자기도 커서 기병이 되겠다고 몰래 꿈 한 자락을 간직하는 아이들도 있었을 것이다. 자기가 그랬던 것처럼, 또 이 기병들이 그랬던 것처럼…. 장군은 사랑했던 부하들의 시신을 묵묵히 비켜 가면서 속으로 작별 인사를 했다.

'그대들은 축복을 받은 것이네. 어릴 때부터 품어온 꿈이 기병이지 않았던가. 그 꿈을 발현하지 않았는가. 그리하여 그대들은 장렬하게 전사했고 그것은 그대들의 꿈, 그 열매이지 않은가. 그러하네. 그대들은 꿈을 한껏 키웠고, 또 키울 수 있었고, 이제는 그 커다란 꿈을 송두리째 안고 그렇게 떠나는 것이네….'

장군은 걸음을 멈추었다. 한구석에 말과 나란히 죽어 있는 기병이 보였다. 장군은 다리에 힘이 풀려 기병의 시체 옆에 쓰러지듯 주저앉았다. 설마…. 그는 떨리는 손으로 시신의 얼굴을 돌려 보았다. 막구였다. 어디서나 용맹을 떨치던 녀석, 그 잘생긴 청년이 죽어 있었다. 단정하던 머리는 풀어졌고 환하게 웃던 그 입은 일그러져 있었다. 장군의 머릿속으로 지난날이 주마등처럼 스쳐 지나갔다. 펄펄하고 아름다웠던 청년이 이처럼 차디찬 주검이 되어 있다니! 장군은 성난 짐승처럼 울부짖었다.

"너마저, 너마저냐! 내 너의 아버지에게 어떻게 이 소식을 전하란 말이냐!"

장군의 투구가 그의 머리에서 굴러떨어졌다. 그는 상투머리를 흔들며 통곡했고 부하들도 북받쳐 울었다. 태양도 슬픈 얼굴을 보이지 않으려고 구름으로 얼굴을 가렸고 지나가던 바람도 아프게 흐느껴주었다. 장군은 마음을 가다듬었다. 부하들의 시신을 수습하는 것도 자신의 의무였다. 그는 부관에게 지시를 내렸다.

"서둘러 정리하라. 전사자는 인원과 신분을 파악하고 죽은 말은 한군데로 끌어 모아라."

군사들이 눈물을 걷고 주변 정리를 시작했다. 모두 말이 없었고 침통했다. 농담도 씨름도 잘하던 한 중군中軍의 시신을 수거할 때는 보병들이 울었고 기병들 시체를 수거할 때는 또 그들이 철철 울었다.

그날의 손실은 기병 전사자가 70여 명, 말이 80여 필, 보병 2백여 명, 그리고 부상자가 3백을 넘었다.

닌은 의약품 준비를 끝내고 천막 뒤쪽으로 돌아가 라라크 쪽 하늘을 바라보았다. 지금쯤 전투가 시작되었을 것이다. 닌은 두 손을 가슴에 묻고 모두 무사하기를 간절히 기도했다.

"우리가 기습당했습니다!"

천막 앞쪽에서 누군가가 외쳤다. 그리고 소란스러움이 그 뒤를 이었다. 닌이 황급히 달려 나갔다. 부상자들을 실은 들것이 진료소 천막 앞으로 몰려오고 있었다. 그 행렬이 끝이 보이지 않았다. 천막 앞은 부상병들이 흘린 피로 금세 젖었다. 할머니는 부상병들의 자리를 지정해주고 물을 끓이고 기구를 소독하느라 정신이 없었다. 닌은 정신이 아득해졌다. 대체 이게 무슨 일이란 말인가.

들것에서 막 내려진 부상병이 닌의 손을 잡았다. 그의 팔에서 흐르는 피가 닌의 소맷자락을 적셨다. 그는 쥐어짜는 목소리로 애원했다.

"살려주세요."

닌은 두 손으로 그의 손을 잡아주며 고개를 끄덕였다.

"걱정 마세요. 힘을 내세요. 천신께서 당신을 도우실 겁니다."

그러나 부상병의 눈빛은 절망으로 가득했다. 닌은 붕대를 가져와 부상병의 상처를 감아주었다. 그 사이에도 들것이 계속해서 들어와 천막 앞 공터는 발 딛을 틈이 없었다. 닌은 부상자들 사이로 바쁘게 누비고 다녔다. 붕대를 감는 일은 그래도 쉬웠다. 살점이 덜렁거리는 데에는 소독을 하고 묶어야 하는데 그 살을 감쌀 때 부상자가 아프다고 소리를 질러 혼이 달아날 지경이었다. 닌은 자신의 옷이 피로 물드는 것도 개의치 않고 땀을 뚝뚝 흘리며 소독을 하고 몰약을 바르고 붕대를 감았다. 손길이 턱없이 부족했다. 치료를 기다리다 못해 악을 쓰거나 죽어가는 군사도 있었다.

한 부상자가 처절한 목소리로 어머니를 부르고 있었다. 닌이 다가가 보니 그의 주위에는 피가 흥건했다. 눈빛도 몽롱한 것이 죽음으로 가는 길목에 있는 것 같았다. 그 병사가 흐린 눈길로 닌을 바라보며 애절한 목소리로 어머니를 불렀다.

"어머니…."

그 병사가 손을 뻗어왔다. 닌이 자기 어머니로 보이는 모양이었다. 누군가가 닌의 어깨를 잡았다. 돌아보니 할머니였다. 할머니가 고개를 저었다. 죽어가는 목숨이니 손쓸 필요가 없다는 뜻이었다. 병사가 눈을 뒤집고 컥컥거렸다.

'죽으면 안 돼. 돌아가서 당신 어머니를 만나야 해.'

닌이 그의 손을 잡았다.

'살아야 해. 살릴 수 있어.'

그 짧은 순간에 닌은 살릴 수 있는 모든 방법을 생각해보았다.

'천신? 그분은 살고 죽는 일에 관여하지 않으신다. 여와 여신? 그분은 흙을 빚어 사람을 만드실 수 있지만 죽어가는 생명을 살려내지는 않으신다.'

닌은 부상자 주변을 다시 살펴보았다. 그는 피를 너무 많이 흘렸다. 죽어가는 까닭도 그 때문이었다. 닌은 자신의 집게손가락을 쳐들어 보았다. 방법은 그것뿐이다. 닌은 힘껏 손가락을 깨물어 병사의 입에 대주었다. 피는 잘 흘러내렸고 병사는 무의식적으로 그 피를 삼켰다. 병사가 눈을 떴다. 흰자위뿐이던 눈에 검은 동공이 돌아오고 있었다. 등 뒤에서 할머니가 말했다.

"애야, 네가 그처럼 훌륭한 의원인 줄은 미처 몰랐구나."

닌이 속으로 대답했다.

'제 목숨을 바쳐 이 부상병들을 모두 살릴 수 있다면… 할머니, 전 기꺼이 그럴 거예요.'

잔인하게도 달이 떠올랐다. 그 달은 사방 곳곳을 되비추며 너희들의 주둔지가 어떻게 짓밟혔는지 잘 보라고 시위를 하는 듯했다.

엔릴은 머리를 싸쥐었다. 천막도 잃고 땅바닥에서 추위에 떨고 있는 병사들, 저만치 시신을 지키면서 울고 있는 보초병의 눈물, 아직도 꺼지지 않은 기름 연기, 한사코 달을 향해 뻗어 오르려는 그 절망의 연기…. 그는 더 깊이 얼굴을 묻었다.

참모들도 망부석처럼 우두커니 서 있을 뿐 아무도 입을 열지 않았다. 달빛 아래의 그 침묵은 모두에게 고문과도 같았으나 입을 열어 아프다고 말하기엔 그 실의가 너무 컸다.

교법사가 참모들을 일깨웠다.

"무장하십시오. 적들이 오고 있소!"

모두 소스라쳐 놀라는데 장군이 차분하게 물었다.

"은대장을 보내 후진을 치게 하고 싶은데 그럴 시간이 있겠습니까?"

"가능합니다. 어서 출발시키십시오."

장군은 은대장 부대를 보낸 뒤 우군 지휘자들을 집합시켜 새 작전을 짰다. 산병을 편성해 좌우 3조씩 6개 분대로 나누어 5백 보 이상 간격으로 앞쪽 양옆에 매복하는 것이 중심 전략이었다.

"적이 나타나면 선봉은 그냥 통과시켜라. 선두에서 전투가 시작될 때 각 분대는 옆구리를 허물어라. 단, 교전 시까지는 적의 눈에 띄지 않아야 한다. 멀찍이 떨어져서 매복하라. 달밤이다. 이 점 각별히 유의하라."

산병들이 전진으로 배치되고 기병과 남은 보병들이 무장을 했다. 마차 바퀴 소리가 들려온 것은 한 시간쯤 후였다.

장군은 조용히 하달했다.

"기병, 일렬로 서라!"

달려오던 적들이 놀라서 멈췄다. 2백 보쯤 앞에서였다. 보고대로라면 침략자들은 모두 지쳐 간신히 수습이나 하고 있어야 했다. 군주는 그

뿌리까지 짓밟아버리려고 직접 병사를 이끌고 나온 것이었는데 뜻밖에도 상대는 무장을 한 채 기다리고 있었다.

침묵이 대치 공간을 지배했다. 더 이상 기다리고 싶지 않은 아군들이 창끝으로 땅을 두드렸다. 군주가 마지못해 입을 열었다.

"말하라! 무슨 일로 남의 나라에서 진을 치고 있단 말이냐?"

우투가 장군의 말을 받아 큰 소리로 통역했다.

"너는 누군데 이 밤에 다시 군사를 이끌고 나왔더란 말이냐?"

"나는 신의 아들, 이 땅의 군주다."

우투는 술집에서 떠벌리던 사공들에게 자기가 역속임수를 당했다고 확신했다. 그들은 자기가 정탐꾼인 줄 알고 허풍을 떨어댔고, 자기가 자리를 뜨자 발고한 것이며, 이른 아침 쳐들어온 것이 그것을 증명했다.

"오, 네가 얼치기 사제냐? 그럼 어서 저 강물을 세우고 비바람을 불러라!"

군주는 얼른 달을 쳐다보았다. 달무리가 짙어지고 있었다. 마침 그 시간이었다. 군주가 소리를 질렀다.

"네놈이 감히 나를 모욕해? 나의 신이 용서하지 않을 것이다!"

"흰소리 집어치우고 어서 안개를 불러라!"

안개가 정말로 치솟고 있었다. 아군들은 모두 입을 딱 벌렸으며 우투는 놀란 나머지 숨이 목 안에 걸려 넘어오지 못했다. 그때 천체선인이 일러주었다.

"저 말, 믿지 마십시오. 달무리는 어제부터 졌고 오늘 안개는 날씨가 갑자기 풀려서 일어난 현상입니다."

교법사도 그렇다고 고개를 끄덕였다.

"저자는 천체 기후 변화를 잘 알고 있는 자입니다. 그래서 오늘 안개를 예상하고 군사를 이끌고 나왔지만 이 안개는 오래가지 않습니다."

안개가 엷어져가기 시작했다. 더 이상 지체할 수가 없었던지 군주가 출격을 외치며 마차를 앞세우고 돌진해왔다.

"좌우로 분산!"

장군의 호령에 아군들은 썰물처럼 좌우로 갈라섰다. 적들은 빈 공간으로 뛰어들었다.

군주는 그것이 함정임을 알아차렸으나 이미 멈출 수가 없었다. 멈춘다면 갈라선 군사들이 양쪽에서 공격할 것이다. 군주는 힘껏 달리면서 보고자를 향해 이를 갈았다.

'이 모든 폐단은 그놈 때문이다. 돌아가는 즉시 토막을 내 죽이리라!'

장군이 공격 명령을 내렸다.

"돌격!"

아군들이 함성을 지르며 창과 화살을 날렸다. 적들의 마차가 곤두박질치거나 부서져 나갔다. 아군은 재빨리 접근 공격을 했고, 호기롭게 달려오던 창기병과 궁수 부대는 대적 한 번 해보지 못한 채 아군의 창날에 고꾸라져 나갔다. 기막힌 전술이었다. 전방에 배치했던 산병들마저 적시에 나서 후진의 허리를 도막도막 잘랐다. 산병들은 또 잘려 나간 대열을 뱀처럼 감고 조이면서 도륙을 내고 있었다.

군주는 깨달았다. 이건 완전한 패배였다. 게다가 자신의 목숨을 지켜줄 호위병마저 몇 명 남아 있지 않았다. 다급해진 군주는 팔을 번쩍 쳐들고 강을 향해 큰 소리로 주문을 외웠다. 안개가 일어났다. 그는 그 안개를 감고 강으로 들어갔다. 달아날 길이 그곳밖에 없었다.

엔릴은 강 쪽으로 향하는 군주를 보았다.

'비열한 녀석! 군사들은 내버려두고 저 혼자 살겠다고 도망가다니.'

엔릴은 검을 쳐들고 군주를 추격했다. 저런 비겁한 자에게 부하들을 잃었다는 사실이 통탄스러웠다.

군주는 강 중앙에서 엔릴의 추격을 알았다. 강만 건너면 사지에서 벗어날 수 있는데 말이 늑장을 부렸다. 그는 죽어라 말을 챴고 몇 발짝 가지 않아 벌써 뒤통수에서 칼날의 서늘함이 느껴졌다. 군주는 급히 돌아서며 엔릴의 칼날을 막았다. 보석으로 치장한 자신의 명검이 두 동강이 나고 말았다. 그가 놀라 입을 딱 벌리는 순간 엔릴의 신검이 바람처럼 군주의 목을 스쳐 갔고 뒤이어 군주의 머리가 물속으로 떨어졌다. 그 순간 안개가 사라지고 달빛이 뛰어내려 강을 발가벗겼다.

병사들은 말을 탄 두 사람이 강 가운데 서 있는 것을 보았다. 한 사람은 엔릴이었고 또 한 사람은 목이 없는 군주였다. 엔릴은 칼을 쥔 채 미동도 하지 않았고 군주의 몸은 말에서 떨어져 내렸다. 달빛이 엔릴에게로 뻗어 내렸다. 그의 몸이 찬란한 빛에 감싸여 경건하게 떠오르자 병사들은 엄숙한 마음으로 엔릴을 향해 무릎을 꿇었다. 장군이 강으로 들어가 군주의 머리를 건져 올렸다.

"왕자께서 적장의 목을 베셨다!"

병사들은 벌떡벌떡 일어나며 함성을 질렀다.

"와아!"

수많은 전우를 잃고 참담하던 그들이 이제는 맘껏 승리의 환호를 외쳤다.

한편 좌군은 벌판에 바짝 엎드려 적들이 자신들의 진영으로 달려가는 것을 보았다. 5백 명 정도 되었다. 아침에는 2천은 되었는데 지금 기백 단위로 줄였다면 아군을 매우 깔보고 있다는 증거다.

적들이 멀어져갈 때 은대장이 지시했다.

"천천히 뒤를 따를 것이다. 적이 본대와 접전을 시작할 때 뒤를 치고 든다."

이윽고 날카로운 함성과 쇳소리가 들렸다. 벌써 적의 후열이 산병들에게 괴멸되고 있었다.

"지금이다! 공격하라!"

은대장은 좌군을 그물처럼 펼쳐 달아나는 마차와 적병들을 쓸어 담았다.

도시가 완전히 접수된 것은 새벽이었다.

도시를 접수한 뒤 엔릴이 맨 먼저 한 일은 전사자들의 장례식이었다. 그는 전사자 전원에게 한 계급씩 추서했고 묘지는 그들이 전투를 했던 장소로 지정했다. 장례식 준비가 끝났을 때 장군이 엔릴에게 건의했다.

"막구의 직위를 호위대장으로 추서해주십시오."

기병장도 거치지 않았는데 호위대장이라니, 엔릴이 의아해서 물어보았다.

"그럴 만한 까닭이 있소이까?"

"살아생전에 막구는 왕자님의 호위대장이 되는 게 꿈이었습니다. 기억하시겠지만 제가 막구를 처벌하려 할 때 왕자님께서 그의 죄를 사면해주셨습니다. 그날 이후로 막구는 왕자님을 생명의 은인으로 가슴 깊이 새긴 듯했습니다. 그가 그처럼 용맹스럽게 싸웠던 까닭도 그 때문이었습니다."

"막구의 용맹은 모두가 다 인정하는 사실이지요. 하지만 그것만으로 세 계급이나 올린다는 것은 형평에 어긋나는 일이오."

"형평으로 따지자면 그는 세 계급 이상의 전과를 올렸습니다. 적의 기습 공격을 받아 가병들이 우왕좌왕하고 있을 때 막구는 누구보다 먼저 창을 들고 적병에 맞서 싸웠습니다. 그는 자신의 몸을 돌보지 않았고 동료들이 병장기를 챙길 수 있도록 필사적으로 적과 대항하면서 기병들의 시간을 벌어주기도 했습니다. 그것으로도 부족하다면 그의 용맹스러운 전과를 증언해줄 병사들이 많습니다."

장군은 자신의 뒤에 기립한 편대장들을 돌아보았다. 편대장들이 이구동성으로 엔릴에게 아뢰었다.

"맞습니다. 여기 있는 우리 모두는 물론 다른 기병들도 그의 눈부신 전과를 보았습니다."

"저는 제 눈으로 직접 보았습니다. 온몸에 칼을 맞고 쓰러지면서도 창을 놓지 않고 적병에 맞서던 막구를 잊을 수가 없습니다."

편대장들의 목소리에는 진심이 담겨 있었다. 엔릴은 잠시 생각에 잠겼다. 막구의 모습이 떠올랐다. 눈매가 서글서글한 청년이었다. 만약 그가 살아 있다면 엔릴 자신도 그를 호위대장으로 삼았으리라. 그가 장군의 건의를 수락했다.

"그대들의 뜻이 그러하다면 막구를 호위대장으로 추서하겠소."

장군과 편대장들은 허리를 깊이 굽히는 것으로 엔릴의 결정에 사의를 표했다.

전사자들의 장례를 치른 뒤 엔릴은 부상병들이 수용된 곳을 둘러보았다. 자신과 함께 소호를 떠나올 땐 활발하고 씩씩했던 병사들이 고통을 참으며 잠들어 있었다. 깨어 있던 한 부상병이 엔릴을 알아보고 윗몸을 일으켰다. 엔릴은 그에게 다가가 조심스레 다시 뉘어주었다.

"괜찮네. 누워 있게."

"왕자님…."

그 부상병은 적의 칼에 복부를 베였다. 복부를 감싼 붕대에서 소독약과 피 냄새가 났다. 엔릴은 부상병의 손을 쥐었다.

"견딜 만한가?"

부상병이 힘겹게 웃어 보였다. 엔릴은 마음이 아팠다. 그에게 고통을 준 자가 적병이 아닌 자신인 것만 같아 더욱 그랬다.

"괜찮습니다. 내일이면 거뜬히 일어날 수 있을 겁니다."

"그럼, 그래야지."

"정말입니다. 왜냐하면 천신께서 의선을 보내주셨으니까요."

"의선이라?"

"네. 저기를 보십시오. 우리 부상병들은 저분을 우리의 의선이라고 부른답니다."

부상병이 가리키는 쪽에는 닌이 있었다. 닌은 잠든 병사들의 상태를 점검하느라 엔릴이 온 것도 모르는 듯했다. 엔릴은 고개를 끄덕였다.

"자네 말처럼 하늘에서 보내준 선녀가 따로 없군."

"저분이 많은 부상병들의 목숨을 살려주셨습니다. 저도 거의 죽을 뻔했습니다. 꿈인지 생시인지 알 수 없으나 정신이 몽롱해졌을 때 저분의 얼굴을 보았습니다. 저분은 제게 힘을 내라고, 반드시 구해줄 테니 용기를 내라고 속삭여주셨지요. 고향에 두고 온 어머니 목소리 같기도 했고 사랑스러운 누이 목소리 같기도 했습니다. 그리고 저도 모르게 눈을 번쩍 떴지요. 물론 고통 때문에 금방 다시 기절했지만요."

그는 쑥스럽다는 듯 얼굴을 붉혔다. 엔릴도 함께 웃어주었다.

"다행히 이곳에는 자네들을 치료할 수 있는 의약품이 풍부하다네. 아무 걱정 말고 마음 편히 먹게."

엔릴은 닌에게 방해되지 않으려고 조용히 그곳을 나왔다.

11

 신의 말씀이 옳으셨다. 부유한 도시라 물자가 많아 시파르 시민들을 구제할 수 있었고 청동은 적군들의 무기까지 거둬들이자 그 양이 엄청 났다.
 점령 한 달째 되는 날이었다. 엔릴은 궐 마당으로 나갔다. 별읍으로 가는 마차 열 대와 호위 기병 50명이 촌장과 함께 서 있었다. 엔릴이 촌장 앞으로 다가갔다. 이번의 운송 책임자가 촌장이었다.
 "우리도 이제 야금장을 확대했고 생산도 늘려 중단 없이 보내드릴 것이라고 하시오. 그리고 올 때는 비단을 실어 오시오. 지도부에게도 품위 있는 옷을 입히고 싶소. 부싯돌도 실어 오시오. 우리 물품만 마차 마다 가득가득 실어 오시오."
 "분부대로 이행하겠나이다."
 촌장은 엔릴이 자기 잘못을 묻어주었다는 것을 알았을 때 스스로 다짐했다. 그가 이 땅에 민족의 왕으로 우뚝 서는 그날까지 충실한 발판이 되겠다는 것이었다.

촌장이 말했다.

"제가 한 말씀 드리고 싶은데 괜찮을까요?"

"말해보시오."

"왕자님께서는 제 어머니, 우투, 두두, 저까지도 항상 가까이하고 계십니다. 그런데 닌은 멀리하십니다. 한솥밥을 먹은 지도 꽤 되었는데 왕자님은 아직도 모른 척하고 계십니다. 아, 물론 정식으로 맞아들이실 때까지 미루고 계시다는 것도 알고 있습니다. 교법사도 그렇게 말했지요. 하지만 처녀의 마음은 꽃잎보다 여립니다. 이슬 한 방울에도 울고 바람 한 점에도 멍이 든다 했습니다. 지금 닌에게 필요한 것은 왕자님의 말씀이옵니다. 단 한마디만이라도 좋으니 닌을 안심시켜주십시오."

"닌은 이미 병사들 사이에서 신망이 두텁소. 때가 되면 그리 할 것이니 걱정하지 마시오."

"네, 알겠습니다. 그럼 다녀오겠습니다."

촌장과 기병들이 말에 올랐다.

엔릴은 봉황새 별자리에서 태어났다. 추수의 전령이고 사람들에게 풍성함을 주라는 임무를 가졌다 했다. 잃어버린 감정들은 원정길에서 만나고, 운명의 완성은 봉황새별을 보는 날 이루어진다고 했다.

엔릴은 며칠째 밤하늘을 바라보며 봉황새별을 기다렸다. 자신은 맡은 임무를 다했으니 이제 운명을 만날 차례였다. 별들이 온 하늘을 덮고 있었다. 그는 그 별들 속에서 스승이 가르쳐주던 별자리를 살폈다.

"하늘에는 삼원과 28수의 별나라가 있다. 저기 보아라. 하늘바다를 헤어가는 하늘나루별, 말굽칠성, 견우별, 직녀별, 그리고 보기 힘든 남두육성도 보이는구나. 남두육성은 가을에 빛나고 너의 별 봉황새도 거기에 있다."

별들이 갑자기 사라져갔다. 마치 검은 두루마리로 하늘을 덮는 듯했다. 그러더니 남쪽에서 별 하나가 점점 커지면서 서서히 다가와 엔릴 앞에서 멈추었다.

"봉황새별이다!"

사라졌던 별들이 일제히 살아나 봉황새별 주위를 선회했다. 엔릴의 마음과 감각의 현들을 차례로 공명하며 전신을 돌았다. 신의 말씀이 뒤를 이었다.

"마침내 너는 네 운명과 한몸이 되었다. 이제부터 너는 신족이자 백성들의 어버이다. 주어진 운명을 별처럼 빛내거라."

"그러하겠나이다. 먼저 참성단을 짓고 저희의 경전을 풀어내 백성을 모두 아름다운 인간이 되게 하겠나이다. 변방의 주민들은 양순하다고 하나 그들은 아직도 잡신을 놓지 않고 있나이다. 하루빨리 교화해 자랑스러운 인간이 되게 하겠나이다."

제후가 비리국 왕세자를 데리고 라라크로 왔다. 별읍장이 보냈다는데 딜문으로 먼저 갔던 것이다.

"비리국이 사라질 판이랍니다. 우린 도움을 많이 받았고 그곳 보병들이 아직도 여기 있는데 말입니다."

제후가 말했다. 장군은 보병을 선발해 올 때 그 왕세자를 만난 적이 있어 직접 물어보았다.

"전쟁이 났습니까?"

"아닙니다. 흉년이 연속입니다. 아바마마께서 돌아가시며 어서 이동하라 하셨습니다."

"인구가 얼마나 됩니까?"

"다 합치면 일만이 넘습니다. 이웃으로 갈 사람은 가게 했더니 6천 이상이 이동에 합류했습니다."

"합류했다면 이동을 시작했단 말입니까?"

"예, 뒤따라오고 있습니다."

제후가 나섰다.

"6천이면 엄청난 인구입니다. 라라크만 한 영토가 하나 더 있어야 수용이 될 것입니다."

제후가 이쪽에서 영토를 해결해야 한다는 식으로 말했다. 엔릴은 별읍장이 이 문제를 거론했을 때를 생각해보았다. 어쨌거나 혼자서 결정할 일은 아니었다.

"지도부 회의부터 해봐야 할 것 같소."

엔릴이 교법사에게 말했다.

"라라크가 마지막 전쟁입니다. 한데 별읍장께서 6천이나 되는 환족을 저희에게 보내셨습니다. 라라크에는 그 인구를 수용할 만한 영토가 없으니 날더러 또 전쟁을 하라는 말 아닙니까? 교법사, 내가 전쟁에 미친 자입니까?"

"아닙니다. 그러나 치러야 할 전쟁은 아직도 남았습니다."

"무슨 소리를 하는 거요? 내 운명이 그렇단 말이오?"

"왕자님이 받으신 신부가 그렇습니다. 오룡은 다섯 개의 국가를 뜻하고 그들로부터 받은 옥함은 다섯 국가에 〈천부경〉을 세우라는 뜻이옵니다."

"오룡이 준 옥함? 그건 실체도 없는 것이었소!"

"실체가 있습니다. 보여드릴 테니 저의 밀실로 가시지요"

교법사는 어디를 가든 밀실부터 만들고 성물을 보관했다. 제단 위에 비단 보자기에 싼 상자가 놓여 있었다. 교법사가 보자기를 풀었다. 검은 옻칠을 한 오동나무 상자가 드러났다.

"이 속에 〈천부경〉이 담긴 옥함이 있습니다. 환인에서 환웅, 소호 김천왕으로 전수되어온 것입니다."

"〈천부경〉이 어떻게 옥함에 들어 있습니까?"

"어떤 형태로 들어 있는지는 저도 잘 모릅니다. 이것을 열 수 있는 사람은 왕자님뿐이니까요. 지금 열어보시겠습니까?"

엔릴은 두 손으로 상자를 잡았다. 가장 위대한 성천자로부터 자신에게로 전해졌다는 옥함, 신비감이 온몸으로 감돌 때 엔릴은 옥함을 열었다.

빛의 공이 천천히 올라왔다. 공은 빛의 막대기를 이끌고 막대기는 또 공을 꿰고 올라왔다. 공과 막대기가 나뭇가지와 열매 형태가 되고 열 개의 빛이 열매 위에 글자를 새기면서 음악이 흘렀다. 〈천부경〉이었다.

1. 하나가 없음에서 시작되었다. 一始無
2. 처음 하나를 쪼개니 셋이 되고 그 근본에는 다함이 없다.

    始一析三極 無盡本

3. 하늘 하나가 첫째요, 땅 하나가 둘째요, 사람 하나가 셋째다.

   天一一　地一二　人一三

4. 하나가 쌓여 열로 커지고 무의 궤가 셋으로 화했다.

   一積十鉅　無匱化三

5. 하늘이 둘로서 셋이고, 땅이 둘로서 셋이고, 사람이 둘로서 셋이다.

   天二三　地二三　人二三

6. 큰 3이 합해진 여섯을 놓고 7, 8, 9를 움직여 3과 4로 이루어 다섯으로 돌아온다. 大三合六生七八九運三四成環五

7. 7과 1이 오묘하여 만 번 가고 만 번 와서 쓰임은 변하지만 근본은 움직임이 없다. 七一妙衍　萬往萬來　用變不動本

8. 근본 마음이 곧 태양이니 우러러 사람을 밝게 한다.

   本本心　本太陽　昂明

9. 사람 가운데 하늘과 땅이 하나이다. 人中天地

10. 하나가 끝났으나 그 하나는 끝난 것이 아니다. 一終無終一

12

다음 정복지를 슈루파크로 확정한 것은 영토가 넓은 데다 주민들 수준이 높고 협상만 잘하면 전쟁 없이도 합병할 수 있다고 교법사가 예시했기 때문이다.

엔릴은 슈루파크 인근에 막사를 짓고 사절단을 보냈다. 이 도시는 수장 사회였고 공동체 원리가 발달해 성년 남자로 규합된 민회와 씨족장들로 구성된 장로회가 따로 있으며 수장은 선거로 선출했다.

"오고 있습니다."

한나절쯤 지났을 때 수장이 몇 명의 씨족장과 함께 나귀를 타고 왔다. 모두 꼿꼿한 품새가 썩 만만한 상대는 아닌 듯했다.

"안으로 모시시오."

정중히 맞아들일 참이었는데 그들은 나귀에서 내리지 않고 물었다.

"그래, 무슨 일로 우리를 보자 한 것이오?"

"협상을 하고 싶으니 안으로 들어오시지요."

"군사들을 끌고 와서 협상? 당신들 우리 마을을 치러 온 것 아니오?"

"협상만 잘되면 그런 일은 없을 것이오."

수장이 일단 들어가보자고 씨족장들을 설득했다. 그들도 이미 알고 있었다. 기병과 군사들이 가까운 곳에 집결했다는 보고를 받았고, 그 대책을 논의하고 있을 때 사절이 와서 협상을 요구했다.

엔릴은 손님들을 정중히 맞으며 두두 할머니에게 가장 아름다운 언어로 통역해달라고 당부했다. 엔릴이 말했다.

"먼저 귀하의 도시가 민주적으로 운영된다는 것에 큰 경의를 표하는 바이오."

"흰소리 그만두고 본론이나 말하시오."

수장이 말했다. 목소리도 꽤 간간했다. 그래도 엔릴의 대답은 더욱 부드러웠다.

"나의 천신께서 우리로 하여금 이곳에 머물러 당신들과 한가족이 되라고 제게 명령하셨소."

"천신이 누구란 말이오?"

"천신은 우리에게 성性과 명命과 정精을 주셨고 도와 덕을 지키라 하셨소."

"그런 것들이 뭐란 말이오?"

"도는 천신을 섬김이요, 덕은 국가와 백성을 비호함이라 하셨소. 또 우리의 천신은 조화와 치화를 담당하는 두 분의 신도 함께 주셨소. 그 이름은 환인, 환웅이며 그분들을 일러 삼신, 혹은 삼신일체라 하오."

"그게 도대체 우리와 무슨 상관이냔 말이오?"

"조화의 신은 우리의 성性을 담당하시고 치화의 신은 정精을 담당하시오. 고로 사람은 만물 가운데서 가장 귀하고 높은 것이며, 또 그렇게 교화할 수 있다고 하셨소. 다시 말해서 이 삼위일체의 도는 대원일의 뜻이오. 당신들이 만약 이 삼신일체 상존유법, 즉 우리의 신과 그 도리를 받아들인다면 우린 당신들의 평화를 영원히 보장할 것이오."

"만약 받아들일 수 없다면 어떻게 하겠소?"

"우리는 이 도시를 반드시 접수해야 하오. 만약 거절하면 침략할 수밖에 없소."

"침략이라… 그러니까 당신들이 우리 주민을 몰아내겠단 말이오?"

"다시 말하겠소. 우리의 천신을 받아들이고 당신들이 우리 천신의 백성이 된다면 우리는 당신들의 가옥은 물론 그 어느 것 하나 다치게 하지 않을 것이오."

노인은 정확하고 부드럽게 그 말을 통역했다.

수장은 엔릴의 얼굴을 바라보았다. 이마에서 보이지 않는 빛이 뻗어나와 자신의 정 미간을 비추었고 날을 세웠던 자신의 생각이 그만 혼미해졌다.

"당신들이 아는지 모르겠지만 우린 여러 타성의 씨족들이 모여서 살고 있소. 그들의 의견도 들어봐야 하니 시간을 주시오."

"시간이라면 얼마나?"

"내일 이 시간이 될 것이오."

그들이 떠나자 교법사가 말했다.

"잘될 것입니다."

교법사는 엔릴의 이마에서 나오던 빛과 그 빛에 마음을 풀던 수장을 보았다. 그때 그는 엔릴이 자기 사명을 다할 날이 머지않았음을 알았다.

이튿날 그 시간에 수장은 여러 명의 씨족장, 그리고 젊은이들까지 대동해 왔다. 시간은 지켜주었으나 태도는 어제보다 사뭇 냉랭했고 협상 막사로 들어가자고 했을 때 한 젊은이가 성난 목소리로 '들어갈 것 없다, 선 자리에서 재협상하라'고 자기 수장을 다그쳤다. 참모들은 그 젊은이의 말투가 매우 건방진 데다 인상까지 우락부락해서 얼굴이 굳어지는데 엔릴은 미소를 잃지 않고 수장을 바라보며 부드럽게 물었다.

"그래, 어떤 식의 재협상을 원하시오?"

수장이 말했다.

"우리는 모두 모여 회의를 했소. 결론부터 알리자면 우리는 당신들이 요구한 것 중 어떤 것은 절대로 받아들일 수가 없다는 것이오."

"받아들일 수 없는 것이 무엇인지 말해보시오."

"당신들의 신이오."

"그건 왜입니까?"

"우리 모두에겐 이미 각자의 신이 있기 때문이오."

"어떤 신인지 물어봐도 되겠소?"

"강의 신, 텔의 신, 비의 신, 나무의 신, 동굴의 신…. 이곳엔 벌써 오래전부터 많은 신이 주민들과 함께하고 계시오."

"그럼 수락할 수 있는 점은 어떤 것이오?"

"그쪽의 신을 강요하지만 않는다면 당신들의 지배를 받아들이겠소. 어제 당신이 말했듯이 우리 주민의 안정과 평화가 보장된다면 말이오."

엔릴은 잠깐 생각한 뒤 말했다.

"그러면 조건이 있소."

"말해보시오."

"주민들이 우리 천신에 대한 부정적인 견해나 악의적인 선전을 절대로 하지 않아야 한다는 것이오."

"그건 지킬 수 있을 것이오."

"또 자발적으로 천신의 백성이 되고자 하는 사람은 그들의 의사를 존중해야 할 것이오."

"본래 신을 선택하는 건 각자 자유요. 그 점은 우려하지 않아도 될 것이오."

"마지막으로 정세가 안정되면 평화를 위한 율령을 발표할 것이오. 그것은 어떤 종족이든, 어떤 신을 모시든 반드시 따라야 하는 나라의 법이오."

"그 법이라는 것이 대충 어떤 것이오?"

"평화를 위한 법이오. 밖으로는 전쟁을 지양하고 안으로는 전통이나 구습에 의해 하찮은 죄로 사람을 죽이는 그런 법을 타파하는 것이오."

엔릴은 내륙에 만연한 악법을 일소할 참이었다. 특히 미개한 전통은 혼전 남녀가 이야기만 해도 중벌에 처한다는 것이었다.

"그 법이 좋은 것이라면 주민들도 따를 것이오."

수장의 순순한 태도에 젊은이들의 얼굴이 일그러졌다. 그들은 싸우자고 주장해오던 민회의 청년들이라 더 이상 굴욕적인 현장의 증인이 되지 않겠다며 등을 돌려 가버렸다.

장군이 그들을 붙잡으려고 하자 수장이 말렸다.

"결정권은 우리에게 있으니 내버려두시오."

장로회에서는 그들을 설득하는 데 애를 먹었다. 우리에겐 훈련받은 군대가 없다, 전쟁을 치르게 되면 젊은이들을 다 잃을 수도 있다, 어리석은 모험을 하느니 타협을 해서라도 안정을 택하는 것이 종족을 위한 최선의 방법이다…. 특히 수장이 적극적이었는데, 그로서는 큰 궁전을 갖고 있거나 주민들로부터 세금을 짜내는 군주도 아닐뿐더러 임기가 끝나면 물러나야 하는 늙은이였다. 피를 흘리면서까지 도시나 주민들을 움켜쥐고 있어야 할 어떤 이권도, 필요도 없으니 종족을 지켰다는 수장으로만 기억되면 그만이었다.

"안으로 들어가서 조인 서약서를 만듭시다."

엔릴의 말에 노인이 여긴 아직 글이 없다고 했다.

"전례가 없다면 만들면 되지 않겠소?"

노인이 고개를 저었다.

"이들은 자기들이 모르는 것을 들이대면 속임수라고 생각할 수 있으니 그냥 말씀으로 하십시오."

엔릴이 수장에게 말했다.

"이제 돌아가십시오. 그리고 수장의 집무실과 마을 회관 등 공공시설을 비워주시오. 가옥은 필요 없소. 우리가 지을 것이오."

"언제까지 비워야 합니까?"

"해가 지기 직전 우리가 마을로 입성할 것이오. 그때 순조롭게 접수할 수 있도록 협조해주시오."

"노력해보겠소이다."

수장과 씨족장들이 돌아갔다. 조약이 끝난 것이다.

약속 시간에 마을로 들어갔다. 주민들이 나와 있었고 수장이 집무실로 안내했다. 엔릴은 주민들의 표정이 겁을 먹고 있지 않다는 것에 안심했다.

엔릴은 첫 회의를 주관하고 다음과 같은 지시를 내렸다.

"이곳 수장을 당분간 그 직책에 앉혀두시오. 그게 주민들에게도 좋은 인상을 줄 것이오."

책임선인이 나섰다.

"주인이 바뀌었는데도 수장을 그대로 둔다면 좋은 인상보다는 오히려 우습게 보거나 또는 혼란스러워할 것입니다."

"그게 혼란을 준다면 당분간 공동 통치를 하는 것이오. 교법사, 그대가 그 일을 맡아 주민들에게 천신의 신정 정치와 그 이념을 교화하도록 하시오."

"왕자님 임무가 끝나는 날, 그때부터 시작하겠습니다."

"그러시오. 우리가 입성할 때 협상장에 나왔던 청년들은 한 사람도 보이지 않소. 불만을 잠재우려면 깍듯이 대접해야 할 것이오. 공무에 동참시키거나 원하는 자는 군사로 받아들여 급료를 후히 지급하시오. 이상이오."

회의를 끝낸 후 엔릴은 두두를 불렀다.

9장
소머리국 탄생

왕위가 하늘에서 내려온 후에
고귀한 왕관과 왕좌가 하늘에서 부여된 후
그는 순결한 장소에 다섯 개의 도시를 세워
신성하고 높은 규범을 완성했으며
그 도시의 통치자를 다음과 같이 선언했다.
에리두-누딤무드, 라라크-엔두발, 시파르-우투….
― 수메르 신화 ―

1

네 번째 정복지는 바드 티비라였다. 영토가 딜문보다 작았으나 땅이 기름져 과수가 잘되었고 두두 할머니 말을 빌리자면 약초가 그 어느 곳 보다 흔했다.

이곳은 장군과 은대장의 합전으로 단 세 시간 만에 정복을 끝냈다. 작전도 특이했다. 인구가 자신들의 군사보다 적은 도시를 무력으로 밀어붙이는 것은 낯 뜨거운 일이라 무술로 항복과 정복을 결정했다. 경기는 세 종목으로 궁수와 칼싸움, 씨름을 내세웠는데 이 지방은 아직 씨름이 없어 그냥 두 종목으로 정했다. 군주의 근위병들이 생각보다 실력이 탄탄했으나 결국 8대 2로 이긴 것이다. 약속대로 군주는 식솔을 데리고 평민으로 물러났고 주민들은 정복자에 대한 예우로 과일과 곡물을 가져왔다.

장군은 화합을 다짐하는 기념으로 잔치를 열었다. 먼저 자기들의 고유 가무를 보여주었는데 기병이 막대기를 단계적으로 쳐서 하늘 높이 올릴 때는 이곳 시민들이 감탄을 했고 이곳 여성들이 허리를 빙빙 돌리며 과일 따기 춤을 출 때는 우리 군사들이 오줌을 지렸다.

마지막 순서는 소호에서 환화가를 부를 때 백성들이 하는 놀이, 강강술래였다. 처녀, 총각들이 나가 손에 손을 잡고 원무를 출 때 장군은 막구를 떠올렸다.

'잘생긴 그 녀석이 여기에 있었다면 저 처녀들 중 누군가가 포도밭으로 유혹해 갔겠지. 이번에는 기꺼이 눈감아줄 수 있었을 텐데….'

그는 눈을 꾹 누르며 새어 나오는 눈물을 막았다.

그 시간에 엔릴은 집무실에서 두두를 만나고 있었다.

"양유 배달꾼으로 취직을 했다? 그곳에서는 타향받이도 일꾼으로 써 준다더냐?"

엔릴의 미소에 두두는 하마터면 헤헤 웃을 뻔했다. 헤헤 웃음은 좋은 사람을 볼 때면 절로 튀어나오는 두두의 천성이었지만 자신은 닦아야 할 죄가 많아 자제해야 했다. 그는 심각하고 진지하게 보고를 했다.

"열흘간 조사한 바에 따르면 근위병이 5백이고, 군사가 1천, 전투 시엔 누구나 창을 들 수 있는 남자가 또 수천, 병장기는 노포용 경마차가 수십 대, 그 밖에도 화살, 투창병이 있으며 그 모든 군사들이 아침저녁으로 궁전을 한 바퀴 돌며 사열식을 한다고 했습니다."

군주가 하루에 두 차례나 사열식을 하는 것은 2년 전 산악 야만족의 급습 이후였다. 그때 놀란 군주는 당장 군력을 증강하고 자기 군사들이 얼마나 철통같은지 아침저녁으로 확인해야만 다리를 뻗고 잠을 잘 수 있다는 것이었다.

"그리고 보름 후가 군주의 생일인데 이때를 위해 술과 음식을 무한

정으로 준비하고 있었습니다."

군주의 생일이라면 가장 큰 축제라 기강이 해이해지는 법이다. 엔릴이 지시했다.

"이번에는 성안에서 직업을 찾아야겠구나."

"성안이요? 누가 저를 믿겠어요?"

"둘이서 가면 신분 은폐는 쉽겠지? 네 누나와 함께 가도록 해라."

"닌이 누나요? 멋져요! 어떻게 그런 생각을 하셨죠? 왕자님은 정말 천재예요!"

두두는 닌의 처소로 달려갔다.

2

유프라테스 강 하류에 도착했다. 바다가 가까워 퇴적층이 넓고 갈대가 무성한 곳이었다. 군사들은 소리 없이 장비를 옮겨다 놓았다. 사다리와 마차는 갈대로 덮었다.

장검 1천 자루, 화살촉 3만 발, 사다리 다섯 대를 보름 만에 제작하고 군사 증원은 네 개 도시에서 승전금을 걸고 모집해 모두 3천이 되었다. 책임선인은 새 병술로 표창 대원을 선발해 밤낮으로 훈련을 시켰다. 기병들은 오랏줄 던지기를 개발해 마음만 먹으면 말 콧구멍에도 던져 넣을 정도였으며 특별히 쇠뇌병을 육성하고 그들이 탈 마차도 열 대나 제작했다.

밤 9시경이었다. 장군이 보초에게 말했다.

"제후가 올 것이네. 불빛이 없어 길을 잘못 들 수도 있으니 줄 보초를 세워 이리로 모셔오게."

두두는 닌과 함께 궁정의 임시 고용인으로 들어갔다. 양유 배달이 전직인 두두는 잔치용 치즈를 담당했고 닌은 포도주를 걸러내는 곳에 합류했으며 제후를 연락책으로 지목한 것은 엔릴이었다.

제후는 밤 10시쯤 도착했다. 엔릴이 다급하게 물었다.

"왜 이렇게 늦었소?"

"양유를 사 오느라 그리 되었습니다."

"양유는 왜 샀단 말이오?"

"오늘따라 파수 군사들이 많았습니다. 빈 마차가 의심을 받을 것 같아 목장에 들러 양유를 채웠지요."

그리고 제후는 '성문은 내일 아침 일찍부터 열리고 본격적인 잔치는 오전 10시쯤 시작된다'고 보고했다.

"10시라면 6시에는 출동해야 합니다."

장군의 말에 참모들이 너무 이르다, 그보다 오후 시간, 주흥이 한창일 때 치는 것이 낫다고 한마디씩 거들었다.

"무릇 잔치란 그 준비 과정이 가장 바쁜 법이오. 그땐 모두 정신이 거기에 집중되어 있어 여타의 일엔 신경 쓸 겨를이 없을 테니 그때 치고 들어야 승산이 크오."

제후가 말했다.

"잔치는 사열식 시작과 함께 열린다 했습니다."

엔릴이 나섰다.

"사열식은 전시용일 것이오. 10시, 그 시간으로 정하고 작전 점검을 합시다."

한밤이었다. 엔릴은 밖으로 나가 천둥이 등에 올랐다. 에리두 성에서 가장 큰 장애가 해자라고 했다. 내일은 마지막 전쟁이고 지휘는 자신의 몫이니 미리 확인해둘 필요가 있었다.

에리두 시가지는 깊은 잠에 빠져 있었다. 성문은 해자를 걸치는 다리로 높이 올려졌고 앞을 가로막은 깊고 넓은 해자에는 물이 그득 차 있었다. 성문을 내리지 않으면 들어갈 수 없으니 사다리를 만든 것은 잘한 일이었다.

엔릴은 물의 시원지를 알고 싶었다. 어두워서 정확히는 가늠할 수 없었으나 해자는 성벽을 따라 흘렀고 둘레가 한없이 길었다. 엔릴이 해자를 끼고 굽은 길로 돌아가자 성곽 뒤편이 나왔다.

안개가 밀려오기 시작했다. 멀지 않은 곳에 큰 호수가 있고 해자의 물은 그 호수로부터 오는 것이었다. 안개가 점점 더 짙어졌고 가까이에 수문이 있는지 물 흘러드는 소리도 들려왔다. 성안으로 들어가는 급수로였다.

"천둥아, 이만 돌아가자."

엔릴이 천둥이 귀에 대고 속삭였다. 안개 때문에 성벽 전체를 살핀다는 것은 불가능한 일이었다. 그때였다. 화살 하나가 쉿 하고 어깨 옆으로 스쳐갔다. 어디서 날아왔는지 알 수 없으나 눈먼 화살은 아닌 것 같았다. 또다시 화살이 날아왔다. 누군가가 엔릴을 지켜보고 있었던 게 분명했다. 안개 속에서도 외방인을 파악할 수 있다면 성벽 보초병일 것이다.

천둥이가 급하게 등을 쳐올렸다. 어서 배로 가라는 신호였다. 그는 천둥이 배에 몸을 붙이고 녀석의 어깨를 끌어안았다. 화살이 빗발쳤다. 천둥이가 달리기 시작했다.

강풀 냄새가 다가왔다. 자기 진영, 막사 앞이었다. 엔릴이 천둥이 배에서 떨어지자 녀석은 긴장이 풀렸는지 주저앉았다. 군사들이 횃불을 들고 달려오다가 천둥이를 보고 경악했다. 녀석의 등엔 화살이 촘촘하게 박혀 있었다. 화살 박힌 자리마다 피가 굼실굼실 흘러나왔다.
"천둥아!"
엔릴은 천둥이의 축 늘어진 머리를 손으로 잡고 조심스럽게 들어 올렸다. 귀 뒤에도 화살 하나가 박혔고 거기서 흐르는 피가 그의 손을 적셨다. 그렇게 화살을 맞고서도 녀석은 엔릴을 이곳까지 데려온 것이다. 흐르는 피까지 스스로 정지시켜가며 오직 엔릴의 목숨 하나 지키려고 전사처럼 달려왔고 진영에 닿자 녀석은 핏줄을 열어버린 것이다. 달려올 땐 땀 한 방울 느끼지 못했는데 엔릴을 구해냈으니 안심하고 피를 흘리는 것이다.
"천둥아, 이게 대체 무슨 일이냐!"
천둥이 눈이 힘을 잃어가고 있었다. 호흡이 옅어졌다. 엔릴은 벽력같이 소리쳤다.
"의원을 모셔 오시오, 의원을!"
그는 천둥이 몸에 박힌 화살을 뽑아내기 시작했다. 손이 떨렸다.
'얼마나 아팠을까. 이렇게 아프면서도 날 안전하게 데려오려고 쉬지도 않고 뛰었구나.'
노인이 도착해 박힌 화살을 뽑고 그 자리에 몰약을 붙였다. 천천히 모든 상처를 치료한 뒤 노인이 말했다.
"천둥이는… 숨을 거두었습니다."
"그게 무슨 말이오? 천둥이가 죽었단 말이오?"
의원은 고개를 끄덕였다. 방금까지도 살아 있는 것처럼 치료해주던 의원이 아니던가. 엔릴은 믿을 수가 없었다. 그는 천둥이에게 다가갔다.

천둥이의 뜬 눈이 그를 바라보았다. 그는 천둥이를 껴안았다. 아직 온기는 있었건만 심장 박동이 느껴지지 않았다. 그는 의원을 올려다보았다. 의원은 다시 고개를 저었다.

"이런 몸으로 여기까지 살아서 온 것만으로도 기적입니다."

슬픔이 극대로 팽창해 그의 육신이 그대로 터져버릴 것만 같았다. 천둥이와 더불어 지나왔던 날들이 아프게 떠올랐다.

"천둥아, 내가 너를 죽였구나. 너는 나를 살리려고 사막을 달리고 장군까지 데려왔는데 나는 너를 죽음의 구덩이로 몰고 갔구나."

엔릴은 천둥이 등에 이마를 대고 흐느꼈다. 녀석의 몸이 식어갔다. 그의 흐느낌이 오열로 변할 때 밤하늘 여기저기서 낙루와 같은 유성이 떨어졌다. 별들도 울어주는 모양이었다.

장군은 엔릴이 가여워 가슴이 미어지는 듯했다. 신이 원망스럽기도 했다. 상서를 본 신족에게 영광보다 고통을 더 많이 주는 것도 이해할 수가 없었다. 교법사는 고뇌는 인간이 되게 하는 안내자며, 엔릴이 겪는 고통은 집중 훈련과 같은 것이라 했지만 그의 성정은 보드라운 새순 같지 않은가.

장군은 돌아섰다. 슬픔을 앓고 있는 엔릴에게 어서 복수하러 가자, 성안을 쑥대밭으로 만들자는 그런 말을 할 수가 없었다.

교법사는 초조했다. 엔릴이 에리두 성을 접수하게 될 시각은 10시 전후였다. 그때를 놓치면 앞으로 3년을 더 기다려야 했다. 절대로 시간을 늦출 수 없고, 또 그래서는 안 되었다. 하지만 저토록 슬픔에 잠겨 있는 엔릴을 당장 움직이게 할 방법을 찾을 수가 없었다. 이 일을 어찌할 것인가.

교법사가 재상 일행에 대한 환영을 본 것은 사흘 전이었다. 탈주 기병들로부터 엔릴의 성공을 전해 들은 태자는 태왕을 독살했고 그 사실을 미리 점친 선사가 재상에게 알렸다.

"이제부터 소호는 태자의 것이오. 그가 옥새를 쥐는 날부터 숙청이 시작될 것이니 사람들을 모아 소호를 떠나시오."

"다시 못 온다면 장군과 기병들의 가족도 함께 가야 할 것이 아니오?"

"걱정 마시오. 사흘 후 성 밖 당나무 앞에서 모두 만나게 될 것이오."

당나무 앞에는 기병과 선인, 은대장 가족, 장군의 절름발이 아들까지 행장을 꾸려 집합해 있었다. 그 숫자는 5백여 명에 이르렀다.

그 5백여 일행이 조만간 도착할 것이다. 교법사는 그런 사실을 엔릴에게 알리지 않았다. 자칫 주의가 흐트러져 때를 놓칠 수도 있기 때문이었다. 그런데 이게 웬일이란 말인가.

'천둥아, 하늘을 난다는 네가 어찌 이 시간에 죽었더란 말이냐.'

엔릴이 벌떡 일어나 장군의 말을 잡아챘다. 시파르 정복을 기념으로 별읍장이 상으로 보내준 또 다른 천리마였다. 엔릴은 그 말에 오르더니 박차를 가해 급하게 달려 나갔다. 장군이 다른 말을 타고 기병들을 향해 소리쳤다.

"뒤따르라!"

교법사는 자신이 하지 못한 일을 죽은 천둥이가 대신 하는 것이라는 생각이 들었다.

'아, 천둥아 너는 죽어서까지 주인을 섬기는구나.'

장군은 기병들과 함께 사력을 다해 달렸어도 엔릴을 따라잡을 수가 없었다. 머리카락을 깃발처럼 휘날리는 엔릴은 빛보다 빠르다는 하늘 새 같았다. 저만치 성문이 보였다.

왕자는 호위병도 없이 호랑이 굴로 달려가고 있었다. 투구도 없이 맨머리를 펄럭이며 그렇게 달리기만 했다.

3

 성문은 이른 아침에 열렸고 밖에서 대기하던 수레와 당나귀가 차례로 성안으로 들어갔다. 그들은 군주의 생일을 축하하기 위해 먼 곳에서 온 사람들이었다. 티그리스 강 동쪽 저편에 있는 움마, 아라타, 니나 등에서는 그곳의 특산물이나 보석을, 성 밖 촌장들은 그들 나름의 봉물을 싣고 왔다.
 "이건 뭐요?"
 문지기가 누딤의 나귀를 세웠다. 뒤따르던 우투의 동생 우딘이 얼른 광주리를 열어 보였다. 큰 토끼만 한 은 코끼리가 양털에 싸여 있자 문지기는 입이 헤벌쭉 벌어지면서 어서 들어가라며 길을 열어주었다. 다음은 청홍의 보석을 싣고 온 사람이었다. 그 모두가 항구를 사용하는 데 대한 봉물이었다. 에리두는 그래서 날로 번창했던 것이다.
 해가 한 발쯤 떠오를 때쯤 봉물 행렬도 주춤해졌다. 이제부터는 성 밖 주민들이 들어올 차례였다. 그들은 초청받았다는 것을 뽐내기 위해 저마다 잘 차려입고 줄을 서서 들어왔다.

주민들 행렬도 뜸해질 때 성안에서 북소리가 들려왔다. 사열식이 시작된다는 신호였다.

그때였다. 이번에는 또 성 앞쪽에서 말발굽 소리가 질주해왔다.

'군주 생일이라고 외방에서 오는 친선 사열대인가?'

문지기가 그런 생각을 할 때 말들이 성문을 향해 돌진해왔다. 셋이었다. 맨 앞 사람은 너풀거리는 머리카락만 보였고 그 옆에 바짝 따라붙은 두 사람은 투구를 쓰고 있었다. 그들이 질풍같이 성안으로 사라지자 뒤이어 수백의 말이 또다시 태풍처럼 몰려왔다. 마치 서로 추적하듯이 달려와서는 눈 깜짝할 사이에 모두 성안으로 달려 들어가버렸다. 문지기들은 사방을 두리번거렸으나 이제 그들이 볼 수 있는 것은 구름 같은 먼지뿐이었다.

궁정 앞에서는 사열식이 거행되고 있었다. 군악대의 북과 나팔 소리에 맞추어 검투사들, 창기병들과 마차, 궁수 부대가 차례로 지나갔다. 왕과 외방에서 온 내빈들은 그 화려함에 감탄했다. 왕은 자신이 초청한 손님들을 살펴보며 '내년에는 더 많은 봉물이 들어올 것'이라고 회심의 미소를 지었다.

한데 군악대 소리가 너무 컸다. 수백의 기병이 코앞까지 다가와도 말발굽 소리를 듣지 못했다. 북소리가 멈췄을 때는 적이 사열대 군사들을 짓밟기 시작했고 그중 한 사람은 칼을 쳐든 채 검은 머리를 휘날리며 단상을 향해 돌진해오고 있었다.

엔릴이었다. 그에게서 펄럭이는 것은 머리카락뿐 얼굴이나 몸체는 굳어 있어서 마치 사람이 아닌, 상아로 빚어 만든 혼령 같아 보였다.

근위병들이 칼을 빼 들고 엔릴 앞으로 뛰어들었다. 엔릴의 신검이 획하고 공중을 휘갈랐다. 그와 동시에 근위병들의 목이 달아나 내빈들 발 앞에 떨어졌다. 머리가 세 개였다. 내빈들은 그 자리에 얼어붙어 꼼짝도 하지 못했다. 다음 차례는 자신들이라는 생각만 현기증으로 몰아쳐 왔다. 단상 뒷자리에서 시중꾼 차림으로 엔릴을 기다리던 두두조차도 오금이 저렸다.

두두는 다급하게 엔릴의 눈을 찾았다. 어서 빨리 자기를 알아보라고, 자기는 두두라고, 간절하게 그의 시선을 끌어보려고 했으나 엔릴은 그를 보지 못했다. 아무것도 보고 있지 않았다. 왕자님은 두두, 자기까지도 안중에 없는 듯했다.

엔릴의 칼이 번쩍하고 다시 휘날렸다. 두두는 눈을 질끈 감았다가 다시 떴다. 목이 떨어진 사람은 둘, 왕과 왕 뒤에 서 있던 궁중 주술사였다. 주술사의 목은 바닥으로 떨어져 내렸으나 왕의 목은 반쯤만 베어져 어깨에 걸려 있었다. 내빈들이 혼비백산해 달아나기 시작했다.

그날 전투는 참혹한 피의 잔치였다. 기병들은 사열 중인 군사들을 짓밟고 무기를 든 모든 군사들의 목을 쳤다. 용맹을 자랑하던 검투사와 창기병들도 마치 진열된 인형들처럼 맥없이 무너져갔다.

화살 부대는 끝까지 맹공을 했고 기병들은 날아오는 화살을 맞거나 칼로 쳐내면서 닥치는 대로 도륙을 내는 사이 민병들이 몰려 나왔다. 귀족들은 마차를 끌고 나오기도 했다. 표창이나 오랏줄이 날아가 그들을 제거하면 보병들이 뛰어들어 민병들과 접전했고 광장은 피로 물들기 시작했다.

장군과 은대장도 검투사들의 검을 받아 치느라 정신이 없었다. 동시에 한 검투사가 칼을 겨누고 달려왔고 화살 하나도 장군을 향해 왔다.

장군이 검투사의 칼을 받아 칠 때 화살이 그의 왼쪽을 스치고 지나갔다. 피가 흘렀으나 개의치 않고 계속 칼을 휘둘렀다. 장군은 오래도록 잠잤던 칼 솜씨, 비장의 기술을 사용해 칼끝을 엇각으로 돌렸다. 그 자리에 적들의 내장이 쇠똥처럼 떨어졌다.

그날 작전은 순서대로 진행된 것이 아니었다. 천둥이를 먼저 죽게 한 것이나, 가능하면 살상을 하지 않겠다던 엔릴로 하여금 사람의 목을 수숫대처럼 날려버리게 한 그 모든 것에는 이상한 기운이 서려 있었다. 실제로 엔릴이 단상으로 뛰어올랐을 때 그는 자신의 행동을 의식하지 못했고 적이 누구인지, 어느 사람의 목을 베야 하는지도 가려낼 수 없었다. 그는 그저 뛰어들었고, 칼을 쳐들었을 뿐인데 자신의 신검이 정확하게 군주의 목을 베었다.

궁정 주술사는 분명 어떤 불길한 그림을 보았다. 그 때문에 전에 없이 '해가 뜰 때까지는 수문을 철저히 지키라, 혹시 부정한 것이 얼씬거리면 즉시 사살하라'고 특별 지시를 내렸고, 수문을 지키던 망루의 병사들은 군주 생일이 시작되는 첫새벽에 말이 얼쩡거리기에 화살을 쏘아댔던 것이다. 그러나 내려가 확인해본즉 아무 흔적도 남아 있지 않기에 상부에 보고조차 하지 않았다. 주술사는 그래도 알 수 없어 그날따라 군주 옆에 대기하고 있다가 그만 함께 변을 당하고 만 것이다.

살육전은 해가 저물어갈 때까지 계속되었다. 궐내에 숨어 있던 사람들은 끌려 나와 학살당하거나 쫓겨났다. 성안의 주택도 남김없이 수색당해 귀족과 남자들은 참살되고 아녀자들은 아이들과 함께 울면서 성밖으로 쫓겨났으며 그 행렬은 한동안 계속되었다.

그날 밤 천둥이 시체를 궁전 중앙 홀에 모셔놓고 승전의 일등 공신 작위를 준 뒤 교법사가 일행에게 알렸다.
"재상께서 여러분의 가족을 대동하고 이리로 오고 계시오. 보름 후면 도착하실 것인데 국호 발표와 등극식은 그때 있을 것이오."

4

　궁전의 중앙 홀은 꽃으로 장식되었다. 노랗고 빨간 꽃이 보기 좋게 배치되었고 사이사이에는 향유 종지가 놓였다. 할머니는 장식 점검을 끝낸 뒤 동쪽 문을 활짝 열었다. 이른 아침의 푸른 기운이 궁전 안으로 삽시에 몰려들었다.

　동이 터왔다. 결혼식은 해가 떠오를 때로 정해졌으니 한 시간쯤 여유가 있을 것이다. 할머니는 모든 창문을 열어두고 마지막으로 정문을 활짝 열었다. 단상과 광장이 훤히 내려다보였다. 그 위에 떠 있는 봄 하늘은 티 한 점 없이 맑았다. 오늘은 이 광장에 모여드는 모든 백성들에게도 특별한 날이 될 것이다. 할머니는 집무실로 가서 재상에게 보고했다.

　"준비가 끝났습니다."

　"수고했소이다. 신부에게도 통보하시오."

　오늘은 왕권 선포식이 있는 날이다. 왕의 등극 때는 반드시 왕비가 있어야 했기에 이렇듯 먼저 결혼식을 준비한 것이다.

　재상은 엔릴을 돌아보았다. 이마에 빛이 나는 참으로 잘생긴 청년이 집무실을 훤히 비추고 있었다. 실내를 꽉 채우고 있는 아들은 마치 태산 같아 보이기도 했고, 굳건히 대지를 딛고 하늘을 떠받치는 어떤 신 같아 보이기도 했다. 〈천부경〉이 담긴 옥함, 거기서 났던 빛이 아들 주위로 감돌기 시작했다. 자신의 몸을 빌려 신족으로 태어난 아들, 이제는 만인의 왕이 될 아들, 재상은 감격하고 또 감격했다.

교법사가 깃털 관을 재상의 손에 넘겨주었다. 혼례 때 쓰는 신랑의 관이었다. 관을 바라보자 가슴에서 찰랑거리던 감각이 그만 넘칠 것 같았다. 만감이 교차했다. 태왕의 소망처럼 내륙을 정복했고, 별읍장의 뜻대로 청동을 장악했으며, 엔릴의 운명대로 다섯 도시를 세웠다. 이 모든 일이 결국은 소호와의 결별을 뜻했던 것일까? 재상은 아들의 머리에 혼례 관을 씌워주며 나직이 일렀다.

"내 뒤를 따르라."

재상이 엔릴을 이끌고 식장으로 향했다. 식장에는 꽃향기가 자욱했다. 정면에는 황소 뿔이 달린 커다란 천둥이 동상이, 그 옆으로는 꽃이 빙 둘러가며 놓였고 하객들도 이미 도착해 여기저기 서 있었다. 그들 중엔 우바이드 야금장이도, 슈루파크의 수장도, 비리국 태자, 제후와 두두, 우투, 우딘, 촌장도 있었다. 신부의 하객 자리도 그득 찼다. 거의 니푸르와 딜문에서 온 사람들이었다.

악사들이 연주를 시작했다. 재상이 걸어 나가 천둥이 동상 앞에 멈춰 서자 음악이 천악에서 경건한 음률로 바뀌었고 그때 동편에서 신부가 나타났다.

엔릴이 중앙으로 걸어 나가자 눈같이 흰 신부복에 화관을 쓴 닌이 사뿐사뿐 걸어와 엔릴과 마주했다. 음악이 또 한 차례 바뀌었다. 그들은 음률에 따라 재상을 향해 몸을 돌린 뒤 천천히 절을 올리기 시작했다. 그 절은 천신과 그 일을 주관하는 주례에게 자신들의 혼례를 알리고 또 허락을 받는 과정이었다. 절을 받으면서 재상이 말했다.

"훌륭하도다. 이제 서로를 받아들이도록 하라."

허락의 절차가 끝나자 두 사람은 서로 마주 서서 맞절을 했다. 그들 사이로 달콤한 음률이 미약처럼 휘감고 돌았다. 엔릴의 가슴에서 열정의 꽃이 탁 하고 터졌다. 그간 가두고 또 가두어온 열정이 한순간에 만개하면서 형언할 수 없는 향내를 내쏘았다. 닌도 엔릴의 그 향내를 맡았으며 두 사람은 스스로 발산한 향내에 취해 잠깐 동안 움직이지 못했다.

붉은 햇살이 동쪽 문으로부터 길게 비춰 들어 신랑 신부를 어루만졌다. 엔릴과 닌이 천천히 일어나자 그들에게 혼배 술이 주어졌다. 햇살이 그들을 감쌌다. 신랑 신부는 혼배 술로 입술을 적셨고 결혼식은 그것으로 끝났다.

해가 중천으로 향해갈 때 궁전 앞 광장에는 군사와 소호에서 온 사람들, 수많은 민간인들이 왕을 기다렸다. 오늘은 새 나라가 탄생하는 날, 백성들도 오늘을 위해 기꺼이 새 옷을 장만했다. 하늘에서는 따스한 햇살이, 바다에서는 달콤한 봄바람이 불어와 기쁨의 정령처럼 사람들 사이로 누비고 다녔다.

천악이 장엄하게 울려 퍼지자 왕과 왕비가 단상으로 나왔다. 왕은 햇살에 반짝이는 왕관을, 왕비는 청 홍옥이 주렁주렁 달린 금관을 썼다. 그 모습이 참으로 눈부셔 백성들은 "와!" 하고 탄성을 질렀다.

왕의 긴 황포에는 멀리서도 보일 만큼 커다란 봉황과 용이 수놓였고 그것이 바닥에 찰랑찰랑 끌릴 때마다 봉황도 용도 함께 움직이며 왕의 옥체를 보듬어 안는 것 같았다.

엔릴은 백성들을 둘러보았다. 울긋불긋한 의상들이 봄바람에 하늘거렸다. 아름다웠다. 미소를 머금고 한참이나 백성들을 살펴보다가 이윽고 입을 열었다.

"오늘은 새로 나라가 세워진 날이도다! 하늘이 열리고 땅이 열려 사람과 나라가 태어나듯이 오늘 우리도 그렇게 탄생했도다!"

엔릴의 엄숙한 목소리가 사방으로 울려 퍼졌다.

"이제 국호를 선언하노라! 이 나라의 국호는 성스러운 소머리(수메르)국이고 왕은 나 엔릴이며, 그의 왕비는 닌이노라!"

이번엔 모든 백성이 반절을 올리며 복창했다.

"왕과 왕비님께 영광이 깃드소서!"

닌이 손에 들고 있던 비단 포를 엔릴에게 건네주자 엔릴이 그것을 펼쳐 들고 읽기 시작했다.

"백성들은 들으라! 이 국호와 왕권은 하늘 신이 내려주신 것이며, 고귀한 왕관과 왕좌도 하늘에서 내려주신 것이며, 나 왕은 신의 섭리와 그 의식에 따라 성스러운 법치를 완성했으며, 여기 이 순결한 장소에 다섯 도시를 건설했노라."

백성들이 복창했다.

"신의 왕에겐 신의 가호와 영광이 함께하나이다!"

"성스러운 소머리국에는 다섯 가지 기본 법치가 있노라. 첫째, 하늘에는 천신이 계시고, 둘째, 지상에는 상존유법이 있으며, 셋째 백성은 주곡·주면·주형·주병·주선악 등 무릇 3백60여 가지 일을 맡게 될 것이고, 넷째, 천체의 대연수大衍數가 3백66이니 일 년의 순환 도수를 3백 65일로 할 것이며, 다섯째 역서를 나라의 글로 정하노라. 백성의 주업은 농업이 될 것이며 나, 이를 위하여 가장 좋은 곡식의 종자를 가져왔으며 쟁기와 곡괭이도 가져왔노라. 우리의 도시는 모두 관개수로를 만들어 물길을 열고 벼와 보리를 재배할 것이며, 그리하여 백성들의 창고는 늘 풍요로 넘쳐날 것이로다!"

"우리의 왕은 하늘과 땅, 모든 대지의 왕이옵니다!"

백성들은 절을 올리며 그렇게 답언을 했다.

"배부른 백성은 아름다움만 생각하고 지도자는 그 아름다움을 지키는 문지기가 될 것이며, 그리하여 이 땅에는 영원히 전쟁이 사라질 것이며, 억울한 죽음 또한 추방될 것이며, 소머리국은 이 세상에서 처음으로 태어나는 새 세상, 새 겨레의 나라가 될 것이로다!"

엔릴이 잠시 쉬었다가 마지막 발표를 했다.

"지금부터 새로운 세상의 튼튼한 기둥, 도시를 이끌어갈 지도자를 발표하노라! 첫 번째 도시 에리두는 누딤무드가 통치할 것이며, 두 번째 바드 티비라는 닌티가 통치하고, 세 번째 라라크는 엔두발, 네 번째 시파르는 젊고 씩씩한 영웅 우투가 맡을 것이며, 다섯 번째 슈루파크는 수드가 통치할 것이노라!"

에리두는 뜻밖에도 우바이드의 야금장이에게 주어졌다. 닌티는 의원 할머니였으며 수드는 슈루파크의 전 수장으로, 소모적인 전쟁을 피하기도 했지만 공동 지도를 맡아 자기 임무를 훌륭하게 처리해낸 인물이었다. 라라크의 엔두발은 비리국 태자였다.

엔릴이 말했다.

"호명된 사람은 모두 앞으로 나와 임명 패를 받으라!"

장군이 은으로 만든 패를 엔릴에게 바치자 엔릴은 그것을 호명한 사람에게 건네주었다. 맨 먼저 나온 누딤무드는 자신은 임명 패를 받을 자격이 없다면서 등극식 바로 직전까지도 사양 의사를 밝혔다. 그러나 등극식이 진행되는 동안 그는 심정의 변화를 겪었다. 몸이 부서지는 한이 있더라도 엔릴을 보필하고 싶었다. 그는 엔릴의 부드러우면서 단호한 눈빛을 느끼며 공손히 두 손을 내밀었다. 다음으로 엔두발과 노인 닌티가 패를 받았고, 그다음으로 우투(그는 나중에 태양신이 되었다)가 패를 받았다. 제 아비와 나란히 서 있던 두두가 패를 받고 뒤로 물러난 우투에게 슬쩍 물었다.

"시파르 군장은 내가 되는 거지?"

우투는 미소를 지으며 두두의 머리를 쓰다듬었다.

"그럼, 이 임명 패도 너에게 줄 수 있어."

그들의 대화를 들은 엔릴이 껄껄껄 웃었다.

"두두야, 너는 소머리국의 미래가 아니더냐? 나이가 차면 다 제자리로 가게 될 것이다."

두두가 머리를 긁적이자 여기저기서 밝은 웃음이 터져 나왔다.

임명 패 전달식이 끝나자 엔릴은 다시 군중과 마주했다.

"오늘은 신성한 나라가 탄생한 거룩한 날이니 모두 배불리 먹고 마셔라!"

대기하고 있던 음식이 밀차에 실려 나오자 백성들이 차례로 그 음식을 받았다. 떡과 치즈, 말린 물고기와 삶은 양고기, 외국에서 온 과일 등 먹을 것이 많아 백성들 입이 함지박처럼 벌어졌다.

그날 마지막 행사는 바다제였다. 에리두 국제 항구에서 동쪽에 제단을 세우고 제물을 올리기 시작했다. 먼저 비단에 쓴 〈천부경〉, 〈삼일신고〉, 천문, 월력, 환역, 다음으로 벼와 보리, 기장, 파, 부추 등의 씨앗을 올리고 곡괭이, 쟁기, 낫 등 농기구 앞에는 비단, 마포, 면포와 함께 엔릴과 닌이 입었던 혼례복도 올렸다.

이동족이 이방의 땅을 접수했을 때는 기존 문화와 전통을 자기 것으로 교체하기 위해 그런 제례를 지냈고, 또 그런 의식을 통해 신들에게 자기 영역을 알리고 인준을 받는 절차를 거쳤던 것이다.

교법사가 말했다.

"폐하, 이제 제례를 시작하셔도 될 줄 아옵니다."

엔릴이 닌과 함께 제단 앞으로 나가자 악사들이 연주를 시작했다. 그것은 하늘과 땅을 여는 의식이었다. 마침내 하늘이 열렸다는 의미로 경쇠가 댕 하고 울리자 엔릴이 손을 높이 쳐들고 천신에게 아뢰었다.

"제가 이 땅과 하늘을 가졌나이다! 천신은 바다 멀리까지 하늘 호수를 덮어주셨나이다! 신이여! 하늘 호수 아래의 모든 백성을 평화와 안정으로 천년 만년 품어주소서! 에리두에서 떠나는 소머리국 무역선은 광풍과 해일로부터 보호해주시고 돌아올 때는 항상 진귀한 보물로 가득 차게 해주소서!"

서고를 올린 뒤 백성들을 향해 왕이 말했다.

"백성들이여, 우리는 한형제다. 천신의 명을 받들어 홍익인간의 뜻을 펼치기 위해 온갖 고난을 헤치고 대지의 이곳저곳으로 뻗어 나간 환족의 후예들이다. 아무리 많은 세월이 흘러도 우리의 후손들은 우리를 기억하고 자랑스러운 조상으로 기릴 것이다."

그때 엔릴의 내면에서 신기神氣가 날개를 펼치면서 이 자리는 아주 오래전에 예정되어 있었다는 것을 일깨워주었다. 환웅이 신시를 세우던 그 순간, 아니 천신께서 열두 방향을 선포하신 그때 이미 정해졌던 것이다.

"우리 민족과 그 형제들, 그리고 천신의 백성이 된 이곳의 모든 사람은 엎드려 절하라! 천신을 경배하라!"

그때 갑자기 사위가 어두워졌다. 백성들이 고개를 쳐들었을 때 두 마리의 거대한 봉과 황이 하늘을 뒤덮을 듯 떠올라 날갯짓을 했다. 봉과 황은 신의 전령으로 소머리국 탄생과 결혼식을 축하하러 온 것이었다.

백성들은 신의 전령에게 그리고 천신에게 절을 올렸다. 봉과 황이 그에 대한 답으로 날갯짓을 했고, 찬란한 석양이 봉황의 날갯짓을 따라 사방으로 흩뿌려졌다. 백성들의 머리와 어깨 위로 빛 알갱이가 꽃잎처럼 내려앉았다.

교법사는 〈천부경〉 옥함이 높은 텔에 내려앉는 것을 보았다. 니푸르에서 본 텔이었다. 텔은 엔릴 왕의 신전이 될 것이며 옥함은 그곳에 모셔진 뒤 누대에 걸쳐 전파될 것이다. 그리하여 후대에는 카발라, 생명나무 등 시대마다 새로운 사상으로 변천해갈 것이다.

한민족 대서사시 1
수메르 — 한민족의 머나먼 원정길

초판 1쇄 발행 2010년 12월 9일
초판 3쇄 발행 2012년 2월 1일

지은이 윤정모
펴낸이 김선식

2nd Creative Story Dept. 김현정, 박여영, 최선혜, 한보라, 유희성, 백상웅
Creative Design Dept. 최부돈, 황정민, 김태수, 손은숙, 박효영, 이명애, 박혜원
Creative Marketing Dept. 이주화, 원종필, 백미숙
        Communication Team 서선행, 김선준, 전아름, 이예림
        Contents Rights Team 이정순, 김미영
Creative Management Team 김성자, 송현주, 류수민, 김태욱, 윤이경, 김민아, 권송이

펴낸곳 (주)다산북스
주소 서울시 마포구 서교동 395-27
전화 02-702-1724(기획편집) 02-703-1725(마케팅) 02-704-1724(경영지원)
팩스 02-703-2219
이메일 dasanbooks@hanmail.net
홈페이지 www.dasanbooks.com
출판등록 2005년 12월 23일 제313-2005-00277호

필름 출력 스크린그래픽센타
종이 신승지류유통(주)
인쇄 (주)현문
제본 (주)광성문화사

ISBN 978-89-6370-486-9 (04810)
      978-89-6370-485-2 (set)

• 책값은 표지 뒤쪽에 있습니다.
• 파본은 구입하신 서점에서 교환해드립니다.
• 이 책은 저작권법에 의하여 보호를 받는 저작물이므로 무단 전재와 복제를 금합니다.